清代名家詞選刊

汪淵詞集輯校

[清]汪　淵◎著

張明華　胡曉博◎輯校

華東師範大學出版社
·上海·

圖書在版編目(CIP)數據

汪淵詞集輯校/(清)汪淵著;張明華,胡曉博輯校.—上海:華東師範大學出版社,2020
(清代名家詞選刊)
ISBN 978-7-5760-1001-5

Ⅰ.①汪… Ⅱ.①汪…②张…③胡… Ⅲ.①詩詞-作品集-中國-清代 Ⅳ.①I222.749

中國版本圖書館 CIP 資料核字(2020)第 214377 號

清代名家詞選刊
汪淵詞集輯校

原 著 者 [清]汪 淵
輯 校 者 張明華 胡曉博
策 劃 人 鍾 錦
責任編輯 時潤民
責任校對 龐 堅
特約編輯 戴伊璇
封面題簽 秦 鴻
裝幀設計 盧曉紅

出版發行 華東師範大學出版社
社 址 上海市中山北路 3663 號 郵編 200062
網 址 www.ecnupress.com.cn
電 話 021-60821666 行政傳真 021-62572105
客服電話 021-62865537 門市(郵購)電話 021-62869887
地 址 上海市中山北路 3663 號華東師範大學校内先鋒路口
網 店 http://hdsdcbs.tmall.com

印 刷 上海商務聯西印刷有限公司
開 本 890×1240 32 開
印 張 20
字 數 441 千字
版 次 2020 年 12 月第 1 版
印 次 2020 年 12 月第 1 次
書 號 ISBN 978-7-5760-1001-5
定 價 70.00 元

出 版 人 王 焰

目録

藕絲詞卷之三

麝塵蓮寸集

麝塵蓮寸集卷一

麝塵蓮寸集卷三

麝塵蓮寸集卷四……二三七

麝塵蓮寸集補遺……二八六

瑶天笙鶴詞……二九八

瑶天笙鶴詞卷一

瑶天笙鶴詞卷二

齏鹽詞

附録三　繡橋詞存

前言

汪淵（一八五一——一九二〇），字詩圃，號時圃，别號詞癡，安徽績谿人，寄居休寧。其生年可據邵鴻恩題《藕絲詞》絶句中之小注「君生咸豐辛亥，與予同庚」推知。同治七年（一八六八）貢生，光緒十五年（一八八九）皇帝大婚賜恩，優選拔貢，後以授徒爲生。以上内容，許振軒在爲《麝塵蓮寸集》所作《點校後記》中已有説明，劉進進《汪淵及其〈瑶天笙鶴詞〉》一文亦有考察。汪淵的一生没有多少波瀾，其主要愛好即在創作詩詞，尤以作詞見長。其在晚年所作《齏鹽詞》自序中説：「平生志願百不償一，惟詞名稍播，聊足解嘲。」其詞集主要有以下四種。

一、《藕絲詞》四卷，光緒七年（一八八一）刻本。卷前有王詒壽序一篇，又有沈縮青、汪聲鏗、夏慎大、吴曾樹、張星采、陳爕疇、孫景輝、程世洛、黄興衍、邵鴻恩、余會生、汪文紹等十二人題辭。其下卷一收作品四十二首，卷二收四十一首，卷三收四十一首，卷四收四十一首，總計一百六十五首。王詒壽序作於「光緒庚辰（一八八〇）冬十月」，是年汪淵三十歲，據此可推知集中作品爲三十歲之前所作。需要指出的是，《藕絲詞》四卷並非汪淵最早的詞集。在該詞集定稿之前，詞人已先後整理過兩次詞集，且命名各不同。

其一爲《藕絲吟館詩餘》三卷，稿本。此集是汪淵創作的最早一部詞集，目前僅知有一個孤本保存在安徽省圖書館，各卷卷次下署爲「梁安汪淵時甫氏未定草」。卷一收六十一首，卷二收五十九首，卷三收五十六首，總計一百七十六首。該集多詠物和離愁别緒，風格總體上偏於綺麗，是作者少年英敏而才華過人的藝術反映。該集前無序，僅在最後有作者手書的兩行小字：「竹洲，北宋吳文肅公别墅也。地當商山之西，谿水一灣，修篁萬個。暇日與友人登覽多困，填此索和。」關於其創作時間，程淑在爲《麝塵蓮寸集》所作序中説：「淑來歸夫子時，見所刊自著《藕絲詞》，喜雒誦之。」那麼，程淑何時嫁入汪家呢？所幸《繡橋詩詞存》中載有汪淵所作《程孺人傳》，中云：「光緒丁丑來歸余，爲繼室。」「光緒丁丑」即光緒三年（一八七七），時汪淵方二十七歲。據此推斷，程淑所説《藕絲詞》未言卷數，可能即是《藕絲吟館詩餘》三卷，而且似乎當時已有刻本，其成書時間在光緒三年之前。需要指出的是，稿本的大字爲楷書，應該爲汪淵本人書寫，但又被反復修改，有時甚至連詞牌亦被更换。就修改位置而言，一般在右側，亦有見於左側者；就筆蹟顔色而言，一般爲墨筆，但亦有少量赤筆；就墨蹟而言，則有濃有淡；就書寫而言，則又工草不一，有些已根本無法辨認。

其二爲《藕絲詞抄》一卷，稿本，僅有孤本藏安徽省圖書館。該集收詞八十多首，既有已見於《藕絲吟館詩餘》三卷中的作品，也有作者後來撰寫的作品。許振軒《點校後記》所云「《藕絲詞》一卷，收三十歲以前所作詞」，當即該集。集中大字亦爲楷書，作者改動的複雜程度亦如《藕絲吟館詩餘》三卷。

對於以上二集，整理者初擬根據創作時間的前後置於全書之前，但考慮到以下兩方面因素，就改將其作爲附録放在了書後。一方面，二集的成書時間雖早，但當汪淵整理出《藕絲詞》四卷後，將二集中佳作收録在内，實際上已將二集捨棄。另一方面，由於上述原因，二集不但彼此所收作品有重複，它們與《藕絲詞》四卷所收作品亦多有重複，雖然具體文本往往有較大差别。在文字録入過程中，由於二集中多數句子與擬改之句並存而未加取捨，無法確定作者最後的用意，而且由於前面所説的書寫原因，不少文字實在也難以辨認。無奈之下，只能依據稿本原來的大字文本録入。惟其如此，或許更能體現出汪淵早期詞的基本風貌。

二、《麝塵蓮寸集》四卷、《補遺》一卷，有光緒十六年（一八九〇）刻本。在汪淵的幾部詞集中，僅有此集在近幾十年來得到了整理出版。其一爲蕭繼宗的評注本，臺北聯經出版事業公司一九七八年出版；其二爲許振軒、林志術的點校本，安徽文藝出版社一九八九年出版；其三爲王建生的評校本，臺北秀威資訊科技股份有限公司二〇一一年出版。三個整理本的底本相同，都是光緒十六年刻本（王建生本以蕭繼宗本爲基礎）。不過，傳世的光緒十六年刻本本身亦略有差别。如上海圖書館藏本卷前僅有汪宗沂、程秉釗、程淑三序（且缺卷三第五頁），而安徽省圖書館藏本則在三序後又增加了譚獻一序。經過仔細比勘，其正文板式、字數、筆劃完全相同，確是同版無疑。再以二者共有的三序來説，唯一的差别是在汪宗沂序的第五行最下處，上海圖書館藏本作「而殫」二字，筆劃、大小均與其餘文字相同；而安徽圖書館藏本作「而殫襞」三字，字體明顯較小，筆劃亦與其餘文字大不相同。據此不難推斷：上海圖書館藏本當裝訂較早，當時尚未得到譚獻之序，而且未發現或者雖發現而未及補救汪宗沂序中所缺失之「襞」字。迨至安徽圖書館藏本裝訂前，不僅已經得到譚獻之序，將其刻板印刷；而且在汪宗沂序所在印板上削去「而殫」二字，改刻「而殫襞」三字，重新印刷該序。可是因爲空間有限，這三個字只能刻小一些；又因爲找不到原來的書寫者，所以書寫筆劃與其餘文字不同。與其餘幾種詞集皆是汪淵獨創的作品集相比，《麝塵蓮寸集》是一部使用他人現成詞句寫成的集句詞集。其中所有的作品均爲汪淵集句，程淑逐句箋注出處，實由夫妻共同完成。卷一收作品六十六首（另附録程淑一首），卷二收六十七首（另附録程淑一首），卷三收六十八首，卷四收六十五首（另附録程淑一首），補遺部分收十六首，總計二百八十二首（另附録程淑三首）。該集在寫景時着意突出春景，抒情上重在男女相思，集句的水準很高，難中見巧，滅盡針綫，達到了極其混融的境地。這本詞集是汪淵、程淑夫妻合作的成果，也是二人幸福生活的寫照，所以作品一掃此前二集中的傷感情緒，洋溢着歡快的基調。

三、《瑶天笙鶴詞》二卷，民國四年（一九一五）排印本。《清代詩文集彙編》已影印收入。卷首有王詠霓作於光緒己亥（一八九九）以及吴承烜作於民國四年（一九一五）的兩篇序，似可看作卷一、卷二創作時間的下限。关于其创作缘由，吴承烜序云：「我徽有汪先生詩圃者，余之同門友也，以文苑鳳毛主騷壇牛耳，既屬同心之契，非無一面之緣。猶憶少時，薄遊芹泮，緬懷壯歲，幾度棘闈，但識姓名，未通謦欬，不道報平安之會，乃今在衰朽之年。去日苦多，同嗟寒素；夕陽雖好，已近黄昏。世上千年，不過希夷。沈睡山中七日，願爲王子求仙，此『瑶天笙鶴』之詞所由成也。」正因

《瑶天笙鶴詞》乃暮年之作，且其妻程淑生了四個子女後身體狀况較差並很快去世，詩人開始遊心碧鶴，祈求長生。《瑶天笙鶴詞》中的題材亦跟此前有較大差别。據劉進進《汪淵及其〈瑶天笙鶴詞〉》一文統計：「集中一百九十三首詞中，詠物詞七十七首，占百分之四十；艷詞三十六首，約占百分之二十；題畫詞二十四首，占百分之十以上，可見其對詠物詞、艷詞、題畫詞的偏愛。」艷詞比例的下降，祈年意識的增强，使得該集顯示出另一種韻致。

四、《齏鹽詞》一卷，今有民國抄本。這是汪淵最後一部詞集，作於民國五年（一九一六）至八年（一九一九）之間。作者自序云：「平生志願百不償一，惟詞名稍播，聊足解嘲。乃自丙辰患風疾以來，名心已十去八九，然而文字結習未盡删除，加以今淑舊而嗜痴者請乞無虚日，迄今四年，所積遂夥，聊輒排比之成一卷，命兒澤鏊録之，顔之曰『齏鹽』，蓋取齏鹽送老之義，抑無牽率應酬？不無酸餡氣云。視爾《藕絲》之託志閨襜，《笙鶴》之遊心碧鶴，進步歟？退化歟？吾不得而知也，還質之談詞諸君子。己未暮春，汪淵識於竹洲之竹素軒。」《齏鹽詞》存詞七十四首，中多應酬之作，内寓哀苦之情，這當與詞人身患風疾、行動不便有很大關係。

另外，安徽省圖書館所著録的「《藕絲吟館詩餘》一卷」，其實即是前面所説的三卷本；而《味菜堂駢散文略》一書所附的《詩餘稿》，經整理者目驗，其内容是詩而並非詞。

從《藕絲詞》到《齏鹽詞》，從少年到暮年，作詞貫穿了汪淵的一生。這四部詞集，不僅能够反映出題材、藝術的發展和演變，而且能體現出汪淵一生的心路變化歷程。

在以上四種詞集之後，整理者還附録了以下内容：其一爲汪淵的《藕絲吟館詩餘》三卷。其二爲汪淵的《藕絲詞抄》一卷。關於二集的情况，前文已有介紹。此外尚有程淑《繡橋詞存》及其所在書中附録的有關文獻。《繡橋詞存》中存詞有二十四首。關於程淑，汪淵所作《程孺人傳》有較具體記載。程淑詞嫻雅多情思，造語清麗纖綿，亦具有一定成就。

最後需要指出的是，汪淵對古文字和異體字表現出一定程度的偏愛。比如，在表達相同的涵義上，他在不同詞集甚至同一詞集中常常同時使用寫法不同的古今字和異體字，使得「鞦韆」與「秋千」並存，「顦顇」與「憔悴」並存，「孏」、「嬾」與「懶」並存，「樽」、「罇」與「尊」並存，「帊」與「帕」並存，「鴈」與「雁」並存，「嘆」與「歎」並存，「藕」與「蕅」並存，「煖」與「暖」並存，「徧」與「遍」並存，「髩」與「鬢」並存，「幙」與「幕」並存，「翦」與「剪」並存，「鐙」與「燈」並存，「掩」與「揜」並存，「輭」與「軟」並存，「隄」與「堤」並存，「箋」與「牋」並存，「衹」與「只」並存，「綵」與「彩」並存，「弔」與「吊」並存，「帬」與「裙」並存，「悤」與「匆」並存，「啼」與「嗁」並存，「炧」與「灺」並存，「孃」與「娘」並存，「蜨」與「蝶」並存，「暎」與「映」並存，「鍼」與「針」並存，「句」與「勾」並存，「附」與「坿」並存，「鶯」與「鸎」並存，「鵝」與「鵞」並存，「帆」與「颿」並存，「脣」與「唇」並存，「綫」與「線」並存，「櫩」與「簷」並存，「飯」與「飰」並存，「淩」與「菱」並存，「菭」與「苔」並存，「篴」與「笛」並存，「盃」與「杯」並存，「璅」與「瑣」並存，「汎」與「泛」並存，「鑪」與「爐」並存，「逯」與「歸」並存，等等，爲避免混亂，現依次統一爲「鞦韆」、「憔悴」、「懶」、「樽」、「帕」、「雁」、「歎」、「藕」、「暖」、「遍」、「鬢」、「幕」、「剪」、「燈」、「掩」、「軟」、「堤」、「箋」、

「祇」、「彩」、「弔」、「裙」、「匆」、「啼」、「炧」、「娘」、「蝶」、「映」、「針」、「勾」、「附」、「鶯」、「鵝」、「帆」、「脣」、「綫」、「簷」、「飯」、「菱」、「苔」、「笛」、「盃」、「瑣」、「泛」、「爐」、「歸」。

閩南師範大學文學院　張明華

二〇二〇年十月二十五日

藕絲詞

敘

《藕絲詞》四[一]卷，績谿汪君詩圃之所作也。僕[二]固未識君[三]，及門新安[四]余子[五]遠帆數數爲僕言[六]君賢且精倚聲，則心焉。識之今年[七]夏，遠帆自其鄉來，遂[八]携君此詞[九]見示，並[十]述君意，屬點定而加弁焉。孌雲[十一]展卷，吹蘭襲人[十二]。若乃翠屏春悄，玉爐香温。明漪鏡花，媚闌角之衫影[十三]；小扇兜絮，墮簾尾之蝶痕。其婉麗也。斷紅泣[十四]雨，零香怯風。透斜月於碧紗，瑶瑟獨怨[十五]；阻洞房之秋夢，銀燈無言。其悽惋也。加以薄煙乍消[十六]，山翠淺於新竹；秋病初可，人瘦比乎[十七]黄花。其秀[十八]倩又如此。蘼蕪千里，吹角夕陽之樓；夫容隔江，打槳西洲之水[十九]。其緜遠[二十]又如此。此其寄紆迴於水調[二十一]，發宛[二十二]轉之清商[二十三]，有芳潔之夙儲，謝叫呶之偶染[二十四]。昔者綺羅流蘭畹之香，花月寫江南之怨。白石老仙，吹梅邊之玉笛；秦川公子，緝山中之白雲。充其所詣，庶幾兼之。[二十五]吾聞績谿大好山水，石照之麓，翠眉之亭，二蘇之遺韻〔二十六〕在焉。讀君之詞，思〔二十七〕君之所居，則〔二十八〕又安得於谿光嵐影〔二十九〕中，携松淥之一瓢，款柳堂〔三十〕之十笏，捉枝代麈，散帶坐花，與之考〔三十一〕協律順度之微，論〔三十二〕意内言外之旨，探風騷之靈源，極聲情之眇趣。爰乃發浩唱〔三十三〕，騰清吟〔三十四〕，當必有操縵動衆山之響，刺舟〔三十五〕移海上之情者。嗟乎！奏瑶笙於天上，君定詞仙；悲落葉於風前，我原秋士。鬢絲如此，綺語將除，愈唱愈高，勉惟君子。

光緒庚辰冬十月，山陰王詒壽簑於杭州戴園。〔三十六〕

【校】

〔一〕四：《縵雅堂駢體文》本作「二」。

〔二〕僕：《縵雅堂駢體文》本作「余」。

〔三〕君：《縵雅堂駢體文》本作「汪君」。

〔四〕及門新安：《縵雅堂駢體文》本作「門人休寧」。

〔五〕子：《縵雅堂駢體文》本無。

〔六〕僕言：《縵雅堂駢體文》本作「余稱」。

〔七〕今年：《縵雅堂駢體文》本作「庚辰」。

〔八〕遂：《縵雅堂駢體文》本作「豙」。

［九］詞：《縵雅堂駢體文》本作「編」。
［十］並：《縵雅堂駢體文》本作「且」。
［十一］蕓：《縵雅堂駢體文》本作「蘭」。
［十二］吹蘭襲人：《縵雅堂駢體文》本作「奇葩艷眸」。
［十三］影：《縵雅堂駢體文》本作「景」。
［十四］泣：《縵雅堂駢體文》本作「怨」。
［十五］怨：《縵雅堂駢體文》本作「語」。
［十六］消：《縵雅堂駢體文》本作「銷」。
［十七］乎：《縵雅堂駢體文》本作「於」。
［十八］秀：《縵雅堂駢體文》本作「疏」。
［十九］水：《縵雅堂駢體文》本作「渡」。
［二十］遠：《縵雅堂駢體文》本作「渺」。
［二十一］於水調：《縵雅堂駢體文》本作「之思」。
［二十二］宛：《縵雅堂駢體文》本作「婉」。
［二十三］清商：《縵雅堂駢體文》本作「聲」。
［二十四］染：《縵雅堂駢體文》本作「涉」。

〔二十五〕昔者……庶幾兼之：《緌雅堂駢體文》本作「充其所詣，蓋駸駸乎分蘭畹之香，吹梅邊之笛矣。」

〔二十六〕韻：《緌雅堂駢體文》本作「蹟」。

〔二十七〕思：《緌雅堂駢體文》本作「想」。

〔二十八〕則：《緌雅堂駢體文》本無。

〔二十九〕影：《緌雅堂駢體文》本作「景」。

〔三十〕柳堂：《緌雅堂駢體文》本作「深柳」。

〔三十一〕考：《緌雅堂駢體文》本作「論」。

〔三十二〕論：《緌雅堂駢體文》本作「究」。

〔三十三〕唱：《緌雅堂駢體文》本作「歌」。

〔三十四〕吟：《緌雅堂駢體文》本作「唱」。

〔三十五〕舟：《緌雅堂駢體文》本作「船」。

〔三十六〕此句《緌雅堂駢體文》本無。

題辭

溧陽沈綰青吉夫

窣地簾紋吟翠濕，濛濛中有詞仙。落花如雪絮如煙。研成和淚墨，題遍衍波箋。一寸金荃蘭畹稾，才名到處爭傳。檀痕重掐[一]酒樽邊。未應删綺語，還共證情禪。

《臨江仙》

【校】

[一]掐：《詞綜補遺》作「搯」。

休甯汪聲鏘甡甫

銀燈挑盡琢新詞，合付鈎欄玉笛吹。不用紅紅誇記曲，雙鬟下拜已多時。

虎僕柔毫染麝煙，蠶眠小字疊鸞箋。薄他柳膩蘇豪倣，格韻終輸白石仙。

休甯夏慎大仲勤

殘月曉風别恨，夕陽芳草閒愁。三生杜牧倦來遊。落魄江湖載酒。　舊譜羅裙重按，新詞錦瑟爭謳。纏綿不斷藕絲抽。合記箏人紅豆。《西江月》

歙縣吴曾樹藝五

一編粉滴與酥搓，酒畔燈前寄興多。舊曲紅鹽催按拍，新詞碧玉怕聞歌。　魂銷未必曾真個，腸斷能無喚奈何。我欲持君冰雪卷，鬢絲禪榻伴維摩。

休甯張星采吟薌

一握生花筆。把衷懷、藕絲乙乙，幾番抽出。緑意紅情多旖旎，不減風流柳七。更不減、梅谿白石。綰住鶯愁牽蝶怨，與曉風、殘月同悽惻。香草淚，美人血。　笑[一]儂也抱雕蟲癖。衹愧煞、詞人三影，才華艷絶。讀到相思憑夢訴，鉤起朝雲恨别。甚絮果、蘭因難説。好待賴鱗蒼雁便，擘瑶箋、唱和無虚日。欣舌本，妙蓮發。《金縷曲》

【校】

[一] 笑：《詞綜補遺》作「吴」。

元和陳燮疇莘農

且貰旗亭酒，歌君絶妙詞。緑蕪愁遠别，紅豆話相思。好覓同心藕，還憐續命絲。一聲風送笛，惆悵暮雲時。

黟縣孫景輝荷生

一别美人黄土。不斷情絲萬縷。潑墨寫新愁，和淚灑箋成雨。詩圃。詩圃。才子本來心苦。《如夢令》

同邑程世洛澗伊

縱横筆陣掃雄師，那料功名鵡退遲。君歲科試四冠其軍，秋闈亦屢堂備。一事讓君獨千古，玉谿詩格玉田詞。

休甯黄興衍茱卿

紅絲硯潤，烏絲闌密，砌就藕絲詞句。偷聲減字意纏綿，抵多少、樂章琴趣。熏香摘艷，搓酥滴粉，月底重修簫譜。天寒微雪飲旗亭，也消得、雙鬟歌賭。《鵲橋仙》

休甯邵鴻恩遺棠

靈霄墨會記前因，同是蓬萊小謫身。君生咸豐辛亥，與予同庚。安得抱琴兼載酒，丹山藍水訪詞人。丹山藍水在商山，君遷居於此數世矣。

休甯余會生遠帆

天涯書劍感離群，忽枉瑶華賁五雲。涼雨一燈愁坐我，落花三月夢思君。情深譜就紅絲瑟，年少歌翻白練裙。何日秦淮呼畫舫，攜樽重與醉斜曛。

叔文紹紫卿

別恨歡情細細描，底須綺語懺無憀。雨窗岑寂挑燈讀，口也香生意也消。

藕絲詞卷之一

浣谿沙

鏡檻彎環倚雁箏。六幺彈出斷腸聲。杏紅衫薄夢初醒。　棋局細敲驚睡燕，扇羅低撲惹飛螢。生來心性太憨生。

八聲甘州

和送春作

甚長堤垂柳萬千條，竟難挽春歸。尚尋尋覓覓，調鸚檻北，撲蝶廊西。奈被數聲啼鴂，喚醒草萋萋。懶上層樓望，煙雨天涯。　休恨落紅滿地，待銜來燕嘴，罥住蛛絲。驀寺鐘催曉，殘夢影迷離。便愁他、愔愔門巷，賸緑陰、如霧送斜暉。空惆悵、别經年處，消息梅知。

錦堂春

影瘦翔鸞鏡掩，香銷睡鴨爐空。一院蟲聲涼欲雨，燈閃枕屏紅。　斑竹啼痕未褪，吹蘭情話猶濃。月照玫堦弓襪剗，小步膽怔忡。

高陽臺

由沿橋買舟，至大通時已薄暮，晚煙四合，但聞漁歌嫋嫋水雲間也

艕軟摇雲，帆欹摺雨，晚涼人載扁舟。水國愔愔，西風吹作去清秋。滿湖空翠吟誰共，蕩煙波、說與閒鷗。渺含愁。紅藕開殘，紅蓼開稠。　一圭山黛昏如睡，有無邊暝色，隔斷江樓。黯澹情懷，那堪重聽漁謳。幾回欲寫天涯怨，怕蘆花、白也盈頭。漫勾留。蟹火星星，暈入蘋洲。

西江月

幾點豆花雨脆，一痕藕葉風香。水葒屏障畫瀟湘。猛憶千年情況。　　睡起燒燈小閣，宵深擫笛迴廊。銀河清淺月華涼。扇底相思同唱。

虞美人

紅梨瘦損東風老。龜甲屏圍曉。枕根斜溜翠雲翹。一種傷春心事倩誰描。　　嬌鬟十八梳猶懶。背地郎偷盼。鏡涵雙影影傳情。卻被小窗鸚鵡見分明。

西子妝

花氣撲簾，絮痕黏檻，夢斷東風臺榭。滿庭芳草綠如煙，折鞦韆、柳陰雙架。鶯嬌燕姹。又軟語、茜紗窗下。悶情懷，倩誰彈寶瑟，誰斟香斝。　　春歸也。壺凝紅冰，簌簌鉛淚瀉。黄昏微雨閉重門，寫新愁、海苔箋砑。腰巾手帕。總暗染、當時蘭麝。最淒清，依舊衾寒燭灺。

浪淘沙

青谿感舊

垂柳緑髟髟。月暗籠沙。板橋西去那人家。曾記蘭橈停水榭，丁字簾遮。蜜炬剪窗紗。愁訴琵琶。重來玉面隔桃花。贏得零星春夢影，吹落天涯。

又

桃葉渡西頭。畫舫勾留。惜香人醉媚香樓。樓上衣風樓下水，黯黯生愁。斜照冷銅溝。夢逐潮流。一梳煙柳白門秋。賸有女牆眉樣月，猶掛簾鉤。

天仙子

灣沚夜泊

雲淡玉繩低耿耿。小泊西灣涼滿艇。四圍疏柳畫秋陰，煙水靜。江天暝。舊約還尋鷗鷺證。　夾岸蕭蕭蘆荻冷。月到波心摇緑影。篷窗燈火夜闌時，風力猛。潮痕緊。孤櫂一聲殘夢醒。

瑣窗寒

蝶粉匀花，鶯聲眷柳，小窗春盡。衫痕瘦摺，懶照塵昏菱鏡。上樓頭、鉤簾暗看，緑陰一桁煙吹暝。甚負情、儂去薔薇，開謝也無音信。　重省。天涯恨。獨背著燈帷，淚珠偷揾。紅綃寄否，偎暖幾層欄影。聽雕梁、雙燕訴愁，黛蛾不展人又病。待歸來、瀹茗焚香，細把相思問。

河瀆神

蘭月戀西廂。娟娟影白如霜。夢回湘簟麝煤涼。紗櫥茉莉毬香。藥爐經卷消閒計。底事偷彈珠淚。爲惱燈花故意閟，時偏報人喜。

菩薩蠻

宫鬟雲擁芙蓉枕。香肌雪彈蒲萄錦。半掩碧煙幮。畫成春睡圖。宿酲猶未解。無語拈裙帶。禁得落花寒。退紅雙袖單。

探春慢

題《踏雪尋梅圖》

煙冷林皋，雪深村塢，一分香意吹透。款段騎來，奚奴喚起，碎踏梨雲千畝。倚竹橫斜好，待覓向、孤山前後。那知行到谿橋，水邊籬落開久。　　怊悵故園回首。聽玉笛飛聲，黄昏時候。帽影微籠，鞵痕盡没，畫出尋詩人瘦。滿把苔枝折，問老鶴、天寒誰守。歸去柴門，對花吟醉還又。

戀繡衾

梨花如雪壓畫欄。正黄昏、人怯薄寒。恨羅幌、縈香霧，悄闐來、癡月一丸。　　宜男草繫蘭胸久，甚春還、郎尚未還。記曾把、當歸寄，又鵑啼、紅淚暗彈。

風流子

生小春情乍動。斜倚繡牀挑弄。蘭並蒂，萓同心，添刺一雙幺鳳。愁重。誰共。昨夜蛾兒入夢。《夢書》：「夢蛾兒者，憂婚也。」

沁園春

髻

鬟髮如雲，鬖髿妝成，螺痕遠浮。想笙吹鵝管，雙丫影嚲，匳開鵲鏡，百葉形留。縮出茴香，圖來菱角，笑問窩絲挽得不。蘭膏沐，記水晶簾底，郎看梳頭。偏愁纂學揚州。悄無語韋娘舊樣偷。更朱繩淺紥，盤鴉甚媚，翠釵斜插，墮馬猶羞。枕畔頻欹，燈前乍擁，呢我還簪抹麗毬。頽鬟攏，任花冠不整，獨拜牽牛。《疑雨集》：「從今不學揚州纂。」

又

脣

一粒櫻桃，欲破仍含，嫣然泥人。喜帕揩絕艷，猩紅點乍，盃沾就醉，螘綠斟頻。毫凍頻呵，墨濃待吮，帖倣簪花寫洛神。如飴罋，算海南丹荔，未抵甘芬。無言淡抹輕勻。憑樊素清歌欲遏雲。怕瓊簫品去，濡殘碧唾，銀笙吹罷，濕透朱痕。舌舐微鮮，齒寒小斂，私語脂香枕畔聞。逢生客，把春蔥半掩，淺露嬌嚬。

清平樂

惱人天氣。開到荼蘼未。幾折紅闌排亞字。閟倚落花風裏。　　兜鞵意緒無憀。有誰泥飲銀蕉。待覓巫雲昨夢，夢騎雙鳳吹簫。

陂塘柳

舟過嚴陵，景物清曠，爲填此解，扣舷歌之

趁桐江、鯉魚風便，片帆催送煙際。晴漪蕩碎玻璃碧，倒映鬟眉俱翠。瀧七里。有知了、聲聲響曳斜陽裏。崔徐畫意。是岸柳陰疏，水葒花老，低曬鷺鷥翅。　　嚴灘近，指點寒潮暗至。釣臺百尺高峙。笠簷蓑袂平生夢，我亦一竿欲寄。行迤邐。又荻汊、蘆碕嫋嫋漁歌起。浮家計遂。愛蒓滑調羹，菰香炊飯，消受幾吟醉。

西地錦

寶鴨熏殘宫餅。正翠鴛衾冷。雕欄幾摺，湘簾幾幅，賸零星花影。　憶否昨宵人静。約個儂潛等。迷濛淡月，離香霧悵，行雲無定。

長亭怨慢

猛聽得、煙蕪啼鴂。催喚春歸，黯然淒絶。紅雨西窗，緑波南浦淚盈睫。惱人堤柳，千萬縷、愁絲折。不道絮迷濛，又亂撲、衣襟如雪。　哽咽。望高樓一角，堆上暮雲重疊。眉頭暗鎖，怎排遣、落花時節。問此際、蛤帳孤眠，可還憶、盟星呪月。料瘦損纖腰，已褪留仙裙褶。

小桃紅

春去花開落。人去萍飄泊。夜月樓頭，曉風簾額，夕陽欄角。望天涯煙樹、緑陰陰，恨鱗鴻擔閣。　鏡影侵疏箔。燈影寒深幕。一樣愁懷，兩般情事，幾回思索。又今宵夢軟、似遊絲，颺晴空無著。

水龍吟

繡毬花

是誰抛落晶毬，春深幻出花千朶。碧闌干外，團團糝雪，欲開還鎖。鏤玉英繁，雕冰瓣碎，態含婀娜。況半晴半雨，瓏鬆幾樹，時飄忽、香風過。　掩映粉墻偏妥。似瑶臺、淨無塵涴。妝樓對處，一枝簪罷，翠鬟微嚲。蝶翅交攢，蜂鬚亂疊，瓊姿泥我。洸清明節近，個儂戲蹴，影垂垂墮。

更漏子

焙茶天，挑菜地。一陣麴塵香膩。釵索戰，扇羅兜。嬉春春亦愁。　絲絲雨。濛濛絮。催得卓金車去。花淚替，柳眠醒。東風知此情。

蘇幕遮

書《洪忠宣公傳》後

雪天低，冰海結。萬里孤臣，直指衝冠髮。五國城遥音問絶。夢斷宫車，鼓角聲悲咽。嚼寒氈，持禿節。漢代蘇卿，差與君爭烈。獵獵陰風肝膽裂。回首江南，日暮鵑啼血。

卜算子

萸帳夢回初，偷覓閒堦戲。摘得青梅壓鬢簪，衣畫涼煙翠。相約鬥詩牌，瓊姊蘭姨至。新製無題怕被窺，裙帶羅囊繫。

念奴嬌

練江曉泛

半窗幽夢，被鐘聲喚醒，鳥聲催起。浩淼谿流横匹練，同坐小船天際。螺髻峯堆，牛毛樹短，畫意兼詩意。櫂歌齊發，野鷗容與蘭沚。想見隔水亭臺，彩繩高掛，已歇鞦韆戲。草色波光攙一碧，勾引討春人至。紅杏村莊，緑楊城郭，煙雨空濛裏。酒帘斜颭，携樽還共吟醉。

憶秦娥

平頭鞵子雙鸞

春城東。一絲嚮曳風箏風。風箏風。閒愁萬斛，吹上眉峯。踏青曾記谿橋逢。谿橋逢。衣香鬢影，相見匆匆。

東風第一枝

用史梅谿韻

紺柳飄綿，緗桃墜瓣，錫簫吹得天暖。漫隨陌草愁蘇，還尋畹蘭夢淺。茸衫春熨，怎噤瘁、雨嬌風軟。想鳳城、挑薺歸遲，敘溜一雙釵燕。　腰釵瘦、驚看帶眼。眉黛蹙、懶窺鏡面。有時吹絮疏簾，憑誰采香故苑。闌干淒碧，便繡上、苔痕如綫。奈錦箋、密記幽歡，怕被雪衣娘見。

憶王孫

側側春寒侵舞榭。懶自把、麟毫簾挂。桃鬟微笑粉墻東，被黄鳥、聲聲駡。　柳絲斜搭闌低亞。朥翠嫵、一痕慵畫。新愁還比舊愁多，更誰管、花開謝。

喜遷鶯

瓷青天曉。聽簷角頻啼，栗留春鳥。縠雨迎晴，棠風試暖，寶勒雕鞍遊好。不恨紅樓路隔，不恨藍橋信杳。恨堤柳，裊鵝黃千縷，綰愁難了。　誰料。尋艷冶，舊陌銅駝，又綠裙腰草。芍藥闌前，蘼蕪徑裏，贏得幾番斜照。門掩呪桃人遠，窗掩贈蘭人悄。待何日，覓六萌車載，兜娘嬌小。

蝶戀花

簷馬丁東風戛動。潑水春寒，吹作春陰重。薄病懨懨衾獨擁。藥爐茗椀無憀共。　倭墮髻雲釵股攏。一綫愁痕，補就眉痕空。斷粉零香和月送。梅花夢後梨花夢。

天香

龍涎香

石膠去靈漦，波凝腥沫，仙槎海國携到。鳧藻誰熏，鵝梨許换，香杵細腰親搗。氤氲碎剪，料不是、水沈冰腦。依約鮫宫，霧散微茫，蜃樓雲繞。　蓮檠那時淺照。撥蟠螭、剥葱纖爪。還憶玉窗春夢，紫羅囊小。一種芬馡蘭韻，正細雨黄昏畫簾悄。酒醒氈帷，温馨暗惱。

桂枝香

蟹

霜寒荻沚。漾淺水緯蕭，低障沙觜。幾輩稻芒輸後，草泥行駛。江空月黑潮回候，隔漁村、燈摇涼穗。紫筐俯拾，緑蒲齊縛，筠籠携至。　問老圃、黄花開未。喜蔪雪雙螯，消得殘醉。還配玉芽薑嫩，金穰橙脆。尖團風味樽前别，便吴淞鱸鱠休擬。閘塘郭索，瘦扶紅蓼，畫圖重記。

減蘭

紅箋盈幅。喜字迴還書卅六。擬倩青鸞。密把歡期遞與歡。　睡絨窗畔。金縷鞵提羅襪剗。一束腰身。香霧朦朧暗近人。

一枝春

用弁陽嘯翁韻

一樹棠梨，傍壓簃、吹出廉纖春雨。茸帷夢醒，淚滴紅蘭無緒。圓冰自抱，甚慵畫、兩彎眉嫵。應是怕、楊柳青青，欲上翠樓愁聚。　閒從鈿屏遮處。把琳腴飲罷，重歌《金縷》。蓉笙葉脆[一]，試掐紫釵遺譜。情傷小玉，料花好、也遭風妒。空脈脈、心事箋天，倩誰寄語。

【校】

[一] 脆：《篋中词》作「脱」。

江月晃重山

秦淮弔許少玉太守長怡

繡箔珠燈妝閣，牙簫絡鼓游船。漫尋淡粉與輕煙。平章事，風月屬神仙。　酒地花天蹤蹟，舞衫歌扇因緣。白門新柳等閒編。江湖夢，落魄十年前。《白門新柳記》乃太守所編，許豫其託名也。

掃花遊

虛館夜寒，聽雨不寐，前塵影事暗觸予懷

燭昏欲睡，正隔著疏窗，雨聲敲緊。鵲爐未燼。便春寒料峭，被池猶潤。倚枕懨懨，懶自重調玉軫。漏將盡。奈難覓夢緣，添得孤悶。　前事還暗忖。記那日西樓，證脂盟粉。別離詎忍。贈蘭香繡帕，尚留猩暈。鏡約成空，想像嬌顏似蕣。有誰認。勝苔堦、鎖蓮雙印。

摸魚子

暮色蒼茫，舟行未已，鄉思振觸[一]，愴也成吟

劃鷗波、琉璃萬頃，艣聲鴉軋隨唤。銷魂冷雨疏煙外，人意與秋俱遠。秋色淺。甚十里、蘋香吹作西洲怨。潮平古岸。任柳隙蟬嘶，蘆根雁語，脈脈水天晚。蒓鄉路，中酒阻風曾慣。旅愁依舊難澣。江空月黑迷津樹，側卧篷窗吟倦。腸欲斷。聽碎笛、零歌別淚征衫濺。孤衾夢短。賸芡葉偎涼，蒓花攬暝，青滴一燈顫。

【校】

[一]振觸：現一般作「棖觸」。振，《廣雅》：觸也。故汪淵此集中均作「振觸」。

踏莎行

飛絮心情，落花愁味。緑窗繡倦金訶子。午鶯啼過鳳屏東，驚殘好夢無頭尾。臉粉潮紅，鬢酥暈翠。薄寒銀鉦熏香細。欲研螺墨賦相思，綾箋滴滿相思淚。

解珮令

桂眉碧聚。桃唇紅注。更翻荷、髻梳煙縷。换罷蕉衫，倚鈿榻、閒翻繡譜。問摴蒱、荔支誰賭。涙痕如雨。愁痕如霧。憶年時、水涼朱戶。魚魫蘭開，消一盞、釵頭茗煮。勝羅幬、瑞麟香炷。

藕絲詞卷之二

好事近

漁父

魚步落潮初，沙尾蜻蛉舟艤。寒雪滿篷壓處，梟炊煙難起。　隔江漁火兩三星，收得釣筒未。風捲半汀蘆絮，當吴綿裝被。

摸魚兒

春事將闌，懷人不見，拈此寄情

記年時、秦樓明月，玲瓏斜照窗戶。屏風曲彔裝金尾，圍個玉臺仙侶。留小住。漫箏雁、雙雙彈出幽情苦。投懷軟語。早燈穗飄零，袖華黯淡，慵整柘枝舞。　芳蹤去，轉眼香雲粉雨。而今殢我淒楚。沈腰潘鬢銷磨盡，門掩落花無數。春又暮。怎窣地、簾垂遮斷愁歸路。雕闌撫處。便挑遍琴心，題餘鏡背，依舊夢難據。

南鄉子

帶縛鈿箜篌。燕樣身材，鶯樣歌喉。漫説殢人場上好，風流。多少春深在畫樓。　沈水炷香毬。絮絮幽懷訴未休。燈灺酒闌留小住，温柔。頰暈紅潮半忍羞。

攤破醜奴兒

天然一種豐神俏，笑靨雙圓。愁黛雙彎。魚子香蘭顫鬢邊。也囉，真個是、得人憐。　珍珠簾底微微露，簇蝶裙鮮。繡雀鞵妍。斜倚東窗學意錢。也囉，真個是、得人憐。

瑶花

梔子花

瓣含六出，香透三分，正宵涼如水。瓏璁片玉，雕琢就、合共唐昌連理。同心試贈，漫生受、徐娘詩思。最動人、濕露瓊姿，結帶暗懸猶媚。　個儂繡佛餘閒，問供向銅瓶，禪悦參未。銀絲綴罷，消暑意、簪上晚妝丫髻。蘭膏欲涴，莫錯喚、東鄰之子。賸一庭、黄月濛濛，夢入郁山叢裏。義山詩：「結帶懸梔子。」王次回《詠東鄰梔子詩》：「佳名更喜同之子。」

相見歡

房櫳曉釀春寒。冷沈檀。記否小屏深處、夢珊珊。　盃款醉。燈照淚。枕留歡。分付玉奴休怨、襪羅單。

風入松

畫廊曲折畫欄圍。閒坐鏡臺西。紫櫻花落苔痕没，漫彈出、雁柱瓊絲。記得霞香閣上，一鉤眉月潛窺。　犀簾捲起水晶輝。幽怨有誰知。海紅衫薄春寒重，訴甚事、絮語低低。閒煞鞦韆彩索，惱人無數鶯啼。

惜餘春慢

郊外探春，用魯逸仲韻

寒戀窗眉，香緘被角，魆地愁生如草。箏絃燕蹴，鈴索鶯捎，警覺蔚藍天曉。還念山城杏開，沽酒前村，紙鳶風小。問鈿轅珠勒，舞裙歌板，俊遊多少。　因甚事、采菉人稀，秉蕑會罷，觸起蝶愍蜂惱。衫痕唾碧，帕暈啼紅，纖嫵兩彎慵掃。回盼長亭短亭，送得春歸，杜鵑催老。賸桃花含笑，楊花飄淚，夢雲空繞。

浣谿沙

十四妝樓廿四航。青谿繚曲板橋長。載花舲蕩槳雙雙。　桃葉渡頭波軟碧，枇杷巷口月昏黄。情深情淺問鴛鴦。

又

羊角燈紅印麴波。屏風十二拓金鵝。丁家水閣約重過。　蘭葉裙拖眉子畫，棗花簾掩膽娘歌。棖棖絃索夜如何。龔宗伯有題畫蘭裙子《如夢令》，爲横波作也。眉子，横波别號。

念奴嬌

晚泊吴江

幾分秋色，向垂虹亭畔，引人遐矚。夕照銷金山罨畫，獨倚柁樓吹竹。笠澤船來，松陵驛過，杳靄拿音續。冷楓紅未，蒲帆催卸江曲。況是蟹溆鷗汀，吴歌嫋嫋，使我清愁觸。明月墮煙星墮水，涼雁一聲低逐。戍鼓遥沈，漁燈暗閃，繫榜蘆花宿。草深沙岸，數痕螢尾摇緑。

酷相思

燈暗翠帷人别處。送幾陣、淒涼雨。向繡榻、獨眠誰共語。覺被也、寬無數。覺枕也、寬無數。盼遍印梅窗不曙。甚玉漏、長如許。若長在、昨宵更裏去。連夢也、留他住。連影也、留他住。

望江南

春去也，郎在阿誰邊。環解九連消悶抱，圖翻七巧破愁眠。懶撥琵去琶絃。垂淚望，明月幾回圓。好夢難成占蟢子，歸期未準卜魚仙。脈脈綺窗前。

無悶

堤柳籠煙，搖曳緑陰，釀出春寒漠漠。逗一綫斜陽，半明樓角。記得聽鶯茂苑。有酒盞、紛拏歌橈泊。金昌亭外，連天草色，也傷遼邈。　池閣。夢遊樂，夢姑射。仙姿瘦腰如削。傍繡幌輕彈，玉箏絃索。因甚香癯粉悴。又負了、梨花東闌約。待剪葉、題遍相思，報與采蘭人覺。

阮郎歸

釀花天氣惜花時。茸茸春草齊。背人偷撚碧桃枝。倚簾鬟影低。　鬆臂釧，褪腰圍。知他知未知。無聊翻惱燕雙飛。閉窗慵放歸。

沁園春

頰

朱粉輕施，妝學慵来，妍姿寡儔。恰扶頭眠倦，半侵晶枕，捧心顰淺，斜倚冰甌。醉暈生嬌，病容帶瘦，想像春纖託處愁。還增媚，是香瘢滅盡，獺髓曾求。綢繆未慣含羞。便薄映紅潮那自由。乍偷垂玉筯，啼痕暗漬，閒偎金釧，圓影深留。白賽梨雲，絳欺桃雪，畫到添毫勝十洲。郎偏愛，愛笑渦微蹙，格外風流。《疑雨集》：「憶得雙文梨頰畔，雪甌斜倚獨含顰。」程嘉燧詩：「閒偎金釧，影圓留頰。」

又

舌

四韻分餘，圓轉如簧，歌阿鵲鹽。似碧鸚調熟，喃喃畫閣，翠鸝剪慣，嚦嚦雕簷。軟語宵饒，嬌聲曉掉，含笑丁香吐未嫌。華清夢，記玉魚銜處，涼沁茸纖。《楞嚴》經誦疏簾。喜蓮蕊生來妙諦拈。況茗甌醒啜，甘回膩木，荷箭醉卷，芬透柔尖。花粲憑伊，瀾翻泥我，圍解青綾鋒甚銛。誰唐突，把西施名喚，風味還添。次回詩：「四韻細教分舌齒。」《雨航雜録》：「西施舌一名沙蛤，味極鮮美。」

漁家傲

簾外拒霜紅欲褪。瀟瀟雨滴空堦緊。藕色秋衫寒尚忍。教人恨。教人恨殺衾孤另。　街柝無聲燈有暈。都梁爇盡銀皃冷。飛過南樓鴻幾陣。憑伊問。憑伊問個遼西信。

南柯子

紫竹簾

袖捲風侵腕，冠除露濕鬟。今宵同是月團圞。少個昨宵人看便心酸。　誰弄，紅薇枕自閒。一重屏掩一重山。攔住夢魂飛往又飛還。

古香慢

此夢窗賦滄浪看桂，自度腔也，萬氏《詞律》失載，爲賦之

麝煤熨夢，蟻醁沽春，今夕何夕。朱鳥紋窗，欲啓又愁風入。一枕小遊仙，早忘卻、

銅蠡響滴。況金荷照處薤葉，簟涼粉汗無蹟。記當日、赫蹄箋擘。吟就閒情，傳與消息。別淚連絲，叩叩香囊重覓。人月慶雙圓，再休恨、飛龍骨出。願從茲，鎮長似、鰜肩鶼翼。

喝火令

漏澀穿疏箔，燈昏隱小屏。玉釵敲斷落花聲。半掩紅窗六扇，來合紫鸞笙。　棗印熏爐冷，梨渦竇枕生。朦朧睡去不分明。一抹青山，遮住夢難行。一抹曉風殘月，留住夢難醒。

琵琶仙

偕黃茮卿興衍、吴兆璜傳熊遊杭垣皋園

林木森然，占城角、半畝袈裟初地。軒檻濃緑噓煙，尋秋酒人至。拳石瘦、甃成黛巘，更如笠、短亭斜倚。藕盞擎紅，蕉箋砑碧，涼沁吟袂。　那堪問、花月滄桑，賸祠宇、東皋傍池水。園建爲忠義祠。思薦一樽泉菊，奈夕陽門閉。還領略、甘茶味俊，好竹肌、劃漫詩翠。記否蝴蝶南園，夢塵空徙。

一叢花

晚春天氣早春情。青漆曲闌憑。荼蘼一樹開如雪，漸吹盡、香粉零星。簾罥蝶衣，簷捎燕翦，小製護花鈴。　憶曾私語共遮燈。悄悄酒微醒。如今蹙瘦煙蛾緑，爲孤卻、鏡約釵盟。窗眼月窺，廊腰露冷，綺夢墜銀屏。

揚州慢

窗罥蛛絲，壁縈蝸篆，斷無人倚朱欄。對淒風苦雨，作客館春寒。偶振觸[一]、年時影事，荷囊分麝，菊枕描鸞。向銷金帳底，朦朧軟語吹蘭。　羅衾幽夢，奈而今、多分闌珊。甚鳳子單衣，鴞兒淺韈，重見心酸。欲覓十香舊譜，妝臺畔、淚墨都乾。賸緋桃一樹，幺紅吹上屏山。

【校】

［一］振觸：即「棖觸」。

人月圓

墻西月子彎環樣，曾照昔時情。紅羅亭小，碧綃櫳密，嫩約惺惺。　夢雲散後，香餘鴛帕，粉減螺屏。依稀賸有，鏤金跳脱，愁絶今生。

洞仙歌

傷逝詞二首

瑶清人去，問華年有幾。十二迴闌數上重倚。歎情天易缺、恨海難填，空惹得，命比琉璃還脆。　消愁憑越酒，酒薄愁濃，迸作淒涼滿襟淚。寒氣逼西窗，夢影惺松，賸一剪、釭花紅萎。便悄向、虚帷唤真真，奈爇盡名香，返魂無計。

又

琴絲折後，況秋風羽鎩。一樣青衫淚痕在。時丙子南闈報罷。恁霜期簟冷、月瞷簾虛，振觸[一]處，祇對斷釵零黛。　　繐幃銀燭灺，是也非耶，想像珊珊響環佩。曇影霎時消、無計留仙，空賸得、縷金裙挂。還苦説、聰明誤今生，教婢誦《蓮經》，替伊懺悔。

【校】

[一] 振觸：即「棖觸」。

鬲谿梅令

寶函香減怯衣單。夜漫漫。閒煞玉梅花下、玉闌干。一痕煙月殘。　　雞箏三尺向誰彈。暗心酸。回憶硏羅鴛襪、壓春寒。翠衾兜夢歡。

滿庭芳

舟泊清弋江，振觸[一]舊歡，淒然有作

樹瘦偎青，山昏孕碧，作去成暝色如煙。片帆催卸，人在藕花天。遮了一聲何處，斜陽外、嘶斷涼蟬。漁莊小，笭箵低挂，不礙鷺翹肩。　漂零詞賦客，閒吟殢醉，辜負華年。甚西風、蕭瑟吹散離筵。賸有半棱眉月，篷窗底、伴我娟娟。隨江岸，叢蘆老柳，摇夢入秋邊。

【校】

［一］振觸：即「棖觸」。

東坡引

歡筵情正密。離觴恨偏積。醉雲醒雨心憐惜。夢痕無處覓。　牽衣欲訴，語多翻默。但教聽、横塘北。鷓鴣聲替儂留客。哥哥行不得。哥哥行不得。

飛雪滿群山

次蔡友古韻

蝶抱香殘，鵑啼血冷，愔愔嫩緑吹門。盃停綺席，簫停畫閣，一簾幽夢如雲。紫茸衫檢點，甚都漬、啼痕唾痕。醉裏輕別，愁邊易感，懶自殢爐熏。還憶得、戧金屏外路，有矮紅闌子，共倚黄昏。竹窗聽雨，梧堦拜月，詎人坐到宵分。奈他春又去，鎮無語、雙蛾翠顰。繡衾長擁，亭亭倩女離後魂。

生查子

簾波貼地鋪，約得秋如許。半剪枕衣痕，紅滲胭脂雨。璧月影微涼，媚煞梧桐樹。消息問燈花，花又愁無語。

如夢令

記得簸錢年紀。兩鬟蟬雲低墜。無語下香堦，偷折櫻桃花蕊。遊戲。遊戲。倦向侍兒肩倚。

又

一鏡春山凝翠。暈入兩蛾痕細。悄未識閒愁，鎮日香盟心字。簾底。簾底。不覺羞眸斜睇。

惜紅衣

題《敗荷圖》

鷗雨莎莎，魚雲淰淰，銀塘盈頃。一剪蓉裳，飄零怨秋盡。夕陽依舊悄然，墜鏡臺、香粉清冷。味苦心頭，也憐卿夢醒。　不堪重省。悵望湘江，宵涼浸蟾影。闌珊玉佩，擬共露華贈。爭奈美人天遠，瘦得紅妝如病。賸空房蓋著，兩兩彩鴛交頸。

江城梅花引

碧天如水夜雲流。怕涼秋。已涼秋。記得那回，簾底笑牽牛。私語喁喁花欲泣，酒醒處，月痕纖、掛玉鉤。　玉鉤。玉鉤。暗鉤愁。擁錦裯。掩翠幬。盼也盼也，盼不到、好夢長留。怪道靡蕪香又冷，秦箏剔盡殘燈。窗未曙，寒雁過，一聲聲、墮畫樓。

憶舊遊

竹洲在休南商山，宋吴文肅公儆别墅也。有谿水一灣，修篁萬個，平泉風景，約略猶存。余暇日過之，遂成斯闋

賸風梢弄暝，雨葉敲涼，濕翠冥濛。一角危亭小，愛谿流環繞，略彴斜通。滿空碧煙吹暗，返照夕陽紅。正觿唱遥聞，樵歌互答，夢落幽叢。　橋東。萬竿玉，更濃蘸浮

嵐，淡抹層峯。藉地苔茵坐，有泉聲琴筑，隔座淙淙。欲參畫禪詩趣，山寺暮天鐘。待秋月明時，重來柳下移釣篷。

陌上花

用王眉叔學博詒壽虎林旅次有贈韻

一鉤澹月，一襟涼露，一分秋淺。策策西風，吹得愁痕煙散。簾波小漾玲瓏玉，曾映靧桃嬌面。奈綠華仙去，塵栖鏡鵲，影沈鈿雁。　記年時元夜，樽前側立，綽約身輕如燕。佯笑偷顰，雙臉斷紅誰怨。羅帷酒醒香銷後，也解意隨人轉。想蓮燈半灺，雛鶯顫處，夢憨心軟。

一剪梅

記得江城停畫橈。十四紅樓，廿四紅橋。夜涼閒倚一枝簫。月唱彎彎，雨唱瀟瀟。　惆悵行雲歸碧霄。鏡匣塵生，硯匣香消。蘭衾秋夢冷如潮。恨寄彎箋，淚寄鮫綃。

八歸

乙卯初秋，舟行丹陽道中，岸柳依依，殘暑猶熾，因即沿途風景，譜成此闋，示茉卿、兆璜

扁舟如葉，輕帆如箑，斜掠荻渚菱沚。炎炎火繖擎空熱，那得柈堆瓊藕，井沈冰李。秈稻香風吹萬罫，問隔岸荆扉誰閉。祇賸個、烏犍噓涼，波面半浮鼻。　堤柳濃陰匝處，農夫三兩，龍骨翻翻戽水。桑園蜩咽，莎塍蛤吠，相和棗竿歌起。見歸途餉婦，一簇山花鬢邊媚。煙村小、艇維枯樹，網曬疏籬，人家秋色裏。

唐多令

湖舫即事，分得「多」字

湖水碧攙螺。湖山翠斂蛾。更湖堤、絲柳垂波。蕩入銷金鍋裏去，有紅粉、態娥娥。　絳蠟簇銅荷。酒斟雙叵羅。趁宵涼、摘阮高歌。歌罷築毬花十八，蘋葉上、月痕多。

藕絲詞卷之三

十六字令

妍。髻髀香雲鬢掠煙。黄梅蕊，斜顫玉釵邊。

祝英臺近

雨如酥，風似醉，花信牡丹暮。草色羅裙，緑遍夢中路。問誰闌角聽鶯，庭心放鴿，背人作、送春詩句。　日亭午。還啓百福香匳，嬌鬟約煙縷。粉媚脂嫣，斜挽鳳釵股。可憐豆蔻詞緘，櫻桃淚落，又提起、那年離緒。

綺羅香

維舟野岸，風雨連宵，不能成寐，賦此自遣

樹色迎秋，煙痕送暝，柳岸扁舟低泊。篷背瀟瀟，晚雨細鳴青箬。剛響斷、紅葉山村，又涼生、白蘋谿閣。想驛橋、人語黄昏，隔船吹笛夢初覺。　年時還憶舊事，剪燭西窗話罷，寒深羅幕。因甚天涯，頻負鈿盟釵約。料此際、蝶帳燈孤，也難禁、象牀衾薄。聽聲聲、滴在心頭，酒醒情緒惡。

浣谿沙

贈秦淮某録事

錦髻梳成貼額黄。釵梁斜裊夜來香。白團紗扇薄羅裳。　繡帶雙歧垂紫穗，弓鞵一握露紅幫。出群標格趁時妝。

又

宛轉芳心託綠腰。木犀花底夜相邀。紅牙拍板白牙簫。　慧絶憐卿工酒糾，情深泥我困茶嬌。峭涼如雨度秋宵。

稍遍

秋氣泬寥，秋情蕭瑟，悵墜歡之莫續，思舊夢以難尋，適案頭有《東坡居士詞》，因次其韻

八扇綺窗，圍住舫齋，絶勝簾垂地。睡初醒，碧慮曲屏風，早梧桐添得秋氣。趁新涼，詩吟紅葉，詞吟紅豆，幽思清於水。把虎僕毫抽，龍賓墨染，綢繆錦字鱗比。喜鵝笙炙暖唱《楊枝》。又象板敲殘夢菱絲。宛轉消魂，鏡檻神情，琴臺趣味。　有仙姝明麗。記曾携手瓊園裏。琵琶通語，蕙質蘭心最伶俐。偶衫角花兜，鞵尖蘚涴，翩翩小步淩波起。甚粉謝鸞衾，香乾麝枕，嬋娟如隔天際。賸螺痕一剪綠鬟飛。與蛾暈雙彎翠

眉低。細思量、別愁歡意。除非月府侍書，再謫來塵世。皋逢解佩，軒逢寫韻，牒注鴛鴦而已。不須更乞息肌丸，但同禁、甲帳寒耳。

西江月

柳

青粉墻低腰䩞，赤闌橋遠眉顰。倡條冶葉不禁春。添抹夕陽紅襯。　鶯曉燕昏作夢，鴛南鴦北消魂。渡江雙檝送桃根。難綰一天離恨。

滿江紅

同章季植定建、程潤伊世洛尋翠梅亭故址

蠟屐探幽，早亭榭、秋深草没。但賸得、兩蛾低鎖，難尋斷碣。松頂濤聲涼灑雨，峯腰瀑布晴飛雪。更疏鐘、一杵暮天敲，僧歸刹。　巖翠重，衣誰潑。林葉響，笻誰撥。映丹楓千樹，夕陽明滅。峭石題詩苔蘚掃，荒山吹笛煙雲裂。望來蘇、渡口水粼粼，摇寒月。

雨中花

試茶

石銚竹爐烹欲熟。問蟹眼、嫩湯誰漉。恰殢酒天寒，勔書夜靜，碧乳分甌玉。　蕉雨一簾琴一曲。夢醒處、詩襟如沐。更心字香濃，膽瓶花澹，小潑松蘿緑。

燭影揺紅

和友人韻

蛤粉墻西，獸鐶斜掩人何處。別時梅影淡屏山，驀地殘春度。漫説酴醾醉雨。最無情、顛狂柳絮。成團作隊，不墮萍池，偏黏桃戶。　悵望雙魚，練江潮斷漁梁渡。黛眉如葉臉如花，瘦減難爲主。没個知心伴侶。賸芹巢、伶仃燕住。涼秋又到，領著香雛，飛飛歸去。

釵頭鳳

犀紋箔。狨茸幕。秦樓夜踐驂鸞約。鬟香膩。肌香細。笑聲咭咭，殢人情思。記。記。記。　春蕭索。花飄泊。玉蘭風猛梨雲薄。分携意。相思味。呀繚綾上，一星星淚。寄。寄。寄。

壽樓春

啼春風流鶯。蘙龍綃帳底，幽夢催醒。燭冷香微慵起，曉寒侵屏。呼小玉，循堦行。數昨宵、殘紅飄零。又箔捲鰕鬚，爐熏鵲尾，振觸[一]買花聲。　膠鬟拭，凝妝成。甚彈棋韻歇，描繡工停。那得榴巾緘淚，杏箋書情。簫局倚，箏樓登。悵陌頭、垂楊青青。把無限離愁，歸來訴知同剪燈。

【校】

[一]振觸：即「棖觸」。

海棠春

稺荷香沁昨宵窗外瑶琴聽。曾小立、翠苔幽徑。曉起落花多，替掩鞾蹤整。

蘭襟冷。堪妒是、睡鴛交頸。如豆摘青梅，悄憑池欄打。

疏影

枇杷

芸窗寂宫黄染處。似熟梅雨㯋，枝綴無數。坐對東谿，留醉西園，堂陰小摘偏許。

靜臨唐帖，問炎果、可含纖露。恰隔林、彈落金丸，啅雀暗驚飛去。長記花開時節，

正珂雪密灑，香透簾戶。萬里橋邊，一樹門前，悄伴那人深住。檀珠百八蔥根掐，也應

被、翠圓嬌妒。好滿籃、餉並鰣魚，還把蠟兄呼取。

點絳脣

院靜無人，一簾明月梨花浸。鳳笙誰品。半臂春寒沁。　爣燭璚窗，細讀迴文錦。酸辛甚。媚香幽寢。夢冷紅蕤枕。

沁園春

頸

玉立亭亭，低向燭前，秀若鮮卑。記紅綿襪製，銀繩緊繫，翠羅衫換，寶釦圓圍。燕尾遮餘，貂茸護處，除是蝤蠐比擬伊。香堦步，甚背呼小字，扭轉纔知。　兒時鎖挂葳蕤。便添個訶梨子亦宜。愛齧來酥軟，齒痕淺印，挽來粉膩，鬟影微垂。繡閣延頻，妝樓引慣，望斷蕭郎歸未歸。還偷看，看鴛鴦交繞，雙宿蓮池。《楚詞》：「小腰秀頸，若鮮卑只。」

又

腰

一捻無多，悄步伶俜，重逢小蠻。喜纖纖入抱，行雲帳底，低低半折，拜月樓端。帶眼潛移，群圍暗褪，尺六誰從掌上看。如人柳，也三眠三起，斜靠闌干。　姍姍捉搦偏難。恁翩若驚鴻往復還。便深宮瘦損，劇憐卿細，寒衾轉側，解逐儂彎。繡倦頻伸，舞酣反貼，束素休疑粉作團。情羞説，甚珠胎結就，玉繫微寬。

虞美人

璇閨夢醒抬身起。摺疊鵝綾被。問他門外碧桃花。底事多情飛入妾西家。　緑牙屏後銀鸚喚。春日凝妝懶。生憎鄰女太嬌憨。絮絮邀人去鬥草宜男。

百字謠

同陳莘農燮疇、夏仲勤慎大、韓敬菴熙游湖作

總宜船好，向晶匲啓處，艫枝徐蕩。領略淡妝濃抹意，罨畫秋山一桁。寺古藏雲，樓空壓水，隱隱鐘魚響。黄妃塔頂，故宫斜照無恙。愛此菱藕花香，湖心亭畔，小檥幽人榜。折取碧筩盃勸酒，冷沁詩襟都爽。梅鶴前緣，蒓鱸舊約，觸我煙霞想。彎彎月子，第三橋外誰唱。

三臺令

春睡。春睡。斗帳流蘇垂地。海棠枝上鶯啼。催唤兒家夢歸。歸夢。歸夢。簾外落花寒重。

百媚娘

深院木樨開後。黄雪滿庭飛厚。八尺桃笙涼似水，裙褶羅羅痕皺。悄立夜明簾下久。碧玉參差奏。　聽遍蓮花疏漏。酌遍梨花清酒。恨煞薄情仍負約，怕對鏡菱消瘦。帳掩蟬紗秋月透。淚點拋紅豆。

玉漏遲

玉窗煙暝處，露桃一樹，飛殘紅雪。眉譜慵修，小樣浣花箋摺。擬把盤中詩寫，奈難寫、離愁千疊。鱗羽絶。倩誰傳與，薄情儂説。　漸看緑葉成陰，到林壓梅黄，雨篊時節。潤逼熏籠，翠被麝臍宵爇。因甚鸞飄鳳泊，竟忘卻、鎖香金篋。芳草歇。天涯又聞鶗鴂。

行香子

題友人便面

麂眼籬横。雁齒橋平。更池南、縛個椶亭。繩牀棐几，雅寄閒情。好修花譜，抄術序，校茶經。　下漢田耕。下澤車乘。興來時、下里歌聽。素心友過，一笑逢迎。款黄柑酒，紅稻飯，緑葵羹。

聲聲慢

梅鈿墜白，柳纈皴黄，愁隨春草難芟。小夢星星，驚回雙燕呢喃。銀屏峭寒一縷，裊宣爐沈水煙含。扶病處，鎮顰蛾不語，瘦怯單衫。　多少香車金犢，向聽鸝池館，貰酒携柑。細雨如絲，杏花時節江南。湔裙舊遊暗記，記鱗鱗波軟挼藍。歸去也，上層樓，還數遠帆。

訴衷情

杳綃籠雨鳳樓東。一樹淚垂紅。尋春那人歸晚，依約謝橋逢。　眉月淡，鬟雲鬆。戰釵蟲。吹花徑裏，鬥草池邊，葉葉衣風。

高陽臺

追悼

桁桁簾垂，幢幢餤暗，淒涼人掩重門。冷落鉛華，忍看遺掛猶存。情知小別成長恨，悔當時、輕把襟分。渺無痕。魂蕩如煙，命薄如雲。　欲憑夢訴相思苦，奈鴛衾冰透，夢也難温。淚眼鰥鰥，能消幾個黄昏。前生緣分去今生斷，況他生、絮果蘭因。葬愁根。一樹梅花，斜傍孤墳。

江城子

梧桐褪碧菊吹黄。向蘭房。卸殘妝。珀枕縱横，閒置合歡牀。好夢如煙容易散，空爇盡，博山香。　玉羅窗透竹颸涼。背寒釭。黯神傷。數遍秋鉦，二十五聲長。欲理冰絲彈落雁，霜月白，影沈雙。

三姝媚

姑蘇晚泊

胥江停旅櫂。正林泛寒煙，山銜斜[一]照。涼殺西風，把藕花吹瘦，蘋花吹老。蛩語蓰蓰，更助我、孤篷吟悄。一笛催愁，一燈摇夢，五湖歸好。　聽遍吴歌低嫋。便觸起天涯，悲秋懷抱。岸柳蕭疏，料詩人殘鬢，不輸多少。舊約重尋，奈渡口、白鷗都杳。惆悵楓橋月落，霜烏唤[二]曉。

【校】

［一］斜：《篋中词》作「残」。

［二］喚：《篋中词》作「啼」。

鬥雞回

調見《陽春白雪》

冰文窗曉，粉帳餘寒怯。爇雀爐，開鸞匣。呵手妝成，豐貂雙鬢壓。蜜梅花折南園，更一串、釵斜插。茗戰喧，蘭言洽。鉤起風簾，曲闌看鬥鴨。

謁金門

風雨夕。聽遍簷聲滴瀝。燭燼香殘寒又逼。淚痕衾半濕。　薄倖未傳消息。夜夜著儂空憶。枕畔夢魂飛不得。入春無氣力。

渡江雲

《蔚林村圖》爲黄君味蘭賦蔚林一名雲林，即今休南古林也

人家斜照裏，花叢樹雜，遠村成涵漪。高閣聳，閣外虹橋，橋影臥波平。橋亭榜曰涵漪閣。桑畦麥隴，畫春蕪、煙雨新晴。還記得、柴門扶杖，閒聽讀書聲。　心傾。古詞喬木，舊族衣冠，占雲林幽境。都不負、深描淺暈，一幨丹青。披圖我欲誅茅住，恐山靈、未許尋盟。沈吟久、岑尖眉月遥生。岑尖新月，爲蔚林八景之一。

醉太平

春陰畫樓。春寒錦裯。春人慵自梳頭。疊紅箋寫愁。　簾垂玉鉤。棋敲玉楸。刺桐花底淹留。記茶分玉甌。

國香慢

舟過平望

鶯脰湖西。趁秋風窈嫋，黄篾篷低。漁村幾家煙外，艇繫篔扉。十畝疏香界破，斷橋岸、藕卸紅衣。沙鷗舊眠處，一尺潮痕，緑過苔磯。　跨堤絲柳瘦，問誰吹短笛，夢醒江蘺。收起魚罾，蘆雪輕點涼漪。拚脱蘋蓑换酒，看斜照、放鴨船歸。孤帆浪花裏，隔浦層陰，水鶴横飛。

柳梢青

響屧廊西。春陰如墨，怕捲簾衣。髻綰靈蛇，眉分細繭，煞費相思。　瞢騰往事休提。甚種卻、胡麻未歸。理夢窗前，畫愁石上，也忒情癡。

薄命女

春欲曉。綃帳如煙殘月照。好夢頻顛倒。　柳眼替人含淚，桃靨背人含笑。兩道眉峯痕甚小。容得愁多少。

慶清朝

竹閣棲煙，蘭櫺浥露，滿簾花氣昏黄。沈檀淺炷，泥他絳袖圍香。尚記畫廊前後，朦朧淡月捉迷藏。春寒峭，温存半晌，情事商量。　六曲乳鵝屏底，漸裙鬆翠襇，履褪紅幫。珠釭淺照，偷解犀蝶雙雙。一搦楚腰柔媚，鴛衾轉側暗隨郎。空回首，三生碧落，夢雨荒唐。

醉花陰

草緑濛濛吹暗雨。夢斷江南路。因甚姊歸啼，唤得春歸，並唤人歸去。　惆悵牡丹期已誤。雙淚垂如箸。莫倚最高樓，樓外青山，山外斜陽暮。

玲瓏四犯

重遊莫愁湖作

蓼穗曳煙，菱絲搓雨，水香湖面吹到。鬱金堂不見，一樹寒蟬噪。玲瓏畫欄四繞。記尋秋、那回曾靠。蘭渚眠鷗，杏梁棲燕，知否此情悄。中山舊時亭沼。甚蟲沙、劫後都付斜照。我來重覽古，俯仰增憑弔。殘荷敗葦西風戰，認猶是、鼓鼙聲鬧。呼短櫂。詩成處，塵襟暗掃。

離亭燕

生小破瓜年紀。解惜落花情味。一夜空堦風雨攪，也替餅桃憔悴。懶自撥金猊，銀葉香消卍字。不是懨懨如醉。就是昏昏如睡。飛絮入簾輕薄甚，悄把春愁吹起。欲待没思量，又見蘭開並蒂。

水調歌頭

題金肖琴先生桂科《嘯琴圖》

彈琴復長嘯，曾讀右丞詩。今君示我圖畫，寄興白雲瀰。嶺上孫登未遇，海上成連已去，此意問誰知。蹙口作龍吼，揮手送鴻飛。　山陽笛，漁陽摻，晉陽篪。何如萬籟虛寂，風浴詠而歸。欲會無聲嘯旨，更覓無絃琴趣，竹里[一]月明時。書齋顏曰小竹里[二]館。甚日躡芒屩，來訪玉峯西。

【校】

[一] 里：當作「裏」。

[二] 里：當作「裏」。

散天花

憶昔迎來玉女窗。揉藍雙袖濺，唾華涼。小紅低喚試梅妝。鬟簪金匎彩、顫釵梁。　可意人分意可香。也曾珍重貯，紫荷囊。如今夢隔木倉琅。醉更衣處事、費思量。

藕絲詞卷之四

荷葉盃

惆悵落花天氣。如醉。誰在緑窗西。玉簫吹斷夢絲絲。蕉萃六銖衣。　猶憶繡櫳深處。同住。夜靜碧虚寒。金釵閒劃赤闌干。細記月痕殘。

望湘人

旅窗春盡，聽雨生愁，黯然賦此

怪啼鵑多事，未唤春來，一聲春早催去。短夢如煙，閒愁似水，永日憑闌無語。詠絮簾遥，吹花院冷，客懷誰訴。況小樓、斷送殘陽，半是窗紗涼雨。　休語餞筵離緒。已濁醪澆盡，留伊不住。賸婪尾翻堦，也怨東風閒誤。呢喃燕子，天涯尋到，爲問落紅銜否。奈門巷、緑遍濃陰，畫出今宵歸路。

鵲橋仙

曉起，書窗落紅可念，賦此寄湘痕閣主

綠章夜奏，朱旛曉護，爭奈東皇不管。一番猛雨一番風，早鈕砌殘紅吹滿。　帚持鸞尾，鋤携鴉嘴，薶玉薶香亭畔。可憐春夢散如煙，再休問阿灰腸斷。

鳳凰臺上憶吹簫

窗

青瑣排雲，碧疏邀月，洞開幾扇玲瓏。怕讀書燈弄，低罅吟風。好借花陰半掩，窺鳳約、密眼潛通。今宵暖，蟲聲透處，方空紗籠。　匆匆。《黄庭》寫也，恰硯釋輕冰，嫩日晴烘。任九琳香冷，百納[一]塵封。聽罷蕭蕭雪打，還剪燭、話雨樓東。年時事，停針繡繃，笑唾紅絨。陸游詩：「寒凝百納[一]窗。」

【校】

[一] 納：當作「衲」。

［二］納：當作「衲」。陸游詩原作「衲」。

真珠簾

簾

冰紋織就筠絲翠。喚柔奴、掛向冷清清地。繡户曉寒添，怕犀鉤鉤起。小押杏煙梨雨外，判留得、幾分香氣。如水。更璢瓏一桁，眼波頻遞。　風動銀蒜敲時，甚玳梁驚醒，烏衣雙睡。吹墮絮濛濛，問湘痕誰倚。好是桐廊花影印，剛隱約、窺來月姊。猶記。記那回低露，瓣蓮紅細。

曲遊春

屏

雪夜華堂宴，正連環六曲，雲母圍密。屈膝牢鉤，便百花名記，暗香愁隔。暖玉排窗北。甚長掛、薄羅衣碧。對座間，山水天然，還琢點蒼文石。　四壁。琉璃光拭。有雀射前緣，蠅誤遺蹟。遮月籠煙，怕折枝畫就，猩紅顏色。漫觸宮梅額。早仙女、踏歌聲寂。空憶角枕西邊，悼亡句覓。劉孝威詩：「羅衣長掛屏。」元稹詩：「悼亡詩滿舊屏風。」

解語花

闌

紅圍月虍，碧界雲廊，繡倦深深倚。牡丹花裏。玲瓏甚、小傍沈香亭子。形排卍字。問憑後、退輕朱未。隨那人、雙袖偎寒，悶抱傷春思。　七寶裝成華麗。搭楊絲一把，煙滴涼翠。玉釵敲碎。聽歌拍誰掐，爪痕潛記。彎環十二。更倒影、畫橋波底。尋夢回、斜嚲腰支，還賴伊扶醉。

臨江仙

秦淮雜憶十首

憶得淮清橋畔路，籠煙籠月樓低。樓頭鸚喚客來時。藕涼排果槅，茶嫩潑花瓷。小語勝常剛道罷，撩人各進瓜犀。琵琶斜抱唱相思。含情偷半面，匿笑斂雙眉。

又

憶得籐綳簫管鬧，矮窗齊拓冰紗。秋娘渡口泰娘家。曲箋翻燕子，歌扇譜桃花。　留戀南朝金粉藪，紞如譙鼓三撾。玉東西勸醉流霞。九迷香夢賦，十索艷情詩。

又

憶得澡蘭屏底約，墮懷明月娟娟。恣人歡笑博人憐。鬟欹釵玉帖，臂冷釧金纏。　小憑綠闌干並看，河燈千盞紅蓮。幾家簾幕影如煙。棒兒香旖旎，盒子會團圓。

又

憶得滿天風露下，夾紗衣薄涼生。笑携纖手步河廳。蛟毫舒褥軟，鳳脛剔燈明。　訴遍心心心上事，緑窗昵語三更。月華如雪照簾旌。慢偎金帶枕，重理玉鞾笙。

又

憶得青谿谿九曲，一篙膩碧如油。西風吹瘦藕花秋。寒挨金袙腹，香涴玉搔頭。懷袖三年蟬雀扇，麝煤替寫銀鉤。芝泥紅押印綢繆。秘辛遮燭讀，義甲撫箏謳。

又

憶得寶釵樓上宴，烏巾紅袖回環。銅荷宵膩蠟花寒。藏鬮傳玳盞，猜謎賭珠鐶。酒入芙蓉肌肉軟，含嬌低擁煙鬟。鉤人裙底韈雙彎。微聞薌澤蕩，暗識繡襦寬。

又

憶得篔窗宵病酒，畫檠重剔蘭心。龔壺茶暖替郎斟。櫻紅唇味度，荑白指涼侵。落蔗漿寒蘋果脆，夢回渴解秋衾。甜香一撲戀衣襟。素馨毬綴玉，佛手絡懸金。

又

憶得花梢紅日上，斜憑玉鏡妝臺。掠成低髻牡丹開。釵梁穿茉莉，粉盎漬玫瑰。　杏子單衫加半臂，稱他窄窄身材。麝塵細屑襯弓鞵。苔窠纖蹟印，藕覆暖香偎。

又

憶得金鈴圓菊釘，賓鴻嘹唳催歸。別筵親餞水亭西。香雲分一綹，淚雨落千絲。　殘月曉風楊柳岸，臨行嘶斷斑騅。苦留後約繫人思。錦箋連理誓，銀帕定情詩。

又

憶得折枝花樣好，繡成春夢羅囊。背人偷解贈蕭郎。睡鴛描對對，媚蝶貯雙雙。　別有崔徽風貌艷，倩他畫手裝潢。啼眉笑靨費端相。掛來椒粉壁，熏遍蕙爐香。

一萼紅

己卯秋經釣臺作

買烏篷。趁潮痕如雪，來泊釣臺東。柏老山阿，楓明水港，樹樹霜信催紅。撥魚衣、嘔啞柔艣，儼玉壺、仙魄濯寒淙。鶴夢圓時，鷗鄰結處，閒紀遊蹤。　漫自登高弔古，有參軍去國，慟哭秋風。磴滑青苔，波荒紫蓼，野碓還帶雲舂。聽一聲、畫眉啼鳥，送竹陰、斜照緑濛濛。甚日煙蓑雨笠，侶逐漁翁。

解連環

玉螺屏底。憶花嬌月艷，那宵情致。傍繡几、小撥箏絃，似鶯語春風，雁啼秋水。點屐珠歌，漫敲得、九雛釵碎。好燈挑蠅鼻，簟展魚鱗，昵枕雙睡。　簾波幾重浸地。有冰蜍悄悄，偷覷幽事。便蓮漏、滴盡銅龍，奈石葉香濃，翠衾慵起。齧臂歡盟，甚別後、零星難記。膩羅袖、酒痕未浣，淚痕尚漬。

小重山

絡緯秋啼夜漏長。玉堦苔尚涴、韈羅香。一痕燈暈冷摇窗。窗外竹、又送雨聲涼。　舊事暗迴腸。胭脂坡下路，月昏黄。西風轉眼露成霜。南去雁、遠夢落瀟湘。

月華清

晚雨初歇，弦月在空，孤酌船頭，悄不覺客愁振觸[一]也

雨霽蓮涇，煙昏蓼汫，玉波千頃澄碧。繫纜谿橋，爲訪閒鷗蹤蹟。剛水國、一味新涼，洗秋宇、月痕微白。岑寂。把相思唤起，數聲村笛。　況值豆燈紅滴。有孤雁徘徊，亂蛩啾唧。舊怨蘋花，吹入西風誰覓。便酌盡、松葉香醪，奈難解、遠愁如織。終夕。任天涯夢趲，斷郵荒驛。

【校】

［一］振觸：即「棖觸」。

長相思

風一程。雨一程。腸斷今宵宿驛亭。寒燈揺壁青。　蛩一聲。雁一聲。不管愁人不要聽。星星華髮生。

沁園春

唾

一點芳津，汩汩華池，瓊漿定輸。好細調螺黛，潤添眉翠，低吹鳳管，蘸遍脣朱。仙露餐餘，流霞漱罷，飄落隨風成碧珠。鴛衾底，記玉兒偷送，似灌醍醐。　紗幮坐對燈孤。還笑問凡心嚥得無。任春閨戲嚼，紅絨暈薄，秋衫誤濺，紺袖痕腴。悄折私書，偷窺密約，舐破蘭窗紙欲濡。歌聲咽，漫提來如意，擊缺晶壺。

又

汗

舞久氍毹，粉雨淫淫，苕顔倍嬌。憶踏青廣陌，羅巾屢拭，鬧紅單舸，寶扇頻摇。臉暈脂霑，眉痕黛漬，揮去如珠暑未消。鉌衣涴，便蘭湯滸罷，一味香飄。　　纖腰瘦彈無聊。甚幽夢驚回濕碧綃。儘藕絲衫浹，鞦韆尚戲，杏華裙污，蹴鞠猶抛。鴛被歡濃，鳳幃喘細，潤透酥胸暖意饒。銀屏浴，喜冰肌玉骨，款度涼宵。

青玉案

湘簾一帶垂無縫。倩誰把、珊鉤控。首憶迷濛春夜夢。櫻桃花下，半扶殘醉，醉挽單衫送。　　願將身化釵頭鳳。飛向妝臺鎮長共。爭奈匆匆催别鞚。雲情水盼，知他何處，悔不菖蒲種。

金縷曲

又是簾櫳暮。乍分明、蘭窗濾月，苔堦泫露。坐久辟邪爐灰陷，啼倦雕籠鸚鵡。問此夕、愁心誰訴。寫盡薛濤箋十樣，把相思、譜入哀箏柱。憔悴損，碧眉嫵。依然錦瑟華年誤。雲時間、花濃酒釅，好春閒度。背倚蓮釭開瓊合，紅豆一雙低數。欲遥寄、薄情何處。辜負暖香鴛繡被，向空房、粉淚痕如雨。蚪箭咽，夢無主。

鷓鴣天

梅雪吹殘玉笛風。薄寒如水潑花叢。盆蘭報放雙頭紫，墻杏偷窺半面紅。扶醉過，桂堂東。愁聽孤燕語簾櫳。銷凝最是天涯路，芳草斜陽一碧中。

臺城路

悲感

驀然刬地罡風起，靈霄彩雲吹散。寶鏡分飛，瑶簪碎折，一寸情絲難斷。催愁斂怨。是弔月啼蛄，叫霜哀雁。簾影沈沈，更無人處押銀蒜。　幽懷偏又慘切，説徵蘭有夢，夢也空幻。歿時孕八月矣。繡閣塵封，妝匳粉膩，贏得鸚哥猶唤。憑闌暗盼。怎草長紅心，玉堦都滿。齋奠營來，淚珠彈幾串。

慶春澤慢

前題

骨瘦香桃，淚揩斑竹，傷心薄命人遥。一枕西風，數殘蓮漏迢迢。思量借酒澆愁去，怎愁深、酒也徒澆。最無憀，是奈何天，是可憐宵。　那堪燭灺紗窗後，更幾聲涼雨，滴碎芭蕉。惆悵空房，竟牀塵簟閒抛。鰥魚目倦難成寐，歎蘅蕪、已冷鮫綃。首頻搔，碧落茫茫，甚處魂招。

憶少年

葉子門殘骰子

緑楊門徑，翠蘋亭沼，碧梧窗院。新詞《減蘭》賦，賺三絃低按。伴香閨、夜闌消遣。輕寒透簾隙，有鸜哥驚喚。

翠樓吟

秋日松江道中作

短槳銜煙，孤篷臥雨，明漪十里吹皺。水天閒話處，漫相對數愁歌酒。鱸鄉依舊。甚夕照微紅，低懸疏柳。沙灣後。打魚船去，破罾誰守。泖口。千頃吴波，賸蘋花菰葉，飽儂消受。柁樓斜倚倦，正黄笛一枝吟瘦。潮平時候。任斷雁呼霜，江城寒透。峯環九。秋陰如畫，有人回首。

虞美人

淚花偷揾銀紅袖。夢逐秋痕瘦。峭寒不怯怯風尖。忙掩一重窗子一層簾。欲眠又起愁無那。獨背燈屏坐。蕭蕭落葉打空廊。廊外蟲聲如雨月如霜。

殢人嬌

露冷庭柯，禁得蟲娘聲歇。漫憑著、檀肩低説。紗幮透入，又條條斜月。倩誰勸、百嬌壺中竹葉。　鳳尾羅衣，鴉頭錦襪。新浴罷、柳風涼絶。花陰螢閃，撲銀泥秋箑。悄不覺、暗驚雙棲睡蝶。

淒涼犯

陵陽鎮曉發

月沈旅店林風峭，穄燈一椀無燄。馬嘶遠陌，雞號破壁，竹扉斜掩。征途久厭。況侵曉寒威未斂。賸單衾、吴綿蝟縮，夢斷碧紋簟。　還憶家園好，紙帳蘆簾，醉眠梅崦。舊盟已負，歎飄零、廿年書劍。軋軋籃輿，更人蹟霜橋暗染。甚殘星、尚掛樹杪，四五點。

昭君怨

花撲一庭香雪。柳掛一梢殘月。雪月影如銀。照愁人。　宜愛誰熏檀炷。連愛誰牽蓉縷。尋夢謝樓西。恨鶯啼。

摸魚兒

題家子賢述祖《鋤月種梅圖》

甚黄昏、月痕涼浸，暗香猶滯梅圃。閒來手自携鴉觜，斸碎一方瓊土。花卅樹。好引石疏泉，栽遍村南墅。紅椒綻處。正瘦鶴宵偎，幺蟾晚照，紙帳夢如霧。　桃潭水，千尺深情誰訴。翠禽今又啼去。天寒谿上吹銅笛，幾點鹿胎斑吐。闌倚暮。憶鋤玉亭前，漠漠梨雲護。披圖笑語。待耕破煙畦，種成雪海，再約門蘭酮。

菩薩蠻

春衫裁剪蒲桃襭。越羅裙衩描金蝶。一段態嬌癡。鬅鬙逋髮齊。　紅薔花底立。露重蓮鉤濕。抓落碧犀簪。教人何處尋。

暗香

落梅

石闌干曲。有暗香一樹，吹殘横竹。簌簌粉痕，狼藉苔茵凍禽啄。喚醒羅浮仙夢，問環珮、歸來空谷。可得似、縞袂淒涼，明月繡簾漉。　遺馥。不盈掬。想冷落水邊，數點煙緑。斷橋西去。晴雪鱗鱗馬蹄蹴。猶記重屏破萼，摹寫上、銷寒圖幅。又半面、妝洗也，素鈿墜玉。

醉春風

窗掩芭蕉靜。堦掃莓苔淨。個人深夜不歸來，等。等。等。鳳蠟挑殘，龍團潑久，鷓斑熏冷。最蕩楊花性。最薄桃花命。那堪夢短又梨花，醒。醒。醒。淚驗榴裙，愁書蘭帕，病窺菱鏡。

倦尋芳

倣吴夢窗體即用其韻

荔窗殢雨，莓砌嚬煙，愁共絲亂。一曲瑶笙，曾夢冷雲荒苑。燕戶鶯簾春寂寂，笑桃空憶東風面。甚枝頭，喚無情杜宇，慣催人遠。記那日、吹簫門巷，飄落楊花，香徑莎軟。鴉韈竛竮，小步柳腰微倦。畫板鞦韆閒戲罷，繚綾帕墜回廊畔。悄拾來，伴冰籢，鈿蟬金雁。

月照梨花

壽石山房小集，分賦梨花

夜靜香凝。欄東月映。一剪綃痕。淡煙籠暝。正是漠漠難分。喚爲雲。　酥融粉凍春無影。閉門雨打。淨洗鉛華冷。還疑少婦幽夢殘。寂寞容顏。淚闌干。

麝塵蓮寸集

敘一

綴詩葩於《香屑》，黄集名奇；考詞譜於《碎金》，謝家派别。若云合璧，亦自殊科。陰陽平之清濁易淆，長短句之鉤連難密。梁安汪子詩圃，精研六律，上溯八叉，綴蠟爲珠，調鯖作饌。雲機織就，五銖無縫之衣；月斧修成，七寶廣寒之殿。斯誠極遊戲之能事，而殫襞績之苦心矣。僕昔在金陵，逮事湘鄉，曾集宋詞，以當鐃吹，見獵心喜，開函意移。琴百衲而絃調，谷萬花而錦燦。鉤心鬥角，堪附目録總集之餘；摘艷熏香，合登《樂府雅詞》之首。曾慥選《雅詞》，首列《調笑集句》，故云。光緒己丑暮春，歙汪宗沂序於西谿之弢廬。

敘二

自魯直和半山之詠，子諲綴二老之章，集詞之興，溯源已遠。若乃擷群言之芳潤，獨妙攢花；萃百氏之宫商，罔差累黍。辭皆霏玉，句盡碎金。則斅詩體之撏撦，窮文心之狡獪，固知集狐而腋非止一，食雞而蹠必盈千矣。吾邑詩圃汪子，譽擅龍雕，詞工獺祭。弓衣繡遍，早飲香名；井水歌來，爭傳雅什。猶復排比新聲，貫穿舊闋，章分雲漢，義協風騷。逸韻如生，味逾釀花之蜜；覃思見巧，詣極刻棘之猴。此火龍黼黻之彰施，異紫鳳天吴之顛倒者也。釧笛裏尋聲，花間按譜。未借他人盃酒，塊壘難澆；誰如無縫天衣，針綫盡滅。而是編織九張機之錦，穿一絡索之珠，藝苑聲蜚，旗亭唱發。引商刻羽，勝《胡笳十八》之拍辭；錯彩鏤金，陋樂府九重之《調笑》。光緒辛卯春，同邑程秉釗序。

敘三

詞之集句，濫觴坡、谷、荆公，及九重樂府之《調笑》，至國朝朱氏竹垞、柴氏次山輩而調始繁，然皆集唐詩爲之，非集詞句也。集詞爲詞，則始自《金谷遺音》，而萬氏紅友、江氏橙里遥爲繼起，顧萬僅自壽數短闋，江亦僅集《山中白雲》一卷。欲求慢、令具備，多至二三百闋者蓋寡。我詩圃夫子心嗛焉，因就所見諸詞，掇其菁英，比其節奏，成《麝塵蓮寸集》四卷。今觀其句偶之工，聲律之細，氣格之渾成，一一如自己出，殆所謂人巧極而天工錯者乎！ 淑來歸夫子時，見所刊自著《藕絲詞》，喜雒誦之，而於是編尤愛不忍釋，爰爲詳訂出處，務使撰者不欺，讀者有考。庶是集一出，得竟坡、谷諸賢未竟之緒，而爲古今集詞之大觀也夫。光緒庚寅春，程淑繡橋撰。

序

夫搗麝成塵，芳馨之性不改；拗蓮作寸，高潔之致長留。五金同爐，千絲成錦，是謂妙手，是謂匠心。然而古詩百一，寓言十九，修辭者意内而言外，尚友者誦詩而讀書。唐堂《香屑》之千篇，竹垞《蕃錦》爲一集。此空中語，作如是觀。疇昔皖公山下，得讀《藕絲詞》卷，未詳名輩，望若古人。繼知並世之賢豪，有此軼群之浩唱，心儀日想，閱歲經年。辱示新編，並聆寄語，乃知千雲一色，無間於山川；八音成聲，遥同夫琴瑟也已。

杭州譚獻撰。

麝塵蓮寸集卷一

蒼梧謠

瞞。折得梅花獨自看。無人覺，翠袖怯天寒。

瞞，陸游妻唐氏《釵頭鳳》。折，潘牥《南鄉子》。無，范成大《秦樓月》。翠。楊无咎[一]《生查子》。

【校】

[一]楊无咎：當作晁无咎。「翠袖」句出自晁无咎《生查子·感舊》。

赤棗子

風淅瀝，月朦朧。鞦韆人散小庭空。翦指暗思花下約，假山西畔藥欄東。

風，曾紆《謁金門》。月，李珣《酒泉子》。秋，陳克《豆葉黄》。翦。孫光憲《浣谿沙》。假。司空圖《酒泉子》。

抛毬樂

偷眼暗形相，纖腰束素長。淺妝眉暈歛[一]，私語口脂香。把酒來相就，温柔和醉鄉。

偷，温庭筠《南歌子》。纖，尹鶚《江城子》。淺，李肩吾《風流子》。私，周邦彦《意難忘》。把，吕本中《生查子》。温。孫惟信《阮郎歸》。

【校】

[一]「淺妝」句：李肩吾《風流子》（雙燕立虹梁）作「軟妝眉暈斂」。

三臺令

無語。無語。愁到眉峯碧聚。畫樓紅濕斜陽。南浦鶯聲斷腸。腸斷。腸斷。誰道湔裙人遠。

無，姜夔《側犯》。無，謝懋《石州慢》。愁，毛滂《惜分飛》。畫，翁元龍《水龍吟》。南，温庭筠《清平樂》。腸，歐陽炯《定風波》。腸，晁補之《調笑》。誰。王沂孫《南浦》。

薄命女

春幾許。誤我碧桃花下語。此恨知無數。　細草孤雲斜日，短艇淡煙疏雨。門外畫橋寒食路。歸雁愁邊去。

春，張翥《謁金門》。誤，康與之《玉樓春》。此，辛棄疾《卜算子》。細，陳克《謁金門》。短，王之道《如夢令》。門，謝逸《玉樓春》。歸。曹組《點絳脣》。

又

春睡覺。帳裏熏爐殘蠟照。耿耿東窗曉。　夜月一簾幽夢，長日一簾芳草。別院海棠花正好。寒蝶尋香到。

春，李後主《阮郎歸》。帳，鄭僅《調笑令》。耿，仇遠《生查子》。夜，秦觀《八六子》。長，張炎《一萼紅》。別，陳允平《玉樓春》。寒。吴文英《點絳脣》。

怨回紇

斜撼珍珠箔，低傾瑪瑙盃。涙沾紅袖黦，恨寫緑琴哀。風靜林還靜，雁來人不來。亂蛩疏雨裏，清漏玉壺催。

斜，馬莊父《海棠春》。低，毛文錫《月宫春》。涙，韋莊《應天長》。恨，蔡伸《水調歌頭》。風，徐俯《卜算子》。雁，温庭筠《定西番》。亂，吴文英《齊天樂》。清。康與之《憶少年》。

點絳脣

挑菜初閒，曲屏香暖凝沈炷。恨煙顰雨。猶記消魂處[一]。燕子來遲，誰聽呢喃語。空愁竚。彩箋無數。題遍傷春句。

挑，陸游《水龍吟》。曲，李甲《八寶妝》。恨，張輯《祝英臺近》。猶，張震《驀山谿》。燕，吴元可《采桑子》。誰，辛棄疾《生查子》。空，戴山隱《滿江紅》。彩，袁去華《劍器近》。題。高觀國《卜算子》。

【校】

［一］「猶記」句：張震《驀山谿》（青梅如豆）作「曾記銷魂處」。

又

敲碎離愁，落花門巷家家雨。送春歸去。春在冥濛處。漸理琴絲，有恨和情撫。憑誰訴。滿懷離苦。夢斷聞殘語。

敲，辛棄疾《滿江紅》。落，周密《鷓鴣天》。送，周紫芝《千秋歲》。春，蔣捷《虞美人》。漸，唐藝孫《齊天樂》。有，魏承班《生查子》。憑，馮去非《點絳脣》。滿，周邦彦《解蹀躞》。夢。郭從範《念奴嬌》。

又

風掐疏簾，夜香燒短銀屏燭。晚涼新浴。小枕欹寒玉。厚約深盟，白紙書難足。從頭讀。自憐幽獨。月轉迴廊曲。

風，邵亨貞《祝英臺近》。夜，吴文英《醉落魄》。晚，蘇軾《賀新郎》。小，王觀《雨中花》。厚，沈公述《念奴嬌》。白，陳亞《生查子》。從，辛棄疾《滿江紅》。自，周邦彦《大酺》。月。陳允平《六幺令》。

菩薩蠻

東風不放珠簾捲。暮煙細草黏天遠。愁損倚欄人。能消幾度春。舊巢無覓處。燕子雙雙語。悠蕩碧雲心。楊花吹滿襟。

東，錢宀孫《踏莎行》。暮，盧祖臯《水龍吟》。愁，鄭子玉《木蘭花慢》。能，王從叔《阮郎歸》。舊，李好古《謁金門》。燕，周紫芝《生查子》。悠，趙君舉《少年遊》。楊。徐照《阮郎歸》。

又

牡丹忽報清明近。夢回鴛帳餘香嫩。休去倚危闌。有人愁遠山。紫簫吹散後。月上鵝黄柳。何處問鱗鴻。燈前書一封。

牡，姚雲文《蝶戀花》。夢，趙鼎《點絳脣》。休，辛棄疾《摸魚兒》。有，黄庭堅《阮郎歸》。紫，張孝祥《木蘭花慢》。月，李彭老《生查子》。何，潘元質《玉胡蝶》。燈。胡翼龍《長相思》。

又

捲簾人出身如燕。橫波停眼燈前見。彷彿去年時。花枝難似伊。　香篝熏素被。步障搖紅綺。幽夢費重尋。無人知此心。

捲，黃時龍《虞美人》。橫，譚宣子《漁家傲》。髣，方君遇《風流子》。花，歐陽修《長相思》。香，周邦彥《花犯》。步，張先《碧牡丹》。幽，黃簡《眼兒媚》。無。孫光憲《河傳》。

又

傷春玉瘦慵梳掠。帶圍寬盡無人覺。把鏡近簷看。愁盈鏡裏山。　水晶簾不下。雙燕還來也。有意送春歸。緑陰鶯亂啼。

傷，向子諲《梅花引》。帶，范成大《秦樓月》。把，胡翼龍《少年遊》。愁，魏子敬《生查子》。水，晁補之《洞仙歌》。雙，賀鑄《清平樂》。有，釋如晦《卜算子》。緑。蘇庠《阮郎歸》。

謁金門

芳草渡。畫舸遊情如霧。盡日東風吹柳絮。湔裙前事誤。無計可留君住。有夢欲隨春去。閒蹙黛眉慵不語。醉聽深夜雨。

芳，蘇軾《漁家傲》。畫，吴文英《西子妝》。盡，晏幾道《玉樓春》。湔，胡翼龍《徵招》。無，舒亶《鵲橋仙》。有，陳允平《如夢令》。閒，馮延巳《南鄉子》。醉。王沂孫《綺羅香》。

憶秦娥

情難託。梨花一樹人如削。人如削。眼波微注，鬟雲慵掠。春寒惻惻春陰薄。落紅填徑東風惡。東風惡。珠簾隔燕，畫簷聞鵲。

情，趙長卿《思越人》。梨，無名氏《踏莎行》。人，張元幹《滿江紅》。眼，周必大《點絳脣》。鬟，王安禮[一]《點絳脣》。春，顧瑛《青玉案》。落，袁易《齊天樂》。東，陸游《釵頭鳳》。珠，晏殊《踏莎行》。畫。王泳祖《風流子》。

【校】

[一]王安禮：當作王安國。「鬢雲」句，出自王安國《點絳脣》(秋氣微涼)。《樂府雅詞》又作趙閲道詞。

又

空腸斷。小桃零落春將半。春將半。錦屏香褪，曲屏寒淺。秦樓去了東風伴[一]。蘋花又緑江南岸。江南岸。情隨珮冷，夢隨帆遠。

空，蔡伸《點絳脣》。小，晁端禮《水龍吟》。春，韓元吉《六州歌頭》。錦，趙汝茪《清平樂》。曲，翁孟寅《燭影摇紅》。秦，劉僎《菩薩蠻》。蘋，胡翼龍《徵招》。江，朱敦儒《柳枝》。情，高觀國《永遇樂》。夢。周密《三姝媚》。

【校】

[一]「秦樓」句：劉僎《菩薩蠻》(東風去了秦樓畔)作「東風去了秦樓畔」。

又

春心困。亂鶯啼樹清明近。清明近。小桃初謝，海棠應盡。欲將幽恨傳愁信。錦鱗去後憑誰問。憑誰問。雲鬟紺濕，月眉香暈。

春，蘇軾《瑶池燕》。亂，鄭文妻孫氏《燭影摇紅》。清，翁元龍《瑞龍吟》。小，賀鑄《清平樂》。海，張翥《摘紅英》。欲，杜安世《玉闌干》。錦，李浙《踏莎行》。憑，韓元吉《六州歌頭》。雲，周密《木蘭花慢》。月。陳允平《丁香結》。

又

愁無際。桃花谿畔人千里。人千里。鸞膠難續，鳳箋空寄。畫屏閒展吴山翠。一鉤淡月天如水。天如水。朱絃軋雁，緑盃浮蟻。

愁，韓琦《點絳脣》。桃，李石《漁家傲》。人，劉頡《滿庭芳》。鸞，段成己《滿江紅》。鳳，林表民《玉漏遲》。畫，晏幾道《蝶戀花》。一，謝逸《千秋歲》。天，汪藻《點絳脣》。朱，張先《傾盃樂》。緑。無名氏《點絳脣》。

又

柳

隋堤路。綠絲低拂鴛鴦浦。鴛鴦浦。帷雲剪水，舞風眠雨。　舊時家近章臺住。如今總是銷魂處。銷魂處。淡煙殘照，亂花飛絮。

隋，周邦彥《尉遲盃》。綠，姜夔《杏花天影》。鴛，張翥《摸魚兒》。帷，左譽句。舞，賀鑄《鶴沖天》。舊，晏幾道《玉樓春》。如，蔡伸《七娘子》。銷，程垓《洞庭春色》。淡，王□□《漢宮春》。亂。秦觀《河傳》。

又

同前

人何許。寶鞴暗憶章臺路。章臺路。連天晚照，連天芳樹。　繡簾閒倚吹輕絮。問誰猶在憑欄處。憑欄處。幾番風月，幾番晴雨。

人，無名氏《青門怨》。寶，周密《水龍吟》。章，周邦彦《瑞龍吟》。連，朱敦儒《十二時》。連，李清照《點絳脣》。繡，歐陽修《一絡索》。問，程垓《南浦》。憑，毛滂《青玉案》。綫，辛棄疾《賀新郎》。綫。施岳《水龍吟》。

桃源憶故人

屏山翠入江南遠。一架舞紅都變。無奈愁深酒淺。醉也無人管。　畫樓吹徹《江南怨》。兩袖淚痕還滿。無奈雲沈雨散。夢也無由見。

屏，毛滂《踏莎行》。一，周邦彦《過秦樓》。無，劉過《賀新郎》。醉，黄公紹《青玉案》。畫，劉翰《蝶戀花》。兩，張先《卜算子慢》。無，王詵《憶故人》。夢。黄機《蝶戀花》。

海棠春

崇桃積李無顔色。煞憔悴、牆根堪惜。時節欲黄昏，院宇明寒食。　樓高[一]目斷南來翼。强載酒、細尋前蹟。花徑款殘紅，池水凝新碧。

崇，曹邍《蘭陵王》。煞，姜个翁《霓裳中序第一》。時，温庭筠《菩薩蠻》。院，施岳《曲遊春》。樓，黄公度《菩薩蠻》。强，周邦彦《應天長》。花，李之儀《謝池春慢》。池。吴潛《南歌子》。

【校】

[一] 樓高：黄公度《菩薩蠻》（高樓目斷南來翼）作「高樓」。

碧玉簫

鳳枕鴦帷，燕簾鶯戶。玉容寂寞誰爲主。倦繡人閒，閒倚鞦韆柱。梅子青時，楊花飛處。紗窗幾陣黄昏雨。無語消魂，魂斷金釵股。

鳳，柳永《駐馬聽》。燕，張炎《朝中措》。玉，史達祖《玉樓春》。倦，陳策《滿江紅》。閒，周紫芝《生查子》。梅，晏幾道《好女兒》。楊，蘇茂[一]《祝英臺近》。紗，秦觀《蝶戀花》[二]。無，周密《法曲獻仙音》。魂。洪瑹《蕎山谿》。

【校】

[一] 蘇茂：當作蘇茂一。「楊花」句出自蘇茂一《祝英臺近》（結垂楊）。

[二] 秦觀《蝶戀花》：當作司馬槱《黄金縷》。

賀聖朝

紫雲元在深深院。恨重簾不捲。嚬青泫白，尤紅殢翠，滿庭花綻[一]。珠香未歇，鉛香不斷。漏籌煙一半。翠欄憑曉，銀屏娛夜，夢魂俱遠。

紫，危稹《漁家傲》。恨，辛棄疾《錦帳春》。嚬，蔣捷《絳都春》。尤，柳永《長壽樂》。滿，毛熙震《後庭花》。珠，趙以夫《鵲橋仙》。鉛，吳文英《瑞龍吟》。漏，無名氏《紅窗睡》。翠，陳允平《永遇樂》。銀，趙聞禮《瑞鶴仙》。夢。蔡伸《蘇武慢》。

【校】

[一] 綻：毛熙震《後庭花》（越羅小袖新香茜）作「片」。

柳梢青

燕語鶯啼。蝶隨蜂趁，鴻怨蛩悲。過了黃昏，閒窗燈[一]暗，深院簾垂。斷腸一搦腰支[二]。瘦損也、知他爲誰。寶鏡慵拈，瑤琴慵理，素壁慵題。

燕，潘元質《醜奴兒慢》。蝶，陳允平《點絳脣》。鴻，馮去非《八聲甘州》。過，張炎《國香》。閒，柳永《慢卷紬》。深，晁端禮《水龍吟》。斷，尹鶚《清平樂》。瘦，葛立方《沙塞子》。寶，劉天迪《蝶戀花》。瑶，危復之《永遇樂》。素。羅志仁《風流子》。

【校】

［一］燈：柳永《慢卷紬》（閒窗燭暗）作「燭」。

［二］支：尹鶚《清平樂》（芳年妙伎）作「肢」。

又

清明風雨

時霎清明。梨花雨細，楊柳風輕。潤逼衣篝，寒侵枕障，冷隔簾旌。起來一餉［一］愁縈。聽隔水、誰家賣餳［二］。最是黄昏，傷春病思，中酒心情。

時，吴文英《點絳脣》。梨，謝逸《踏莎行》。楊，馮延巳《蝶戀花》。潤，張輯《疏簾淡月》。寒，周邦彦《大酺》。冷，胡翼龍《徵招》。起，尹濟翁《木蘭花慢》。聽，張炎《慶宫春》。最，晏幾道《兩同心》。傷，陸游《沁園春》。中。詹玉《渡江雲》。

【校】

[一] 餉：尹濟翁《木蘭花慢》（渺渺懷芳意）作「晌」。

[二] 「聽隔」句：張炎《慶宫春》（波蕩蘭觴）作「聽隔柳、誰家賣餳」，一作「聽緑水、人家賣餳」。

又

睡起無人。鬟蟬不整，衾鳳猶温。寶瑟塵生，瓊簫夢遠，前事消魂。海棠啼損紅痕。忍不住、低低問春。春淺春深，春寒春困，愁對黄昏。

睡，方千里《齊天樂》。鬟，洪邁《踏莎行》。衾，張先《踏莎行》。寶，王安禮《點絳脣》。瓊，陳允平《摸魚兒》。前，裴湘《浪淘沙》。海，蕭則山《朝中措》。忍，張炎《慶宫春》。春，薛夢桂《醉落魄》。春，張雨《早春怨》。愁。樓扶《水龍吟》。

又

此恨誰知。閒尋翠徑，獨掩青扉。柔柳摇摇，團荷閃閃，芳草萋萋。小園鶯唤春歸。空細寫、琴心向誰。穲緑蘇晴，倦紅顰曉，追念年時。

此，徐俯《畫堂春》。閒，阮逸女《花心動》。獨，徐寶之《鶯啼序》。柔，張先《剪牡丹》。團，孫光憲《河傳》。芳，杜安世《山亭柳》。小，吕渭老《夢玉人》[一]。空，袁去華《長相思慢》。穲，周邦彦《西平樂》。倦，周密《大聖樂》。追。柳永《陽臺路》。

【校】

[一]《夢玉人》：當作《夢玉人引》。

又

倚檻調鶯。剪花挑蝶，人醉寒輕。碧草如茵，青梅如豆，翠竹如屏。無端惹起離情。問心緒、而今怎生。曾幾何時，塵侵錦瑟，聲冷瑶笙。

倚，張炎《水龍吟》。剪，利登《緑頭鴨》。人，吴琚《浪淘沙》。碧，黄玉泉《晝錦堂》。青，張震《驀山谿》。翠，丘密《錦帳春》。無，戴復古《醉太平》。問，沈端節《太常引》。曾，趙彦端《新荷葉》。塵，周密《解語花》。聲。張樞《慶宮春》。

又

芳心如醉。佳期如夢，暮[一]愁如水。斜點銀釭，薄籠金釧，亂纏珠被。春無蹤蹟誰知，著數點、催花雨膩。紅杏梢頭，紫葳枝上，碧蕉叢裏。

芳，趙雍《憶秦娥》。佳，秦觀《鵲橋仙》。暮，高似孫《鶯啼序》。斜，趙長卿《瀟湘夜雨》。薄，毛熙震《後庭花》。亂，馮延巳《賀聖朝》。春，黄庭堅《清平樂》。著，趙崇霄《東風第一枝》。紅，朱淑真《眼兒媚》。紫，晁補之《永遇樂》。碧。金絅《踏莎行》。

【校】

［一］暮：高似孫《鶯啼序》（青旂报春来了）作「莫」。

又

錦屏羅薦。夢遊熟處，爲誰腸斷。鴛枕雙欹，獸鐶半掩，鴨爐長暖。看來猶未勝情，怕迤邐、年華暗换。紅樹池塘，青榆巷陌，紫苔庭院。

錦，莫崙《水龍吟》。夢，吴文英《點絳脣》。爲，周紫芝《品令》。鴛，趙雍《燭影摇紅》[一]。獸，潘元質《倦尋芳》。鴨，毛滂《踏莎行》。看，鄭斗煥《新荷葉》。怕，周密《宴清都》。紅，徐寶之《桂枝香》。青，翁元龍《瑞龍吟》。紫。王千秋《憶秦娥》。

【校】

［一］《燭影揺紅》：當作《玉耳墜金環》，亦稱《秋色横空》。

南歌子

修竹蕭蕭晚，閒花淡淡春。小樓疏雨可憐人。手撚一枝獨自對芳樽。　羞入鴛鴦被，慵拖翡翠裙。安排腸斷到黄昏。一曲清歌留住半窗雲。

修，楊旡咎《生查子》。閒，張先《醉垂鞭》。小，黎廷瑞《浣谿沙》。手，康與之《江城梅花引》。羞，韓偓《生查子》。慵，毛文錫《贊浦子》。安，秦觀《鷓鴣天》。一。蕭允之《虞美人》。

鵲橋仙

寸心萬里，寸腸千縷，離思暗傷南浦。滿樓飛絮一箏塵，都忘卻舊題詩處。　十分憔悴，十分孤寂，到此翻成輕誤。小窗和雨夢梨花，怎忘得玉環分付。

寸，張樞《瑞鶴仙》。寸，康與之《應天長》。離，林表民《玉漏遲》。滿，江開《浣谿沙》。都，韓淲《祝英臺近》。十，黄機《酹江月》。十，楊炎正《滿江紅》。到，解昉《永遇樂》。小，無名氏《小秦王》。怎。姜夔《長亭怨慢》。

又

一池萍碎，一簾花碎，占得畫屏春聚。聽風聽雨過清明，有[一]誰勸、流鶯聲住。香囊暗解，翠囊親贈，歷歷此心曾許。那堪别後更思量，漫[二]空倩、啼鵑聲訴。

一，蘇軾《水龍吟》。一，劉鎮《水龍吟》。占，周密《一枝春》。聽，吴文英《風入松》。有，辛棄疾《祝英臺近》。香，秦觀《滿庭芳》。翠，孫惟信《風流子》。歷，高觀國《永遇樂》。那，王萬之《踏莎行》。漫。趙聞禮《玉漏遲》。

【校】

[一] 有：辛棄疾《祝英臺近》（寶釵分）作「更」，一作「倩」。

[二] 漫：趙聞禮《玉漏遲》（絮花寒食路）作「謾」。該詞作者一作吴文英，一作樓采。

虞美人

有贈

夜寒指冷羅衣薄。香繞屏山角。阿誰伴我醉吹簫[一]。可愛風流年紀可憐宵。

輕鬟半擁釵横玉。贏得春眠足。背人殘燭卻多情。已被鄰雞催曉[二]怕天明。

夜，張先《醉落魄》。香，張元幹《點絳唇》。阿，呂渭老《浣谿沙》。可，譚宣字[三]《江城子》。輕，王沂孫《醉落魄》。贏，葛郯《念奴嬌》。背，陳克《浣谿沙》。已。秦觀《南柯子》。

【校】

[一]「阿誰」句：呂渭老《浣谿沙》（烟柳濛濛鵲做巢）作「阿誰有分伴吹簫」。

[二]曉：秦觀《南柯子》（玉漏迢迢盡）作「起」。

[三]譚宣字：當作譚宣子。「可愛」句出自譚宣子《江城子》（嫩黄初染緑初描）。

又

鴛樓碎瀉東西玉。雙蕊明紅燭。淡黄楊柳帶棲鴉。簾外一眉新月浸梨花。

花

凝玉立東風暮。誰解歌金縷。倚欄無語惜芳菲。笑把畫羅小扇覓春詞。

鴛，蔣捷《金縷曲》。雙，吕渭老《念奴嬌》。淡，賀鑄《浣谿沙》。簾，謝逸《南柯子》。花，李彭老[一]《青玉案》。誰，趙鼎《點絳脣》。倚，蘇庠《浣谿沙》[二]。笑。徐照《南柯子》。

【校】

[一]李彭老：當作趙彥端。「花凝」句出自趙彥端《青玉案・贈勉道琵琶人》。

[二]《浣谿沙》：當作《阮郎歸》。「倚欄」句出自蘇庠《阮郎歸》(西園風暖落花時)。

又

淩波不過橫塘路。楊柳無重數。絲絲煙縷織離愁。猶自多情爲我繫行舟[一]。

歸期已負梅花約。金雁空零落。重重簾幕密遮燈。待倩春風吹夢過江城。

淩，歐陽修《蝶戀花》[二]。楊，韓淲《祝英臺近》。絲，曹冠《浣谿沙》。猶，秦觀《江城子》。歸，周紫芝《醉落魄》。金，王安禮《點絳脣》。重，張先《天仙子》。待。楊適《南柯子》。

【校】

[一]「猶自」句：秦觀《江城子》(西城楊柳弄春柔)作「猶記多情，曾爲繫歸舟」。

〔二〕歐陽修《蝶戀花》：當作賀鑄《横塘路》，即《青玉案》。

又

東城楊柳東城路。盡日厭厭雨。亂鶯殘夢起多時。不記春衫襟上舊題詩。昭華三弄臨風咽。誰信愁千結。紅樓西畔小闌干。小約簾櫳一面受春寒。

東，張先《蝶戀花》。盡，張表臣《驀山谿》。亂，陳克《攤破浣谿沙》。不，胡翼龍《南歌子》。昭，范成大《醉落魄》。誰，李萊老《生查子》。紅，僧揮《玉樓春》。小。趙汝茪《江城梅花引》。

一剪梅

又趁楊花到謝橋。曲岸持觴，古岸停橈。雨餘芳草碧蕭蕭。銀字吹笙，翠陌吹簫。幾度春深豆蔻梢。樹色沈沈，柳色迢迢。日長纔過又今宵。門掩香殘，屏掩香銷。

又，無名氏〔一〕《長相思》。曲，辛棄疾《念奴嬌》。古，李彭老《一萼紅》。雨，陳允平《明月引》。銀，毛滂《感皇恩》。翠，劉應幾《憶舊遊》。幾，李吕《鷓鴣天》。樹，潘元質《倦尋芳》。柳，張炎《憶舊遊》。日，張先《浣谿沙》。門，李萊老《高陽臺》。屏。張樞《慶宮春》。

【校】

[一] 無名氏：當作韓嘐。「又趁」句出自韓嘐《長相思》（夜蕭蕭）。

又

燕語鶯啼小院幽。一片閒情，一點閒[一]愁。悠悠別恨幾時休。不爲傷春，不是悲秋。

門隔花深夢舊遊。花也應悲，花也應羞。寶箏慵[二]按《小梁州》。待月西廂，拜月西樓。

燕，趙師使《武陵春》。一，邵亨貞《埽花遊》。一，張可久《人月圓》。悠，舒亶《散天花》。不，周格非《多麗》。不，李清照《鳳凰臺上憶吹簫》。門，吳文英《浣谿沙》。花，韓元吉《六州歌頭》。花，張耒《風流子》。寶，陳允平《浣谿沙》。待，蘇軾《雨中花慢》。拜。譚宣子《側犯》。

【校】

[一] 閒：張可久《人月圓》（羅衣還怯東風瘦）作「詩」。《詞綜》作「閒」。

[二] 箏慵：陳允平《浣谿沙》（楊柳煙深五鳳樓）作「笙傭」。

喝火令

翠被聽春漏，青絲結曉鬟。雙鴛屏掩酒醒前。不道月斜人散，閒卻縷金箋。夢斷知何處，魂銷似去年。鶯櫳風暖[一]十三絃。正是清明，正是海棠天。正是困人天氣，沈水裊殘煙。

翠，李彭老《生查子》。青，周紫芝《生查子》。雙，韓淲《浣谿沙》。不，黄庭堅《西江月》。閒，姚雲文《八聲甘州》。夢，張先《生查子》。魂，顧敻《醉公子》。鶯，周密《浣谿沙》。正，韋莊《河傳》。正，胡翼龍《滿庭芳》。正，謝逸《如夢令》。沈。袁去華《相思引》。

【校】

[一] 暖：周密《浣谿沙》(蠶已三眠柳二眠)作「響」。

又

送春，同内子《繡橋集》

玉合銷紅豆，爐煙篆翠絲。黄昏微雨畫簾垂。不道有人新病，彈淚送春歸。寒峭花枝瘦，日長胡蝶飛。可憐單枕欲眠時。因甚將春，因甚懶支持。因甚留春不住，楊柳又依依。

玉，李彭老《生查子》。爐，徐照《南歌子》。黄，張曙《浣谿沙》。不，無名氏《西江月》。彈，楊恢[二]《八聲甘州》。寒，秦湛《卜算子》。日，歐陽修《阮郎歸》。可，賀鑄《木蘭花》。因，僧晦《高陽臺》。因，陳允平《定風波》。因，詹玉《三姝媚》。楊。方君遇《風流子》。

【校】

[一] 楊恢：當作湯恢。「彈淚」句出自湯恢《八聲甘州》（摘青梅薦酒）。

【附作】

前調

程淑繡橋

婀娜籠鬆[一]髻，連娟細掃眉。含情無語依[二]樓西。正是銷魂時節，雙燕説相思。

芳樹陰陰轉，林鶯恰恰啼。夜闌分作送春詩。生怕春知，生怕踏青遲。生怕黄昏疏雨，春被雨禁持。

婀，徐俯《南柯子》。連，温庭筠《南歌子》。含，張泌《浣谿沙》。正，毛熙震《清平樂》。雙，史達祖《風流子》。芳，陳克《虞美人》。林，趙攄《南歌子》。夜，陳德武《浣谿沙》。生，周密《倚風嬌近》。生，陳允平《少年遊》。生，美奴《如夢令》。春。方君遇《風流子》。

【校】

［一］籠鬆：徐俯《南柯子》（細葉黄金嫩）作「璁瓏」，一作「鬅鬆」。

［二］依：張泌《浣谿沙》（鈿轂香車過柳堤）作「倚」。

行香子

裙窣金絲。恨滿金徽。暗傷懷［一］、不似芳時。淡煙微雨，流水斜暉。纔伴春來，留春住，送春歸。　蹙損雙眉。瘦損香肌。怕匆匆、已是遲遲。十年幽夢，一夜相思。有淚如傾，愁如織，事如飛。

裙，和凝《采桑子》。恨，蔡伸《蘇武慢》。暗，張艾《夜飛鵲》。淡，黎庭瑞《秦樓月》。流，楊恢《一萼紅》［二］。纔，劉儗《蝶戀花》。留，侯寘《四犯令》。送，黄昇《月照梨花》。蹙，潘元質《醜奴兒慢》。瘦，康與之《金菊對芙蓉》。怕，盧祖皋《夜飛鵲》。十，姜夔《水龍吟》。一，楊无咎《柳梢青》。有，張孝祥《六州歌頭》。愁，王千秋《憶秦娥》。事。汪元量《六州歌頭》。

【校】

[一] 懷：張艾《夜飛鵲》（霓裳按歌地）作「情」。

[二] 楊恢《一萼紅》：當作湯恢《八聲甘州》。「流水」句，出自湯恢《八聲甘州》（摘青梅薦酒）。

獻衷心

念紫簫聲闋，悵朱檻香銷。花露重，篆煙飄。更梅邊携手，向柳外停橈。人如月，月如水，夢魂遥。　翠觴留醉，金屋藏嬌。鳳釵斜墜，蜜炬高燒。便等閒拋卻，如許無聊。珠簾捲，銀漏滴，玉璫摇。

念，蔡伸《滿庭芳》。悵，李萊老《揚州慢》。花，韋莊《酒泉子》。篆，王惲《三奠子》。更，周密《憶舊遊》。向，張翥《木蘭花慢》。人，洪皓《江城梅花引》。月，張滋《祝英臺近》。夢，劉光祖《昭君怨》。翠，高觀國《齊天樂》。金，劉辰翁《意難忘》。鳳，劉學箕《賀新郎》。蜜，曹組《點絳脣》。便，黃公度《好事近》。如，柳永《臨江仙》。珠，歐陽修《珠簾捲》。銀，譚宣子《謁金門》。玉。魏承祖[一]《訴衷情》。

【校】

［一］魏承祖：當作魏承班。「玉璫搖」句，出自魏承班《訴衷情》（春情滿眼臉紅消）。

祝英臺近

倚銀牀，低綺戶，一枕杏花月。欲說相思，寂寞向誰說。繡窗芳思遲遲，新愁黯黯，空分付、有情眉睫。　太情切。不見翠陌尋春，誰解寸腸結。春若歸來，香徑渺啼鴂。花邊如夢如薰，似癡似醉，長是伴、牡丹時節。

倚，楊纘《被花惱》。低，蘇軾《水調歌頭》。一，無名氏《小重山》。欲，石孝友《臨江仙》［一］。寂，應灋孫《霓裳中序第一》。繡，石瑶林《清平樂》。新，周紫芝《朝中措》。空，史達祖《醉落魄》。太，田爲《江神子慢》。不，高觀國《玲瓏四犯》。誰，王學文《摸魚子》。春，趙彦端《新荷葉》。香，李琳《六幺令》。花，奚滅《芳草》。似，周邦彦《芳草渡》。長。曹邍《玲瓏四犯》。

【校】

［一］《臨江仙》：當作《蝶戀花》。「欲說」句出自石孝友《蝶戀花》（別后相思無限憶）。

金人捧露盤

待春來，送春去，鎖春愁。記伴仙、曾倚嬌柔。嬌柔懶起，酒酣眠折玉搔頭。倩誰傳語，萬千事、欲説還休。花如雪，香如霧，人如玉，月如鉤。便無情、也自風流。風流誰與，一谿春水送行舟。彩箋不寄，空惆悵、相見無由。

待，陳允平《祝英臺近》。送，劉辰翁《蘭陵王》。鎖，李珣《酒泉子》。記，張樞《風入松》。嬌，張先《歸朝歡》。酒，無名氏《搗練子》。倩，嚴仁《一絡索》。萬，馮艾子《春風嫋娜》。花，蘇軾《滿江紅》。香，韓元吉《六州歌頭》。人，周邦彦《憶秦娥》。月，馮延巳《芳草渡》。便，張炎《聲聲慢》。風，高觀國《喜遷鶯》。一，宋豐之《小重山》。彩，洪瑹《蕎山谿》。空。徐君寶妻《滿庭芳》。

又

怕春深，傷春瘦，喜春遲。將清恨、都入金徽。徽絃乍拂，一聲聲送一聲悲。驂鸞人去，對芳叢、惆悵多時。梅花過，梨花落，桃花嫩，杏花稀。似淚灑、紈扇題詩。

詩成難[一]寄，夜寒無處著相思。憑何消遣，强開懷、細酌荼蘼。將，趙彦端《新荷葉》。徽，周邦彦《宴清都》。怕，盧祖皋《春光好》。傷，張元幹《怨王孫》。喜，張先《芳草渡》。一，無名氏《御街行》。驂，盧炳《點絳脣》。對，晏殊《鳳銜盃》。梅，李彭老《祝英臺近》。梨，毛幵《滿江紅》。桃，史達祖《風流子》。杏，温庭筠《酒泉子》。似，李清照《多麗》。詩，韓元吉《水龍吟》。夜，無名氏《踏莎行》。憑，柳永《陽臺路》。强。吕渭老《夢玉人引》。

【校】

[一] 難：韓元吉《水龍吟》(雨餘疊巘浮空)作「誰」。

滿庭芳

秋思

兩岸斜陽，一江流水，畫橋誰繫蘭舟。楚天空遠，花事等閒休。折得垂楊寄與，奈舊家、苑已成秋。銷凝處，歌闌團扇，淚暗[一]灑燈篝。新愁知幾許，燭銷人瘦，玉沁春柔。任歲華苒苒，心事悠悠。消得腰支如杵，對西風、休賦《登樓》。樓陰缺，數聲新雁，蘆葉滿汀洲。

兩，周紫芝《一剪梅》。一，張矩[二]《青玉案》。畫，万俟詠《木蘭花慢》。楚，趙崇嶓《過秦樓》。花，張樞《風入松》。折，李萊老《清平樂》。奈，蔣捷《高陽臺》。銷，施樞《摸魚兒》。歌，錢宀孫《踏莎行》。淚，張孝祥《木蘭花慢》。新，秦觀《菩薩蠻》。燭，吴文英《霜花腴》。玉，陳坦之《沁園春》。任，王沂孫《聲聲慢》。心，張炎《甘州》。消，衛元卿《齊天樂》。對，周密《聲聲慢》。樓，范成大《秦樓月》。數，黄機《憶秦娥》。蘆。劉過《南樓令》。

【校】

[一] 淚暗：張孝祥《木蘭花慢·别情》作「暗淚」。

[二] 張矩：當作張榘。「一江」句，出自張榘《青玉案·被檄出郊，題陳氏山居》。

燭影摇紅

樓外春深，水簾斜捲誰庭院。碧羅衫子唾花微，倚醉偷回面。誰遣鸞箋寫怨。早已是、歌慵笑懶。鳳幃夜短。鴛瓦寒生，蠶房香暖。　好夢偏慳，玉釵墜枕風鬟顫。背燈暗釦[一]乳鵝裙，依舊柔腸斷。月上朱闌一半，照波底、紅嬌翠婉。金樽滿泛。寶瑟高張，玉箏低按。

樓，康與之《浪淘沙》。水，舒亶《蝶戀花》。碧，陳允平《浣谿沙》。倚，陳克《點絳脣》。誰，沈會宗《清商怨》。早，何籀《宴清都》。鳳，柳永《滿路花》。鴛，曾覿《水龍吟》。蠶，馮艾子《春風嫋娜》。好，詹玉《多麗》。玉，趙善扛《賀新郎》。背，曹良史《江城子》。依，程垓《卜算子》。月，孫道絢《如夢令》。照，張鎡《鵲橋仙》。金，吴弈《昇平樂》。寶，賀鑄《聲聲慢》。玉。張翥《摸魚兒》。

【校】

［一］釦：曹良史《江城子》（夜香燒了夜寒生）作「鉀」。

八聲甘州

怕飛紅拍絮入書樓，看看到荼蘼。正錦温瓊膩，香凝翠暖，酒戀歌迷。誰念文園倦客，愁病送春歸。春向天涯［一］住，無計憐伊。　一夜海棠如夢，點春風如雪，春雨如絲。又翻成輕別，和淚立斜暉。縱寫得、離懷［二］萬種，待殷勤、留此寄［三］相思。空淒黯，昔携手處，花誤幽期。

怕，万俟詠《木蘭花慢》。看，王公明《梅花引》。正，吴文英《丁香結》。香，張炎《大聖樂》。酒，黄庭堅《醜奴兒》。誰，胡翼龍《滿庭芳》。愁，范成大《菩薩蠻》。春，謝明遠《菩薩蠻》。無，方君遇《風流子》。一，翁元龍《西江月》。點，張翥《石州慢》。春，蔣捷《解珮令》。又，查荎《透碧霄》。和，魏夫人《武陵春》。縱，柳永《卜算子慢》。待，程過《滿江紅》。空，高觀國《永遇樂》。昔，韓元吉《六州歌頭》。花。史達祖《風流子》。

【校】

[一] 涯：謝明遠《菩薩蠻》（春風春雨花經眼）作「邊」。

[二] 懷：柳永《卜算子慢》（江楓漸老）作「腸」。

[三] 寄：程過《滿江紅·梅》作「記」。

錦堂春

送別

羅帳分釵，燈樓倚扇，小憐重[一]上琵琶。正落花時節，壓酒人家。隱隱斷霞殘照，陰陰淡月籠沙。向秋娘渡口，賀監湖邊，無計留他。　登高送遠惆悵，念風移霜換，水繞雲遮。船逐清波東注，冷照西斜。短夢未成芳草，閒愁又似楊花。但[二]碧羅窗曉，綠玉屏深，人去天涯。

羅，薛夢桂《三姝媚》。燈，李彭老《木蘭花慢》。小，王安國《清平樂》。正，劉將孫《憶舊遊》。壓，王沂孫《一萼紅》。隱，柳永《留客住》。陰，周邦彦《尉遲盃》。向，陳以莊《水龍吟》。賀，陸游《謝池春》。無，張先《浪淘沙》。登，吕渭老《傾盃令》。念，奚減《長相思慢》。水，張翥《六州歌頭》。船，美奴《如夢令》。冷，周密《高陽臺》。短，晏幾道《泛清波摘遍》。閒，史達祖《西江月》。但，賀鑄《兀令》。緑，利登《過秦樓》。人。吴文英《憶舊遊》。

【校】

［一］重：王安國《清平樂》（留春不住）作「初」。

［二］但：賀鑄《兀令》（盤馬樓前風日好）作「任」。

玉蝴蝶

寶髻鬆鬆梳［一］就，香霏珠唾，露濕羅襟。十二屏山，舊時飛燕難尋。柳懸懸、且留春住，花可可、衹怕春深。酒孤斟。暖風簾幕，遲日園林。　雙岑。倚闌凝望，宿酲未解，離思難禁。心字香燒，幾回小語月華侵。怎當他、夢隨煙散，誰念我、事逐雲沈。到如今。半堤花雨，一井桐陰。

寶，司馬光《西江月》。香，滕賓《齊天樂》。露，彭元遜《漢宮春》。十，孫惟信《風流子》。舊，史深《木蘭花慢》。柳，張炎《鷓鴣天》。且，姚雲文《齊天樂》。花，周密《唐多令》。祇，姜夔《一萼紅》。酒，吴文英《鷓鴣天》。暖，歐陽修《青玉案》。遲，韓瞟《高陽臺》。雙，李萊老《木蘭花慢》。倚，歐陽炯《鳳樓春》。宿，劉鎮《水龍吟》。離，王沂孫《三姝媚》。心，蔣捷《一剪梅》。綫，盧祖皋《醜奴兒慢》。怎，吕渭老《握金釵》。夢，羅志仁《風流子》。誰，魏夫人《繫裙腰》。事，高觀國《永遇樂》。到，樓槃《霜天曉角》。半，德祐太學生《念奴嬌》。一○史達祖《月當廳》。

【校】

［一］梳：司馬光《西江月》（寶髻鬆鬆挽就）作「綰」。

念奴嬌

乍寒簾幕，罥春紅愁濕，海棠經雨。三十六陂芳草地，冷落踏青心緒。小閣凝香，單衣試酒，夢到消魂處。子規聲裏，匆匆春又歸去。　遥見翠檻紅樓，朱欄碧甃，忘卻來時路。一晌［二］沈吟誰會得，密寫斷腸新句。曲曲屏山，温温沈水，唱徹《黄金縷》。繡牀倚遍，愁連滿眼煙樹。

乍，黃廷璹《解連環》。罥，趙聞禮《好事近》。海，万俟詠《卓牌兒》。三，陳允平《木蘭花》。冷，柳永《鬥百花》。小，吕渭老《情久長》。單，李彭老《一萼紅》。夢，曹組《驀山谿》。子，洪咨夔《眼兒媚》。匆，辛棄疾《摸魚兒》。遥，韋莊《河傳》。朱，毛滂《感皇恩》。忘，馮取洽《摸魚兒》。一，譚宣子《謁金門》。密，史深《花心動》。曲，姜夔《齊天樂》。温，吴淑姬《祝英臺近》。唱，秦觀《鳳棲梧》。繡，曾允元《水龍吟》。愁。黃機《摸魚兒》。

【校】

[一] 晌：譚宣子《謁金門》（銀漏滴）作「餉」。

又

春晚

若耶谿路，悵行雲夢斷[一]，水邊樓閣。樓上東風春不淺，鶯[二]去亂紅猶落。緑樹成陰，青苔滿地，忘了前時約。危闌倚遍，斜陽又滿東角。　聞道花底花前，翠蛾如畫，别後新梳掠。盡日相思羅帶緩，應是素肌瘦削。芳草連雲，暖香吹月，病起情懷惡。等閒孤負，重重繡帘珠箔。

若，康與之《洞仙歌》。悵，韓元吉《水龍吟》。水，辛棄疾《瑞鶴仙》。樓，張先《蝶戀花》。鶯，宋祁《好事近》。緑，李萊老《高陽臺》。青，劉克莊《摸魚兒》。忘，張元幹《點絳脣》。危，蔡伸《蘇武慢》。斜，張榘[三]《應天長》。聞，王嵎《祝英臺近》。翠，王庭珪《點絳脣》。別，朱敦儒《點絳脣》。盡，嚴仁《玉樓春》。應，潘元質《花心動》。芳，張震《蝶戀花》。暖，劉鎮《水龍吟》。病，韓淲《金縷曲》。等，程垓《水龍吟》。重。万俟詠《尉遲盃》。

【校】

[一]此句韓元吉《水龍吟·題三峯閣詠英華女子》原作「悵飛鳧路杳，行雲夢斷」。

[二]鶯：宋祁《好事近》(睡起玉屏風)作「吹」。

[三]張榘：當作張矩。「斜陽」句出自張矩《應天長·雷峯夕照》。

又

籠香覓醉，向樽前擬問，閒愁幾許。往事過如幽夢斷，夢斷緑窗鶯語。暗雨敲花，平波捲絮，空憶橫塘路。木蘭艇子，載將離恨歸去。　獨倚紅藥闌邊，蒼苔徑裏，無計相分付。臂枕香消眉黛斂，揾得淚痕無數。繡閣輕抛，瓊疏靜掩，畢竟春誰主。子規聲斷，前塵回首俱誤。

籠，朱昪孫《真珠簾》。向，李甲《過秦樓》。閒，葛勝仲《點絳脣》。往，張先《木蘭花》。夢，向鎬《如夢令》。暗，李彭老句。平，張炎《高陽臺》。空，曹組《驀山谿》。木，賀鑄《厭金盃》。載，周邦彦《尉遲盃》。獨，張涅《祝英臺近》。蒼，晁補之《永遇樂》。無，毛滂《青玉案》。臂，楊冠卿《蝶戀花》。揾，黄機《摸魚兒》。繡，柳永《夜半樂》。瓊，周密《齊天樂》。畢，易祓《驀山谿》。子，陳亮《水龍吟》。前。李昴英《摸魚兒》。

東風第一枝

夜思

紅蓼煙輕，緑楊風急，翠簾十二空捲。多情要密還疏，幽夢似真還斷。屏幃半掩，漸迤邐、更催銀箭。奈個人、水隔天遮，燈下有誰相伴。休[二]説起、鶯嬌燕婉。都忘卻、蝶悽蜂慘。今宵雨魄雲魂，明日水村煙岸。匆匆聚散，更舊恨新愁相間。對菱花、與説相思，眉鎖何曾舒展。

紅，謝逸《采桑子》。緑，范成大《秦樓月》。翠，張樞《壺中天》。多，趙彦端《風入松》。幽，趙崇嶓

《過秦樓》。屏，劉鎮《漢宫春》。漸，潘元質《倦尋芳》。奈，王沂孫《高陽臺》。燈，許棐《清平樂》。休，趙汝茪《謁金門》。鶯，張翥《摸魚子》。都，張先《滿江紅》。蝶，楊纘《八六子》。今，趙令畤《清平樂》。明，向鎬《如夢令》。匆，洪瑹《瑞鶴仙》。更，辛棄疾《錦帳春》。對，陸叡《瑞鶴仙》。眉。尹濟翁《聲聲慢》。

【校】

［一］休：趙汝茪《謁金門》（羞説起）作「羞」。

木蘭花慢

碧雲春信斷，思往事，慘無歡。但密袖熏虯，芳屏聚蝶，急鼓催鸞。歌闌旋燒絳蠟，任畫簾不捲玉鉤閒。天外征帆隱隱，樓前小雨珊珊。輕翻。倦枕夢初殘。獨自倚闌干。料素扇塵深，繡囊香減，金縷衣寬。無端淚珠［一］暗簌，正黄昏時候杏花寒。依舊照人秋水，憑誰剗卻春山。

碧，趙令畤《小重山》。思，李元膺《思佳客》。慘，李之儀《玉蝴蝶》。但，史深《玉漏遲》。芳，周密《露華憶》。急，蔣捷《春夏兩相期》。歌，黄庭堅《惜餘歡》。任，陳允平《滿江紅》。天，舒亶《滿庭芳》。

樓，元好問《清平樂》。輕，歐陽修《南鄉子》。倦，胡翼龍《少年遊》。獨，馮延巳《臨江仙》。料，黄廷璹《鎖窗寒》。繡，蕭東父《齊天樂》。金，柳永《雨中花慢》。無，石孝友《聲聲慢》。正，岳珂《滿江紅》。依，晁補之《鬥百花》。憑。羅椅《清平樂》。

【校】

［一］淚珠：石孝友《勝勝慢》（花前月下）作「珠淚」。

喜遷鶯

花飛時節。正涼掛半蟾，晚晴風歇。鳳枕慵欹，象牀困倚，樓上玉笙吹徹。素腕光摇寶釧，翠幌光摇絳蠟。久延竚，但餘香繞夢，錦圍紅匝。淒［一］絶。歌一闋，青翼不來，猶醉迷飛蝶。時笑時謳，同行同坐，消盡水沈金鴨。二十四簾芳晝，二十四橋明月。紫簫遠，怕牽愁勾怨，頓成輕别。

花，程垓《玉漏遲》。正，翁元龍《風流子》。晚，范成大《霜天曉角》。鳳，無名氏《杜韋娘》。象，樓扶《水龍吟》。樓，倪瓚《柳梢青》。素，袁華《水調歌頭》。翠，舒頔《風入松》。久，張翥《瑞龍吟》。但，陳坦之《沁園春》。錦，張雨《滿江紅》。淒，蕭泰來《霜天曉角》。歌，寇準《陽春引》。青，袁去華《一叢花》。猶，曹邍《玲瓏四犯》。時，李甲《過秦樓》。同，楊无咎《玉抱肚》。消，李肩吾《謁金門》。一，陳允平《過秦樓》。一，周密《瑶花》。紫，吴文英《法曲獻仙音》。怕，陳偕《滿庭芳》。頓。賀鑄《柳色黄》。

【校】

［一］淒：蕭泰來《霜天曉角·梅》作「清」。

永遇樂

殘春

楊柳風柔，梧桐雨細，梁燕無主。門草庭空，采蘋谿晚，春事能幾許。酒邊成醉，詩邊就夢，一晌凝情無語。漫竚想、明璫鉤襪，相趁落紅飛去。　紅巾翠袖，紅茵翠被，風月誰憐虚度。豆蔻濃時，海棠開後，迢遞歸夢阻。芳姿綽約，芳心繾綣，悵望舊遊仙侶［一］。近更苦、雲衣香薄，夜温繡戶。

楊，薩都剌《少年遊》。梧，張輯《疏簾淡月》。梁，劉辰翁《蘭陵王》。門，陳允平《永遇樂》。采，賀鑄《厭金盃》。春，周邦彦《掃花遊》。酒，吴潛《青玉案》。詩，史達祖《齊天樂》。一，王之道《如夢令》。漫，劉之才《解連環》。相，盧祖皋《謁金門》。紅，辛棄疾《水龍吟》。紅，柳永《幔卷紬》。風，黄機《念奴嬌》。豆，程垓《雨中花》。海，王詵《憶故人》。迢，王沂孫《掃花遊》。芳，趙以夫《角招》。芳，洪瑹《瑞鶴仙》。悵，葉閶《摸魚兒》。近，黃廷璹《解連環》。夜。吴文英《絳都春》。

【校】

［一］舊遊仙侶：葉閶《摸魚兒》（倚薰風）作「遊仙舊侶」。

又

遲日催花，柔風過柳，吹夢難醒。寶鴨煙銷，玉麟寒少，香伴銀屏冷。朱扉斜闔，朱闌斜倚，淚眼自看清影。漫問著、小桃無語，誤了鶯鶯相等。姿姿媚媚，娉娉嬝嬝，新樣雙鸞交映。錦瑟重調，冰匳半掩，深院簾櫳靜。素紈招月，素甌泛雪，往事不堪追省。念修竹、天寒何處，恨長怨永。

遲，陳亮《水龍吟》。柔，李彭老句。吹，翁孟寅《齊天樂》。寶，張半湖《掃花遊》。玉，張矩［一］《孤鸞》。香，魏子敬《生查子》。朱，吴文英《暗香》。朱，劉涇《夏初臨》。淚，朱敦儒《桂枝香》。漫，高觀國《玲瓏四犯》。誤，姚鏞《謁金門》。姿，柳永《繫梧桐》。娉，黃庭堅《驀山谿》。新，利登《洞仙歌》。錦，王易簡《齊天樂》。冰，吕同老《水龍吟》。深，謝逸《驀山谿》。素，陳允平《法曲獻仙音》。素，王沂孫《解連環》。往，錢應庚《臺城路》。念，劉儗《賀新郎》。恨。王千秋《瑞鶴仙》。

【校】

［一］張矩：當作張榘。「玉麟」句出自張榘《孤鸞·次虛齋先生梅詞韻》。

蘇武慢

翠陌吹衣，青門解袂，人共海棠俱醉。蜂愁蝶恨，燕約鶯期，斷送一生憔悴。常記那回，榆莢抛錢，桃花貪子。倚孤芳澹濘[一]，幽芳零亂，謾沾殘淚。凝望處，月滿南樓，雲横西塞，簾捲曲闌獨倚。倦調瑶瑟，悶剔銀釭，還是向來情味。惆悵後期，蟬[二]錦香沈，鳳箋春麗。被紅塵隔斷，愁落鵑聲萬里。

翠，史達祖《釵頭鳳》。青，賀鑄《萬年歡》。人，王嵎《夜行船》。蜂，吕渭老《薄倖》。燕，周密《曲遊春》。斷，趙令時《清平樂》。常，秦觀《河傳》。榆，陳偕《滿庭芳》。桃，蔡松年《念奴嬌》。倚，謝懋《解連環》。幽，王沂孫《慶宮春》。謾，吴文英《齊天樂》。凝，韓玉《賀新郎》。月，趙長卿《燭影摇紅》。雲，謝逸《燕歸梁》。簾，吴城龍女《荆州亭》。倦，沈景高《沁園春》。悶，杜龍沙《鬥雞回》。還，晁補之《鬥百花》。惆，康與之《應天長》。蟬，黄簡《眼兒媚》。鳳，陸游《風流子》。被，陳允平《拜星月慢》。

愁。張炎《西子妝》。

【校】

[一]濘：謝懋《解連環》(雁空遼邈)作「竚」。

[二]蟬：黃簡《眼兒媚》(畫樓瀕水翠梧陰)作「蟫」。

一萼紅

惜芳時。歎江潭冷落，楊柳又如絲。遲日烘晴，深煙帶晚，還是緑與春歸。但暗水、新流芳恨，恨伯勞、東去燕西飛。賣酒壚邊，湔裙淇上，翠斂愁眉。　閒處淚珠偷落，向花前月下，待[一]訴心期。孤館迢迢，離亭黯黯，應念瘦損香肌。記舊約、薔薇[二]開後，甚殘寒、猶怯苧羅衣。一縷幽香難滅，虛費相思。

惜，晏殊《更漏子》。歎，周密《水龍吟》。楊，温庭筠《菩薩蠻》。遲，王茂孫《高陽臺》。深，張炎《瑣寒窗》。還，王澡[三]《祝英臺近》。但，楊纘《八六子》。恨，元好問《滿江紅》。賣，李甲《過秦樓》。湔，賀鑄《憶秦娥》。翠，康與之《風入松》。閒，袁去華《謁金門》。向，毛幵《滿江紅》。待，張艾《夜飛鵲》。孤，周邦彦《點絳脣》。離，吴文英《惜黄花慢》。應，方君遇《風流子》。記，陳允平《倦尋芳》。甚，楊恢[四]《八聲甘州》。一，李億《念奴嬌》。虚。吕渭老《木蘭花慢》。

【校】

[一]待：張艾《夜飛鵲·荷花》作「欲」。

[二]薔薇：陳允平《倦尋芳》(杏簷轉午)作「荼蘼」。

[三]王澡：當作王藻。「還是」句出自王藻《祝英臺近·别詞》。

[四]楊恢：當作湯恢。「甚殘」句出自湯恢《八聲甘州》(摘青梅薦酒)。

大聖樂

紅綬消香，翠綃封淚，殢歡尤惜。便等閒、孤枕驚回，繡被夢輕，腸斷夜闌霜笛。睡起欄干凝思處，正雨後、梨花幽艷白。當時事，記玉筍攬衣，茸唾凝碧。　如今眼穿故國，念過眼光陰難再得。惹芳心如醉，舊遊如夢，亂愁如織。燕子銜來相思字，試點染、吟箋留醉墨。渾無據，奈蝶怨、良宵岑寂。

紅，康與之《風流子》。翠，陳亮《水龍吟》。殢，曹邍《瑞鶴仙》。便，王茂孫《高陽臺》。繡，吴文英《絳都春》。腸，黄玉泉《東風第一枝》。睡，趙以夫《二郎神》。正，孫道絢《憶少年》。當，吴激《風流子》。

記，孫惟信《風流子》。茸，施岳《蘭陵王》。如，王沂孫《望梅》。念，曹組《憶少年》。惹，晏幾道《探春令》。舊，無名氏《古陽關》。亂，黄霽宇《水龍吟》。燕，楊恢[一]《二郎神》。試，黄子行《西湖月》。渾，陳坦之《沁園春》。奈。周密《曲遊春》。

【校】

[一]楊恢：當作湯恢。「燕子」句出自湯恢《二郎神·用徐幹臣韻》。

風流子

春思

捲簾人睡起，閒池閣，獨自倚闌時。對清晝漸長，酒闌歌散，幽歡難偶，事闊心違。怎忘得、絮飛波影亂，葉暗乳鴉啼。衣袖粉香，幾多別恨，襪羅塵沁，一晌凝思。　西樓天將晚，傷魂處、滿眼芳草斜暉。背面銀牀斜倚，珠淚偷垂。算江南江北，瑶池路杳，花開花謝，金谷人歸。又是一番[一]憔悴，燕子誰依。

捲，張樞《瑞鶴仙》。閒，范成大《憶秦娥》。獨，薩都剌《少年遊》。對，張炎《大聖樂》。酒，劉灝《齊天樂》。幽，無名氏[二]《一萼紅》。事，彭元遜《解連環》。怎，吕渭老《江城子慢》。絮，韓元吉《謁金門》。葉，蔣子雲《好事近》。衣，翁元龍《絳都春》。綫，黃昇《月照梨花》。襪，趙聞禮《水龍吟》。一，張先《卜算子慢》。西，楊无咎《卓牌子》。傷，柳永《輪臺子》。滿，李彭老《一萼紅》。背，李呂《調笑令》。珠，康與之《金菊對芙蓉》。算，盧祖皋《沁園春》。瑶，曹邃《齊天樂》。花，葉清臣《賀聖朝》。金，姜夔《點絳脣》。又，吴儆《滿庭芳》。燕。趙文《八聲甘州》。

【校】

[一] 番：吴儆《滿庭芳·用前韻並寄》作「春」。

[二] 無名氏：當作鄭熏初。「幽歡」句出自鄭熏初《一萼紅》（憶燕臺）。

大酺

似霧中花，風前絮，望斷儂家心眼。不堪殘酒醒，聽幾聲啼鴂，一聲征雁。寶瑟彈冰，瓊壺敲月，黯黯夢雲驚斷。天涯歸期阻，祇別愁如織，淚痕如綫。記翠箞聯吟，紅爐對謔，幾時得見。

尋芳來最晚。悄無語，晝永重簾捲。念誰伴、塗妝綰髻，嚼蕊吹香，暗窗前、醉眠蔥蒨。寂寞閒庭戶，恁吟袖、畫欄空暖。又還是、春將半。遺恨多少，拾得殘紅一片。重來卻尋朱檻。

事近》。似，周晉《柳梢青》。風，岳珂《滿江紅》。望，鄭僅《調笑令》。不，舒亶《散天花》。聽，趙與仁《好事近》。一，曹組《青玉案》。寶，高觀國《喜遷鶯》。瓊，周密《聲聲慢》。黯，蘇軾《永遇樂》。天，康與之《風流子》。祇，洪适《好事近》。淚，何籀《點絳脣》。記，林表民《玉漏遲》。紅，程垓《雪獅兒》。幾，鄭文妻孫氏《燭影摇紅》。尋，晏幾道《撲胡蝶》。俏，趙以夫《芙蓉月》。晝，趙善杠《賀新郎》。念，劉一止《夢横塘》。嚼，朱淑真《柳梢青》。暗，周邦彦《玲瓏四犯》。寂，謝懋《驀山谿》。恁，劉天游《氐州第一》。又，宋徽宗《探春令》。遺，王沂孫《掃花遊》。拾，危復之《永遇樂》。重。歐陽修《梁州令》。

麝塵蓮寸集卷二

南歌子

簾外三更雨，樽前一曲歌。纖手掩香羅。淚珠紅簌簌，奈愁何。

簾，鄧肅《生查子》。樽，杜安世《卜算子》。纖，張耒《少年遊》。淚，陳克《謁金門》。奈。曹組《鷓鴣天》。

又

綬帶盤金縷，羅襦隱繡茸。背立怨東風。東風無氣力，惹殘紅。

綬，歐陽炯《女冠子》。羅，李彭老《生查子》。背，姜夔《玉梅令》。東，陳克《謁金門》。惹。毛文錫《酒泉子》。

江南春

羅幌掩，錦屏空。斷腸芳草碧，流恨落花紅。重門不鎖相思夢，雙燕歸來細雨中。

羅，歐陽炯《三字令》。錦，汪輔之《行香子》。斷，韋莊《謁金門》。流，戴復古《木蘭花慢》。重，趙令時《錦堂春》。雙。歐陽修《采桑子》。

又

梁燕語，谷鶯遷。幽蘭啼曉露，垂柳冪瑶煙。倚欄誰唱清真曲，愁入春風十四絃。

梁，周邦彦《垂絲釣》。谷，歐陽炯《春光好》。幽，宋褧《穆護砂》。垂，曹冠《小重山》。倚，晁子止《鷓鴣天》。愁。陸游《采桑子》。

又

香燼冷，錦衾寒。夢遊[一]芳草路，醉過杏花天。泥金小字回文句，寫向紅窗夜月前。

香，趙汝茪《江城梅花引》。錦，李後主《更漏子》。夢，張元幹《臨江仙》。醉，徐囦子《臨江仙》。泥，王安中《鷓鴣天》[二]。寫。晏幾道《破陣子》。

【校】

［一］遊：張元幹《臨江仙·荼蘼有感》作「迷」。

［二］《鷓鴣天》：當作《玉樓春》。「泥金」句出自王安中《玉樓春》（秋鴻秖向秦箏住）。

又

朱閣靜，翠簾垂。藕花香習習，梅子雨絲絲。多愁[一]多感仍多病，病酒厭厭與睡宜。

朱，吕渭老《祝英臺近》。翠，李清照《訴衷情》。藕，袁去華《謁金門》。梅，蔡松年《石州慢》。多，蘇軾《采桑子》。病。蔡枏《鷓鴣天》。

【校】

［一］愁：蘇軾《采桑子·潤州東景樓與孫巨源相遇》作「情」。

如夢令

深院月斜人靜。一桁愔愔簾影。愁壓曲屏深，須信情多是病。重省。重省。依舊歸期未定。

深，司馬光《西江月》。一，周密《西江月》。愁，胡翼龍《徵招》。須，波子山《剔銀燈》。重，徐伸《二郎神》。重，陸淞《瑞鶴仙》。依。李玉《金縷曲》。

又

重至

又是一番春暮。又是一番紅素。煙雨正愁人，人面桃花在否。凝竚。凝竚。尚憶去年崔護。

又，周密《西江月》。又，李好古《謁金門》。煙，高觀國《少年遊》。人，袁去華《瑞鶴仙》。凝，徐□□《真珠簾》。凝，姜夔《月下笛》。尚。洪瑹《永遇樂》。

又

曲折迷春院宇。沈水煙横香霧。捲帳蠟燈紅，誰在玉樓歌舞。無據。無據。空惹閒愁千縷。

曲，徐儼夫《西江月》。沈，謝逸《謁金門》。捲，賀鑄《厭金盃》。誰，李好古《謁金門》。無，柳永《黄鶯兒》。無，孫居敬《喜遷鶯》。空。趙以夫《鵲橋仙》。

女冠子

月樓花院。睡起横波慢。想幽歡。轉語傳青鳥，含羞整翠鬟。酒邊人楚楚，簾外雨潺潺。楊柳黄昏約，怨[一]春寒。

月，賀鑄《青玉案》。睡，顧敻《醉公子》。想，史達祖《玉胡蝶》。轉，孫光憲《生查子》。含，張先《生查子》。酒，張翥《謁金門》。簾，李後主《浪淘沙》。楊，岳珂《生查子》。怨。張元幹《怨王孫》。

【校】

[一] 怨：張元幹《怨王孫·紹興乙丑春二月既望，季文中置酒谿閣。日暮雨過，盡得雲烟變

態，如對營丘著色山。座客有歌〈怨王孫〉者，請予賦其情抱。葉子謙爲作三弄，吹雲裂石，旁若無人，永福前此所未見也。老子於此，興復不淺》(霽雨天迥)作「恨」。

又

瑣窗朱戶。滿地梨花雨。獨無憀。撥火温寒醑，開帆候信潮。紅巾銜翠翼，緑酒負金蕉。惆悵誰能賦，恨迢迢。

鎖，賀鑄《青玉案》。滿，韋莊《清平樂》。獨，顧敻《河傳》。撥，俞國寶《卜算子》。開，皇甫松《怨回紇》。紅，史達祖《玉簟涼》。緑，張翥《風入松》。惆，姜夔《卜算子》。恨。魏承班《訴衷情》。

采桑子

緑窗酒醒春如夢，空想芳馨。誰誤娉婷。柳樣纖柔花樣輕。翠珠塵冷香如霧，霓節飛瓊。錦瑟湘靈。月樣嬋娟雪樣清。

緑，舒亶《菩薩蠻》。空，羅志仁《木蘭花慢》。誰，姚雲文《木蘭花慢》。柳，張先《長相思》。翠，無名氏《青門怨》。霓，吴文英《無悶》。錦，張翥《鳳凰臺上憶吹簫》。月。毛滂《浣谿沙》。

又

緑陰滿院簾垂地，春也難留。春也堪羞。兩點春山滿鏡愁。　泠泠水向橋東去，獨倚江樓。獨上蘭舟。聽得吹簫憶舊遊。

緑，陳克《虞美人》。春，蔣捷《高陽臺》。春，黎廷瑞《朝中措》。兩，周邦彦《鷓鴣天》[一]。泠，劉鎮《玉樓春》。獨，查荎《透碧霄》。獨，李清照《一剪梅》。聽。孫惟信《南鄉子》。

【校】

[一]《鷓鴣天》：當作《南鄉子》。「兩點」句出自周邦彦《南鄉子》（晨色動粧樓）。

又

夢雲散後[一]無蹤蹟，冷冷清清。冷冷清清。十二雕窗六曲屏。　羅帷黯[二]淡燈花結，宿酒初醒。宿酒初醒。歸去如何睡得成。

夢，無名氏《踏莎行》。冷，李清照《聲聲慢》。冷，汪元量《鶯啼序》。十，高觀國《卜算子》。羅，范成大《秦樓月》。宿，柴望《念奴嬌》。宿，儲泳《齊天樂》。歸。譚宣子《長相思》。

【校】

［一］散後：趙聞禮《踏莎行》（照眼菱花）作「吹散」。

［二］帷黯：范成大《秦樓月》（樓陰缺）作「幃暗」。

又

匆匆相遇匆匆去，羅帶輕分。羅帶輕分。相送黄花落葉村。　蛩螿更作聲聲怨，幾度黄昏。幾度黄昏。露冷依前獨掩門。

匆，郭應祥《玉樓春》。羅，秦觀《滿庭芳》。羅，劉僎《一剪梅》。相，程垓《南鄉子》。蛩，黄機《蝶戀花》。幾，王沂孫《疏影》。幾，楊恢[一]《祝英臺近》。露。張先《南鄉子》。

【校】

［一］楊恢：當作湯恢。「幾度」句出自湯恢《祝英臺近》（宿酲蘇）。

卜算子

紅綻武陵谿，翠隔江淹浦。一段春嬌入畫屏，不道春將暮。　簾捲玉鉤斜，夢逐金鞍去。暮雨瀟瀟郎不歸，無説相思處。

紅，洪适《生查子》。翠，歐陽修《虞美人影》。一，陳允平《鷓鴣天》。不，王安石《傷春怨》。簾，温庭筠《南歌子》。夢，姜夔《醉吟商》。暮，白居易《長相思》。無。周紫芝《生查子》。

又

吸盡紫霞盃，歌斷黄金縷。更傍朱脣暖玉簫，一一春鶯語。　無處説相思，都爲相思苦。簾外飛花自往還，斷送春歸去。

吸，王灼《恨來遲》。歌，趙鼎《蝶戀花》。更，吴億《南鄉子》。一，張先《生查子》。無，晏幾道《生查子》。都，王茂孫《點絳脣》。簾，陳允平《思佳客》。斷。張震《驀山谿》。

訴衷情

小窗簾影冷如冰。簾外月朧明。暮雲依舊凝碧，何處逐雲行。　鶯意懶，蝶[一]愁輕。若爲情。露橋聞笛，水國吹簫，淺醉還醒。

小，趙令時《臨江仙》[二]。簾，岳飛《小重山》。暮，万俟詠[三]《念奴嬌》。何，毛熙震《臨江仙》。鶯，周密《江城子》。蝶，翁元龍《阮郎歸》。若，張孝祥《六州歌頭》。露，周邦彦《蘭陵王》。水，張炎《齊天樂》。淺。姚雲文《紫萸香慢》。

【校】

[一]蝶：翁元龍《阮郎歸》(千絲風雨萬絲晴)作「燕」。《阮郎歸》，一作《醉桃源》。

[二]《臨江仙》：當作《小重山》。「小窗」句出自趙令時《臨江仙》(雨霽風高天氣清)。

[三]万俟詠：當作田爲。「暮雲」句出自田爲《念奴嬌》(嫩冰未白)。

又

用李易安體

落紅啼鳥兩無情。日日喚愁生。青樓夢好，藍橋信阻，舊約無憑。銀燭暗，玉琴橫。怨遥更。半窗殘月，一抹殘霞，幾點殘星。

落，翁孟寅《阮郎歸》。日，盧祖皋《江城子》。青，姜夔《揚州慢》。藍，蔡伸《西地錦》。舊，陳允平《解連環》。銀，洪瑹《驀山谿》。玉，顧敻《臨江仙》。怨，吴文英《花上月令》。半，柳永《鎮西》。一，周邦彦《雙頭蓮》。幾。周伯陽《春從天上來》。

琴調相思引

催促行人動去橈。短長亭外短長橋。夕陽芳草，未别已魂銷。晴景融融煙漠漠，愁雲淡淡雨瀟瀟。問春何在，春在杏花梢。

催，張先《南鄉子》。短，譚宣子《江城子》。夕，周端臣《春歸怨》。未，張鎡《木蘭花慢》。晴，杜郎中《玉樓春》。愁，石孝友《眼兒媚》。問，姜夔《淡黄柳》。春。陳允平《小重山》。

西地錦

新柳

樓外柳絲黄濕。倚鞦韆斜立。半堤風緊，半篙波暖，漸嫩黄成碧。　忘都[一]舊遊端的。試重尋消息。梅心未苦，蕉心微展，趁江南春色。

樓，朱敦儒《好事近》。倚，趙聞禮《好事近》。半，翁元龍《瑞龍吟》。半，周邦彦《蘭陵王》。漸，周密《好事近》。忘，蔣捷《瑞鶴仙》。試，李甲《帝臺春》。梅，黄機《乳燕飛》。蕉，吕渭老《念奴嬌》。趁，鄭意娘《好事近》。

【校】

[一] 都：蔣捷《瑞鶴仙·鄉城見月》作「卻」。

錦堂春

香霧輕籠翠葆，玉醅滿蘸瑶英。醉更衣處長相記，妝晚託春酲。　明月笙歌别院，緑陰芳草長亭。碧闌倚遍愁難[一]説，歡夢絮飄零。

香，張遜《水調歌頭》。玉，楊子咸《木蘭花慢》。醉，賀鑄《惜雙雙》。妝，陸游《朝中措》。明，陳允平《秋蕊香》。緑，顔奎《清平樂》。碧，周密《醉落魄》。歡。李萊老《小重山》。

【校】

［一］難：周密《醉落魄·洪魯仲之江西，書以爲別》作「誰」。

又

素被獨眠清曉，青燈還憶今宵。別離滋味濃如酒，不待宿酲銷。事與行雲漸遠，心隨垂柳頻摇。問花花又嬌無語，情緒好無聊。

素，王沂孫《西江月》。青，吴存《木蘭花慢》。別，張耒《秋蕊香》。不，賀鑄《菩薩蠻》。事，晏幾道《撲胡蝶》。心，曾揆《西江月》。問，真德秀《蝶戀花》。情。石孝友《眼兒媚》。

撼庭秋

離蹤悲事何限，望重城那見。閒雲散縞，餘霞散綺，緑楊天遠。梨花院宇，桃花門[一]巷，荷花池館。起一聲羌笛，數聲畫角，惹人腸斷。

離，張榘《摸魚子》。望，張先《卜算子慢》。閒，方千里《倒犯》。餘，晁補之《迷神引》。綠，吴文英《倦尋芳》。梨，李祁《減字木蘭花》。桃，周邦彦《念奴嬌》。荷，姜夔《念奴嬌》。起，柳永《傾盃樂》。數，謝懋《瑞鶴仙》[二]。惹。張景修《選冠子》。

【校】

[一] 門：周邦彦《念奴嬌》(醉魂乍醒)作「永」。

[二] 謝懋：當作辛棄疾。「數聲」句出自辛棄疾《瑞鶴仙・賦梅》。

三字令

三月暮，任春歸。酒醒時。簾半捲，枕斜欹。漏聲殘，燈暈冷，曉妝遲。芳草外，畫橋西。恨分離。花艷艷，柳依依。夢中雲，心裏月，没人知。

三，吴文英《望江南》。任，尹濟翁《玉胡蝶》。酒，謝逸《燕歸梁》。簾，張翥《摸魚兒》。枕，李珣《望遠行》。漏，崔與之《水調歌頭》。燈，劉過《賀新郎》。曉，晏殊《更漏子》。芳，方千里《迎春樂》。畫，張先《江城子》。恨，朱敦儒《柳枝》。花，韋莊《定西番》。柳，寇準《江南春》。夢，周密《江城子》。

心，陳允平《明月引》。没。陳逢辰《烏夜啼》。

【附作】

前調

程淑繡橋

珠簾側，繡屏前。小樓邊。天似水，夜如年。雨霏微，雲淡薄，月嬋娟。春去也，景依然。重流[一]連。花滴露，柳垂煙。斂愁眉，凝淚眼，悄無言。

珠，方千里《迎春樂》。繡，張先《慶金枝》。小，周紫芝《江城子》。天，何光大《謁金門》。夜，于立《水調歌頭》。雨，温庭筠《訴衷情》。雲，王庭筠《訴衷情》。月，蘇軾《江城子》。春，劉禹錫《望江南》。景，無名氏《擣練子》。重，元好問《江城子》。花，歐陽炯《春光好》。柳，張元幹《春曉曲》。斂，牛嶠《感恩多》。凝，延安夫人《更漏子》。悄。趙雍《江城子》。

【校】

[一] 流：元好問《江城子》(河山亭上酒如川)作「留」。

城頭月

杏花窗底人中酒。花與人俱瘦。玉管難留，翠樽易泣，正是愁時候。　海棠糁徑鋪香繡。不似長亭柳。一抹荒煙，半規涼月，長被春僝僽。

杏，許棐《虞美人》。花，周密《探芳信》。玉，王沂孫《一萼紅》。翠，姜夔《暗香》。正，黄庭堅《驀山谿》。海，陳亮《虞美人》。不，賀鑄《鶴沖天》。一，張炎《高陽臺》。半，周邦彦《風流子》。長。楊炎正《蝶戀花》。

西江月

紅杏香中簫鼓，緑楊樓外鞦韆。一番春事怨啼鵑。陌上飛花正滿。　重整釵鸞箏雁，羞他金雀鈿蟬。碧雲芳草恨年年。欲寄短書雙燕。

紅，俞國寶《風入松》。緑，康與之《風入松》。一，韓淲《浣谿沙》。陌，晏幾道《撲胡蝶》。重，張翥《陌上花》。羞，張雨《東風第一枝》。碧，賀鑄《浣谿沙》。欲。韓元吉《永遇樂》。

又

今日瓊川銀渚，去年紫陌青門。無因重見玉樓人。芳草緜緜離恨。待得燕慵鶯懶，豈期鰈[一]散鶼分。與誰同度可憐春。又是一番春盡。

今，韓駒《昭君怨》。去，趙令時《清平樂》。無，李珣《浣花谿》。芳，無名氏《鏡中人》。待，徐抱獨《清平樂》。豈，李漳《多麗》。與，姜夔《鷓鴣天》。又。許棐《滿路花》[二]。

【校】

[一]鰈：李漳《多麗》（好人人）作「蝶」。

[二]《滿路花》：當作《滿宮花》，一作《滿宮春》。

又

梨花

冷艷奇芳堪惜，破香籠粉初開。多情簾燕獨徘徊。惹得玉銷瓊碎。謾[一]曳羅裙歸去，曾携翠袖同來。不煩人築避風臺。獨立萬紅塵外。

冷，和凝《望梅花》。破，無名氏《十月桃》。多，田爲《南柯子》。惹，彭泰翁《拜星月慢》。謾，孫光憲《風流子》。曾，晏幾道《清平樂》。不，劉景翔《小重山》。獨。曹遹《宴山亭》。

【校】

[一] 謾：孫光憲《風流子》(樓倚長衢欲暮)作「慢」。

又

好夢纔成又斷，春寒似[一]有還無。荼蘼斗帳冷[二]熏爐。簾捲花梢香霧。好是風和日暖，翻成雨恨雲愁。三分春色二分休。人與流鶯俱瘦。

好，張先《恨來遲》。春，趙彦端《風入松》。荼，張元幹《臨江仙》。簾，李祁《鵲橋仙》。好，朱淑真《謁金門》。翻，柳永《曲玉管》。三，司馬昂父《最高樓》。人。吴文英《如夢令》。

【校】

[一] 似：趙彦端《風入松·杏花》作「乍」。

[二] 冷：張元幹《臨江仙·荼蘼有感》作「罷」。

浪淘沙

柳色鎖重樓。新月横鉤。夜寒誰伴玉[一]香篝。獨倚闌干凝望遠,恨滿芳洲。 雙槳去悠悠。一葉扁舟。欲憑江水寄離愁。細拾殘紅書怨泣,分付東流。

柳,薛子新《南鄉子》。新,邵亨貞《沁園春》。夜,陳允平《浣谿沙》。獨,謝逸《蝶戀花》。恨,杜良臣《三姝媚》。雙,查荎《透碧霄》。一,賀鑄《眼兒媚》。欲,范成大《南柯子》。細,程垓《漁家傲》。分。張耒《風流子》。

【校】

[一]玉:陳允平《浣谿沙》(楊柳煙深五鳳樓)作「錦」。

又

金鴨懶熏香。蝶夢悠揚。翠簾低護鬱金堂。謝了梨花寒食後,也祇淒涼。 歌短舊恨[一]長。釵股敲雙。闌干曲曲是回腸。欲喚海棠教睡醒,月正西廊。

金，程垓《南浦》。蝶，吴激《風流子》。翠，高似孫《眼兒媚》。謝，陳允平《蝶戀花》。也，王沂孫《聲聲慢》。歌，尹焕《唐多令》。釵，蔣捷《柳梢青》。闌，胡翼龍《西江月》。欲，姚鏞《謁金門》。月。趙時奚《漢宫春》。

【校】

[一] 恨：尹焕《唐多令》（蘋末轉清商）作「情」。

戀繡衾

黄昏微[一]雨人閉門。酒斟時、須滿十分。盃且舉，送君去，想東園、桃李自春。

修蛾畫了無人問，問如今、山館水村。還又是，垂楊徑，剪東風、千縷碎雲。

黄，劉將孫《憶舊遊》。酒，蘇軾《行香子》。盃，張先《漁家傲》。送，張元幹《賀新郎》。想，周邦彦《瑣窗寒》。修，黄昇《月照梨花》。問，王沂孫《瑣窗寒》。還，吴潛《青玉案》。垂，吴文英《尉遲盃》。剪。周密《聲聲慢》。

【校】

[一] 微：劉將孫《憶舊遊・前題得論字》作「細」。

木蘭花

憑[一]高不見章臺路。小院重門深幾許。酒醒香冷夢回時，燕語鶯啼花落處。離歌一曲江南暮。檀板未終人又去。淡蛾羞斂不勝情，楊柳夜寒猶自舞。

憑，馮延巳《蝶戀花》。小，程垓《謁金門》。酒，趙令畤《好事近》。燕，元好問《江城子》。離，邵亨貞《齊天樂》。檀，歐陽修《夜行船》。淡，毛熙震《臨江仙》。楊。姜夔《浣谿沙》。

【校】

[一] 憑：馮延巳《蝶戀花》（庭院深深深几许）作「樓」。該詞又見歐陽修《六一詞》。

又

餞春

東風蕩颺輕雲縷。滿地落紅初過雨。三分春色二分愁，把酒送春春不語。濛濛柳下飄香絮。燕子不來天欲暮。十分春事九分休，把酒留春春不住。

東，陳亮《虞美人》。滿，吴禮之《蝶戀花》。三，葉清臣《賀聖朝》。把，朱淑真《蝶戀花》。濛，蘇庠《菩薩蠻》。燕，程垓《謁金門》。十，周密《浪淘沙》。把。尚希尹《浪淘沙》。

西江月

用趙元父體

簾外行雲撩亂，雨餘淡月朦朧。一樽今夜與誰同。記得年時、相見卻匆匆。離恨遠縈楊柳，歸期暗數芙蓉。斷腸腸斷舊情濃。可奈流鶯、多事訴春風。

簾，向子諲《如夢令》。雨，晏幾道《清平樂》。一，沈會宗《小重山》。記，謝逸《江城子》。相，賀鑄《江城子》。離，劉迎《烏夜啼》。歸，盧祖皋《烏夜啼》。斷，陳克《鷓鴣天》。可，黄簡《柳梢青》。多。劉褒《滿庭芳》。

踏莎行

脆管排雲，涼樽試月。隔煙催漏金虬咽。櫻脂茸唾聽吟詩，爲君滴盡相思血。寶扇輕搖，羅衫暗摺。臨窗擁髻愁難説。重來花畔倚闌干，東風落盡荼蘼雪。

脆，李萊老《念奴嬌》。涼，王夢應《錦堂春》。隔，范成大《秦樓月》。櫻，吴文英《燭影摇紅》。爲，趙崇嶓《歸朝歡》。寶，曾原隆《過秦樓》。羅，孫惟信《夜合花》。臨，周密《醉落魄》。重，周良臣《玉樓春》。東。陳允平《鷓鴣天》。

又

殘雪樓臺，冷煙庭院。黄昏簾幕無人捲。最憐一曲鳳簫吟，玉纖慵整銀箏雁。酒薄愁濃，香温夢暖。舊家心性如今懶。一牀鴛被疊香紅，緑窗睡足鶯聲軟。

殘，韓疁《高陽臺》。冷，翁元龍《燭影摇紅》。黄，蘇軾《蝶戀花》。最，高觀國《思佳客》。玉，秦觀《玉樓春》。酒，張先《漢宫春》[一]。香，陳允平《瑞鶴仙》。舊，侯寘《漁家傲》。一，杜安世《浪淘沙》。緑。劉翰《蝶戀花》。

又

嫩水挼藍，暮山凝紫。登山臨水年年是。送春春去幾時回，萋萋芳草愁千里。象尺熏爐，魚箋錦字。粉消[一]香減紅蘭淚。東窗一夢月華嬌，素娥應笑人憔悴。

嫩，張景修《選冠子》。暮，周密《水龍吟》。登，陳襲善《漁家傲》。送，張先《天仙子》。萋，趙孟頫《蝶戀花》。象，寇凖《點絳唇》。魚，晏幾道《撲胡蝶》。粉，陳允平《玉樓春》。東，史達祖《一剪梅》。素。李彭老《章臺月》。

【校】

[一]消：陳允平《玉樓春》(粉銷香減紅蘭淚)作「銷」。

又

桐影吹香，梅英弄粉。東風破曉寒成陣。鳳韉頻誤踏青期，歸來玉醉花柔困。

嫩約無憑，新吟未穩。絲絲楊柳鶯聲近。寶絃愁按十三徽，淚痕紅透蘭襟潤。

桐，劉天迪《齊天樂》。梅，沈會宗《傾盃樂》。東，樓采《玉樓春》。鳳，袁易《燭影搖紅》。歸，許棐《鷓鴣天》。嫩，姜夔《秋宵吟》。新，儲泳《齊天樂》。絲，樓扶《菩薩蠻》。寶，周密《浣谿沙》。淚。陳允平《點絳脣》。

唐多令

鳳閣雨闌珊。笙[一]聲生暮寒。料今宵、夢到西園。雙掩獸鐶人語寂，梅粉褪，晚妝殘。　樓上捲簾看。月斜窗外山。澹涓涓、玉宇清閒。香滅[二]燈昏吟未穩，愁脈脈，倚欄干。

鳳，孫惟信《風流子》。笙，黄公度《菩薩蠻》。料，辛棄疾《漢宮春》。雙，譚宣子《謁金門》。梅，曾原一《謁金門》。晚，李後主《阮郎歸》。樓，周邦彦《少年遊》。月，黄庭堅《阮郎歸》。澹，蘇軾《行香子》。香，黄昇《南鄉子》。愁，俞克成[三]《謁金門》。倚。陳允平《江城子》。

【校】

[一]笙：黄公度《菩薩蠻·公時在泉幕，有懷汪彦章而作，以當路多忌，故託玉人以見意》作「竹」。

[二]滅：黄昇《南鄉子·冬夜》作「斷」。

[三]俞克成：當作陳克。「愁脈脈」出自陳克《謁金門》（愁脈脈）。

後庭宴

素襪塵生，紅[一]衣香薄。何須捲起重簾幕。西風偏解送離愁，東風不解吹愁卻。鶯邊落絮催春，春在深深院落。更無人問，佯弄鞦韆索。楊柳色依依，水雲寒漠漠。

素，吴文英《燭影揺紅》。紅，周密《大酺》。何，陳三聘《虞美人》。西，舒亶《散天花》。東，李子酉《玉樓春》。鶯，杜良臣《三姝媚》。春，李昂英[二]《蘭陵王》。更，趙鼎《點絳脣》。佯，蕭允之《點絳脣》。楊，温庭筠《菩薩蠻》。水。趙以夫《角招》。

【校】

［一］紅：周密《大酺》（又子規啼）作「翠」。

［二］李昂英：當作李昴英。「春在」句出自李昴英《蘭陵王》（燕穿幕）。

破陣子

門外馬嘶人起，坐中斗轉參横。腸斷驛亭離別處，賸落瑶花襯月明。東風吹恨生。

柳色翠迷山色，雨聲滴碎荷聲。悶向綠紗窗下睡，猶有餘香入夢清。西風吹酒醒。

門，秦觀《如夢令》。坐，張輯《清平樂》。腸，陳允平《玉樓春》。膩，毛滂《武陵春》。東，劉翰《菩薩蠻》。柳，周密《清平樂》。雨，歐陽修《臨江仙》。悶，歐陽炯《木蘭花》。猶，晁端禮《鷓鴣天》。西。譚宣子《長相思》。

好女兒

麗日千門，流水孤村。記當時短檝桃根渡，但清谿如鏡，翠峯如簇，芳草如薰。愁鎖碧窗春曉，凝望久，正消[一]魂。怕梨花，落盡成秋色，對一軒涼月，一庭香露，一片閒雲。

麗，張先《燕春臺》。流，張良臣《采桑子》。記，吳文英《鶯啼序》。但，王特起《喜遷鶯》。翠，王安石《桂枝香》。芳，方千里《氐州第一》。愁，尹鶚《滿宮花》。凝，劉克莊《摸魚兒》。正，奚減《永遇樂》。怕，姜夔《淡黃柳》。對，吳激《春從天上來》。一，周密《霓裳中序第一》。一。張翥《高陽臺》。

【校】

[一] 消：奚減《永遇樂》（一雁斜陽）作「銷」。

醉春風

花落東風急。香襯蟬雲濕。隔簾無處説春心，憶。憶。憶。樹色凝紅，柳絲曳緑，梅陰弄碧。　斜倚鞦韆立。愁背銀釭泣。坐來殘月冷窗紗，得。得。得。香泛金巵，絃抛玉軫，漏侵瓊瑟。

花，姚寬《菩薩蠻》。香，李萊老《點絳脣》。隔，賀鑄《浣谿沙》。憶，曾覿《釵頭鳳》。樹，翁元龍《齊天樂》。柳，張半湖《掃花遊》。梅，劉天迪《齊天樂》。斜，周密《解語花》。愁，黄昇《清平樂》。坐，趙令時《浣谿沙》。得，無名氏《玉瓏璁》。香，歐陽修《采桑子》。絃，張翥《摸魚兒》。漏。吴文英《秋思耗》。

三奠子

傍池闌倚遍，花影重重。情未已，恨無窮。暖煙籠細柳，缺月掛疏桐。人何處，香閣掩，畫堂空。　綺羅叢裏，絲管聲中。眉翠薄，鬢酥融。醉歌浮大白，心事寄題紅。

休相問，芳思遠，夜寒濃。

傍，蔣捷《木蘭花慢》。花，潘元質《玉胡蝶》。情，歐陽炯《獻衷心》。恨，何大圭《小重山》。暖，周邦彥《瑞鶴仙》。缺，蘇軾《卜算子》。人，晁沖之《感皇恩》。香，顧敻《訴衷情》。晝，賀鑄《江城子》。綺，柳永《瑞鷓鴣》。絲，晏幾道《泛清波摘遍》。眉，温庭筠《更漏子》。鬢，彭元遜《滿江紅》。醉，周密《臺城路》。心，陳允平《唐多令》。休，毛文錫《醉花間》。芳，陳東甫《望江南》。夜。曹組《阮郎歸》。

行香子

花憔玉悴，柳怯雲鬆。眉上恨、一點偏濃。對暮山橫翠，怕水葉沈紅。飛夢去，情未展，信先[一]通。寒生羅幕，淚濕瓊鍾。遊塵遠、目斷雲空。漸金篝香散，記寶帳歌慵。絃促雁，釵墜鳳，去匆匆。

花，洪瑹《齊天樂》。柳，姜夔《解連環》。眉，潘元質《玉胡蝶》。對，柳永《臨江仙》。怕，周密《掃花遊》。飛，張鎡《夢遊仙》。情，呂本中《漁家傲》。信，歐陽炯《獻衷心》。寒，蔡伸《飛雪滿群山》。淚，吳文英《高山流水》。遊，張翥《風入松》。漸，陳允平《拜星月慢》。記，盧祖皋《倦尋芳》。絃，尹鶚《江城子》。釵，李珣《酒泉子》。去。劉儗《訴衷情》。

【校】

［一］先：歐陽炯《獻衷心》（見好花顏色）作「曾」。

又

憶梅

强臨鴛鏡，倦出犀帷。冷香夢、吹上南枝。想蒓邊呼櫂，記竹裏題詩。凝望處，涼月細，宿煙微。　雪初晴後，酒半醒時。孤山下、猿鳥須知。倩何人喚取，恨今日分離。天如洗，心如醉，又相思。

强，陳允平《風流子》。倦，史達祖《三姝媚》。冷，高觀國《金人捧露盤》。想，王沂孫《聲聲慢》。記，韓元吉《薄倖》。凝，曾原隆《過秦樓》。涼，羅椅《更漏子》。宿，李後主《喜遷鶯》。雪，周密《柳梢青》。酒，張雨《柳梢青》。孤，陳偕《滿庭芳》。倩，辛棄疾《水龍吟》。恨，顧敻《獻衷心》。天，万俟詠《憶秦娥》。心，張泌《河傳》。又。張翥《江城子》。

意難忘

幾度銷凝。恰桃霞已盡，穀雨初晴。問花花不語，欲醉醉還醒。香旎旎[一]、淚盈盈。恨洛浦娉婷。對東風、盡成消瘦，誰管飄零。　追思舊日心情。記魚箋緘啓，鳳渚橋成。錦屏春夢遠，翠鈿曉寒輕。搴繡幌、理銀箏。弄幾曲新聲。怕催人、黄昏索寞，弦月初生。

幾，張炎《水龍吟》。恰，梁寅《燕歸慢》。穀，曹勛《金盞倒垂蓮》。問，韋莊《歸國遥》。欲，陳允平《唐多令》。香，張雨《摸魚子》。淚，吕渭老《燕歸梁》。恨，王易簡《摸魚兒》。對，王雱《倦尋芳》。誰，楊子咸《木蘭花慢》。追，程垓《南浦》。記，邵亨貞《沁園春》。鳳，王沂孫《錦堂春》。錦，周密《謁金門》。翠，楊冠卿《如夢令》。搴，馮延巳《更漏子》。理，曹良史《江城子》。弄，陳恕可《齊天樂》。怕，趙聞禮《瑞鶴仙》。弦。李彭老《浪淘沙》。

【校】

[一] 旎旎：張雨《摸魚子·雙蓮一幹，爲人折去，仲舉邀予賦之》作「旖旎」，當是。

掃花遊

春情

日高睡起，漫[一]舉目銷凝，殢陰庭宇。盡吹淚去。正海棠半坼，惜春曾賦。爲憶當時，幾度雲朝雨暮。歎離阻。記窗眼遞香，都是愁處。　春意知幾許。想回首東風，落紅無數。倩鶯寄語。奈倦情如醉，怎堪重訴。淚滿烏絲，爭似相思寸縷。黯凝竚。捲珠簾、草迷煙[二]樹。

日，馬莊父《二郎神》。漫，李億《徵招》。殢，王沂孫《瑣窗寒》。盡，高觀國《永遇樂》。正，陳允平《絳都春》。惜，程珌《錦帳春》。爲，林正大《滿江紅》。幾，葉閶《摸魚兒》。歎，無名氏《祝英臺》。記，史達祖《風流子》。都，張炎《齊天樂》。春，李清照《永遇樂》。想，謝懋《解連環》。落，何夢桂《喜遷鶯》。倩，周密《一枝春》。奈，張榘[三]《梅子黄時雨》。怎，吴潛《二郎神》。淚，黄機《采桑子》。爭，薛夢桂《三姝媚》。黯，周邦彦《瑞龍吟》。捲。韓淲《弄花雨》。

【校】

[一]漫：李億《徵招・梅》作「謾」。

［二］煙：韓淲《冉冉雲·弄花雨》作「芳」。原注詞牌誤。

［三］張榘：當作張矩。「奈倦」句出自張矩《梅子黃時雨·雲宿江樓》。

水調歌頭

追昔遊

南陌少年事，駐馬翠樓歌。娉婷人妙飛燕，眉黛斂秋波。漸近賞花時節，還是裀花時候，愁共落花多。莫放酒盃淺，人醉牡丹坡。　墜瑶釵，欹珀枕，煖金荷。倚樓誰弄長笛，微語笑相和。二十四簾春靜，三十六絃蟬鬧，猶問夜如何。今夜照歸路，楊柳月婆娑。

南，吴文英《祝英臺近》。駐，史達祖《臨江仙》。娉，姜夔《百宜嬌》。眉，黄庭堅《驀山谿》。漸，阮逸女《花心動》。還，秦觀《如夢令》。愁，黄公度《卜算子》。莫，張翥《摸魚兒》。人，張炎《風入松》。墜，李肩吾《鷓鴣天》。欹，楊纘《被花惱》。煖，張元幹《怨王孫》。倚，陳三聘《念奴嬌》。微，歐陽炯《女冠子》。二，周密《西江月》。三，張先《定西番》。猶，譚宣子《嗚梭》。今，柴望《摸魚兒》。楊。陳允平《望江南》。

揚州慢

斜日明霞，淡雲閣雨，一春能幾番晴。望秦樓何處，問燕燕鶯鶯。記前度、湘皋怨別，碧波涵月，銀漢飛星。又等閒都過，小窗絃斷銀箏。　繡簾半上，怕東風、吹散歌聲。早柔綠迷津，亂紅迷路，水繞孤城。回首舊遊蹤蹟，有誰見、羅襪塵生。算翠屏應是，尋芳更約清明。

斜，張樞《慶宮春》。淡，陳亮《水龍吟》。一，李彭老《清平樂》。望，柳永《鵲橋仙》。問，李裕翁《摸魚兒》。記，王沂孫《慶宮春》。碧，趙以夫《金盞子》。銀，盧祖皋《秋霽》。又，石孝友《點絳脣》。小，毛熙震《河滿子》。繡，陸游《月照梨花》。怕，趙聞禮《風入松》。早，吴文英《齊天樂》。亂，周端臣《清夜遊》。水，蔡伸《點絳脣》。回，譚宣子《謁金門》。有，高觀國《金人捧露盤》。算，魯逸仲《南浦》。尋。朱敦儒《清平樂》。

月華清

病懷

鬢影吹寒，淚珠彈粉，妝成纔見眉嫵。翻若驚鴻，記得舊時行處。自難忘、柳困桃慵，渾不似、蕙羞蘭妒。遲暮。更懨懨酒病，病懷淒楚。也衹尋芳歸去。奈事與心違，別來無據。寂寞春深，空鎖一庭紅雨。恨無憑、象筆鸞箋，愁未了、蠟燈犀塵。回顧。歎無情明月，試窺簾戶。

鬟，劉一止《夢橫塘》。淚，陸淞《瑞鶴仙》。妝，周邦彦《垂絲釣》。翻，孫氏《醉思仙》。記，趙師俠《謁金門》。自，曾覿《春光好》。柳，程垓《水龍吟》。渾，盧祖皋《江城子》。蕙，王易簡《天香》。遲，陸游《真珠簾》。更，毛滂《散餘霞》。病，王沂孫《掃花遊》。也，秦觀《金明池》。奈，蔡伸《看花回》。別，黄機《水龍吟》。寂，孫光憲《河傳》。空，晁端禮《宴桃源》。恨，張虚靖《江城子》。象，姜夔《法曲獻仙音》。愁，張炎《聲聲慢》。蠟，馮去非《點絳脣》。回，賀鑄《感皇恩》。歎，馮艾子《春風嫋娜》。試。衛元卿《齊天樂》。

高陽臺

畫扇題詩，錦箏彈怨，卻憐[一]香霧輕浮。被惜餘熏，十年一夢揚州。玉屏翠冷梨花瘦，燕辭歸、客尚淹留。恨依依，雙杏盟寒，一半春休。　沈吟不語晴窗畔，擬鸞箋象管，與賦閒愁。江水泱泱，待尋江上歸舟。如今風雨西樓夜，任珠簾、不上瓊鉤。病厭厭，人在天涯，緑黯芳洲。

畫，潘元質《醜奴兒慢》。錦，張炎《解連環》。卻，葉夢得《滿庭芳》。被，賀鑄《望湘人》。十，周密《聲聲慢》。玉，陳允平《摸魚兒》。燕，吴文英《南樓令》。恨，韓元吉《六州歌頭》。雙，奚淢《醉蓬萊》。一，王雱《眼兒媚》。沈，李邴《玉樓春》。擬，無名氏《杜韋娘》。與，王沂孫《聲聲慢》。江，林正大《沁園春》。待，劉鎮《木蘭花慢》。如，周紫芝《鷓鴣天》。任，張樞《風入松》。病，洪瑹《永遇樂》。人，蔡伸《點絳脣》。緑。陳坦之《沁園春》。

【校】

［一］憐：葉夢得《臨江仙·明日小雨，已而風大作，復晚晴，遂見月，與客再登》作「看」。後所注詞牌爲《滿庭芳》，亦誤，當作《臨江仙》。

又

寄遠

紅杏飄香，翠筠敲韻，曉寒猶透輕紗。散作東風，東風暗换年華。錦箋預約西湖上，問斷鴻、知落誰家。料如今，密葉巢鶯，亂葉翻鴉。春來無限傷情緒，正倚簾吹絮，論檻移花。誰與温存，哀絃撥斷琵琶。聲聲似把相思告，算相思、一點愁賒。暗消魂，高柳垂陰，細草平沙。

紅，賀鑄《點絳脣》。翠，蔡伸《飛雪滿群山》。曉，劉翰《清平樂》。散，滕賓《洞仙歌》。東，秦觀《望海潮》。錦，侯寘《風入松》。問，張炎《渡江雲》。料，王沂孫《八六子》。密，盧祖皋《倦尋芳》。亂，周邦彦《氏州第一》。春，康與之《玉樓春》。正，無名氏[一]《一萼紅》。論，利登《齊天樂》。誰，黄孝邁《湘春夜月》。哀，周紫芝《朝中措》。聲，柳永《隔簾聽》。算，奚減《長相思慢》。暗，顧敻《酒泉子》。高，姜夔《念奴嬌》。細。俞灝《點絳脣》。

【校】

[一] 無名氏：當作鄭熏初。「正倚」句出自鄭熏初《一萼紅》(憶燕臺)。

渡江雲

金壺催夜盡，扶頭酒醒，衣薄怯[一]朝寒。畫樓簾捲翠，閒倚熏籠，生怕倚闌干。啼妝有恨，恨香車、不逐雕鞍。謾記省、五更聞得，鶗鴂怨花殘。　吟邊。一番夜雨，幾度春風，看垂楊連苑。也衹是、暮雲凝碧，愁滿關山。關山有限情無限，抱哀箏、知爲誰彈。彈未了，無言暗擁嬌鬟。

金，崔液《踏歌辭》。扶，李清照《念奴嬌》。衣，周邦彦《少年遊》。畫，得趣周氏《瑞鶴仙》。閒，周密《浪淘沙》。生，潘牥《南鄉子》。啼，李浙《踏莎行》。恨，康與之《風入松》。謾，張榘[二]《應天長》。鵑，韓元吉《浪淘沙》。吟，李彭老《木蘭花慢》。一，張炎《南浦》。幾，晏幾道《浪淘沙》。看，姜夔《百宜嬌》。也，李甲《帝臺春》。愁，彭芳遠《滿江紅》。闌，蘇軾《一斛珠》。抱，高觀國《金人捧露盤》。彈，謝逸《江城子》。無。蔣捷《絳都春》。

【校】

[一] 怯：周邦彦《少年遊·荆州作》作「奈」，一作「耐」。

[二] 張榘：當作張矩。「謾記」句出自張矩《應天長·南屏晚鐘》。

憶舊遊

今夕

對熏爐象尺，翠帳犀簾，小院輕寒。今夕爲何夕，正風暄雲澹，霧掩煙漫。流鶯怕與春別，別易見時難。記題葉西樓，採香南浦，恨襲湘蘭。　更闌。悄無寐，歎塵滿絲簧，月冷欄干。惱得成憔悴，聽湘絃奏徹，畫角聲殘。無言自倚修竹，綃淚點斑斑。甚千里芳心，夜長路遠山復山。

對，張炎《綺羅香》。翠，朱敦儒《醜奴兒》。小，侯寘《柳梢青》。今，毛文錫《醉花間》。正，李彭老《一萼紅》。霧，張矩《浪淘沙》。流，張榘[一]《應天長》。別，黎廷瑞《浪淘沙》。記，程垓《南垓》。採，史達祖《秋霽》。恨，陳允平《絳都春》。更，潘牥《南鄉子》。悄，柳永《夢還京》。歎，洪瑹《齊天樂》。月，吳文英《高陽臺》。惱，柴望《念奴嬌》。聽，周密《水龍吟》。畫，左譽《眼兒媚》。無，姜夔《疏影》。綃，蘇茂[二]《祝英臺近》。甚，王沂孫《望梅》。夜。王麗真《字字雙》。

【校】

[一] 張榘：當作張矩。「流鶯」句出自張矩《應天長·柳浪聞鶯》。

[二] 蘇茂：當作蘇茂一。「綃淚」句出自蘇茂一《祝英臺近·結垂楊》。

慶宮春

鶯燕長堤，鴛鴦別浦，一川花影零亂。宮額塗黄，香羅唾碧，人在霧綃鮫館。徘徊不語，晝寂寂、梳匀又懶。玉徽塵積，玉鏡塵昏，玉簫塵染。　自憐懷抱誰同，縞袂啼香，素巾承汗。鳳枕雲孤，雕觴霞灎，惹起舊愁無限。回文未就，甚又寄、南來客雁。白蘋風浸，紅葉波深，翠苔門掩。

鶯，羅志仁《風流子》。鴛，賀鑄《踏莎行》。一，吳文英《瑞龍吟》。宮，朱用之《意難忘》。香，黃廷璹《宴清都》。人，王特起《喜遷鶯》。徘，王安國《減字木蘭花》。晝，呂渭老《薄倖》。玉，張埜《奪錦標》。玉，周密《三姝媚》。玉，黃孝邁《水龍吟》。自，朱敦儒《木蘭花慢》。縞，滕賓《點絳脣》。素，彭元遜《憶舊遊》。鳳，張鎡《宴山亭》。雕，張先《燕臺春》[一]。惹，柳永《秋夜月》。回，曾允元《水龍吟》。甚，劉天游《氐州第一》。白，孫浩然《夜行船》。紅，張翥《多麗》。翠。周伯陽《春從天上來》。

【校】

[一]《燕臺春》：當作《燕春臺》，一作《燕春臺慢》。「雕觴」句出自張先《燕春臺·東都春日李閣使席上》。

又

彩筆呵冰，歌橈喚玉，一簾輕夢淒切。鳳管聲圓，鮫綃暈滿，又對西風離別。別離何遽，任帳底、沈煙漸滅。金籠鸚鵡，繡被鴛鴦，頓成愁結。一冬忘了彈棋，種石生雲，舉樽邀月。揉翠盟孤，啼紅粉漬，點點淚痕凝血。夜帷深處，漫[一]料理、新翻幾闋。是嬌是妒，宜醉宜醒，不堪重說。

彩，史深《花心動》。歌，張炎《齊天樂》。一，謝懋《念奴嬌》。鳳，馮艾子《春風嫋娜》。斂，黄簡《眼兒媚》。又，姜夔《八歸》。别，趙彦端《點絳唇》。任，周密《霓裳中序第一》。金，史達祖《玲瓏四犯》。繡，朱埴《點絳唇》。頓，阮逸女《花心動》。一，石瑶林《清平樂》。種，翁元龍《齊天樂》。舉，陳允平《桂枝香》。揉，劉天迪《一萼紅》。啼，李甲《幔卷紬》。點，王學文《摸魚子》。夜，吴潛《二郎神》。漫，胡翼龍《霓裳中序第一》。是，劉辰翁《大酺》。宜，吴存《八聲甘州》。不。程垓《摸魚兒》。

【校】

[一] 漫：胡翼龍《霓裳中序第一》（江郊雨正歇）作「謾」。

又

半撚愁紅，一壺幽緑，不堪零落春晚。飲散西池，興餘東閣，困倚畫屏嬌軟。尋芳選勝，且莫遣、歡遊意懶。緑波亭上，翠玉樓前，赤闌橋畔。

酒醒簾幕低垂，數點沈螢，兩行歸雁。拜月虚簷，夢雲飛觀，和淚盈盈嬌眼。無憀睡起，但衾枕、餘芳尚[一]暖。

鏡鸞慵舞，釵鳳斜欹，扇犀輕按。

半，周密《楚宫春》。一，張炎《壺中天》。不，歐陽修《梁州令》。飲，晁補之《鬥百花》。興，楊无咎《柳梢青》。困，趙師俠《永遇樂》。尋，蔡伸《滿庭芳》。且，吴億《燭影摇紅》。緑，張孝祥《念奴嬌》。翠，黄孝邁《湘春夜月》。赤，陳允平《渡江雲》。酒，晏幾道《臨江仙》。數，李甲《幔卷紬》。兩，左譽《眼兒媚》。拜，史達祖《齊天樂》。夢，高觀國《齊天樂》。和，無名氏《調笑令》。無，周紫芝《朝中措》。但，賀鑄《燭影摇紅》。鏡，王嵎《祝英臺近》。釵，洪邁《踏莎行》。扇。張翥《大常引》。

【校】

［一］尚：賀鑄《燭影摇紅》（波影翻簾）作「賸」。

眉嫵

幽恨

正緋桃如火，嫩草如煙，歸夢趁風絮。獨立春寒夜，簾櫳靜，亂紅還又飛雨。寸心萬緒。想弓彎、眉黛慵嫵。甚端的，一枕屏山曉，抱幽恨難語。　依舊月窗風戶。料重來時候，都是淒楚。愁眼垂楊見，憑闌久，有人和淚凝竚。後期已誤。對徽容、空在紈素。算誰是同心，歡意謝，久離阻。

正，李彭老《探芳信》。嫩，歐陽炯《南鄉子》。歸，吳文英《祝英臺近》。獨，趙彦端《千秋歲》。簾，王泳祖《風流子》。亂，衛宗武《摸魚兒》。寸，柳永《婆羅門令》。想，陳允平《法曲獻仙音》。甚，吕渭老《江城子慢》。一，徐照《清平樂》。抱，姜夔《清波引》。依，毛滂《調笑令》。料，李萊老《惜紅衣》。都，王易簡《齊天樂》。愁，胡翼龍《南歌子》。憑，陸游《沁園春》。有，黄機《念奴嬌》。後，邵亨貞《掃花遊》。對，周邦彦《法曲獻仙音》。算，翁孟寅《齊天樂》。歡，張翥《摸魚子》。久。吴淑姬《祝英臺近》。

二郎神

繡鞍[一]綺陌，路繚繞、潛通幽處。記掩扇傳歌，褪妝微醉，苒苒細吹香霧。吹盡殘花無人見，又衹恐、愁催春去。有新恨兩眉，芳心一點，卻羞郎覷。看取。珠簾寂寂，緑陰無數。奈錦字難憑，朱絃未改，没個因由分付。秦鏡空圓，韓香頓減，總是離人愁緒。當此際，閒憑繡牀呵手，斷腸凝竚。

繡，杜龍沙《雨霖鈴》。路，万俟詠《卓牌子慢》。記，趙聞禮《玉漏遲》。褪，方君遇《風流子》。苒，史達祖《東風第一枝》。吹，葉夢得《金縷曲》。又，謝懋《驀山谿》。有，王泳祖《風流子》。芳，張耒《風流子》。卻，薛夢桂《三姝媚》。看，蘇軾《定風波》。珠，黃昇《清平樂》。綠，姜夔《側犯》。奈，周端臣《清夜遊》。朱，晏幾道《解珮令》。沒，黃機《念奴嬌》。秦，陳允平《遇冠子》。韓，俞國寶《瑞鶴仙》。總，楊炎正《鵲橋仙》。當，秦觀《滿庭芳》。閒，譚宣子《謁金門》。斷。康與之《洞仙歌》。

【校】

[一] 鞍：杜龍沙《雨霖鈴》(窗影瓏璁)作「鞭」。

又

西樓

翠窗繡戶，盡捲上、珠簾一半。驟夜雨飄紅，暮煙凝碧，天氣嫩寒輕暖。芳草王孫知何處，試與問、杏梁雙燕。甚懶拂冰箋，怕聽金縷，倦尋歌扇。淒斷。西樓別後，如何排遣。向水院維舟，旗亭沽酒，難寫寸心幽怨。橋後思書，梅邊吹笛，好夢又隨雲遠。空彈淚，目斷江南江北，傷春成倦。

翠，万俟詠《卓牌子慢》。盡，汪存《步蟾宮》。驟，吳文英《掃花遊》。暮，柴望《齊天樂》。天，張翥《齊天樂》[一]。芳，李玉《俞縷曲》[二]。試，黃昇《鵲橋仙》。甚，仇遠《齊天樂》。怕，史達祖《風流子》。

倦，呂渭老《選冠子》。淒，黄廷璹《瑣窗寒》。西，晏幾道《少年遊》。如，史可堂《驀山谿》。向，周密《探芳信》。旗，尹焕《眼兒媚》。難，蔡伸《蘇武慢》。橘，王沂孫《聲聲慢》。梅，姜夔《暗香》。好，王月山《齊天樂》。空，蔣捷《探春令》。目，陳克《謁金門》。傷。曾允元《水龍吟》。

【校】

[一]《齊天樂》：當作《摸魚兒》。「天氣」句出自張翥《摸魚兒·春日西湖泛舟》。

[二]《俞縷曲》：當作《賀新郎》。「芳草」句出自李玉《賀新郎》（篆縷消金鼎）。

飛雪滿群山

夢句堂西，沈香檻北，一春無限思量。桃花零落，梨花淡濘，愁心欲訴垂楊。曲屏朱[一]箔晚，悄無處、安排夜[二]香。輕衫如霧，輕紈弄月，猶自未忺妝。正酒酥吹波紅映頰，對愁雲矇曨[三]，沙雨微茫。翠樽頻倒，翠堦慵掃，幾回望斷柔腸。斷腸儂記得，淚滴了、千行萬行。傷心重見，隨風斷角斜照黄。

夢，尹濟翁《玉胡蝶》。沈，吴文英《漢宫春》。一，李彭老《清平樂》。桃，柳永《合歡帶》。梨，趙師俠《永遇樂》。愁，周密《四字令》。曲，康與之《瑞鶴仙令》。悄，楊无咎《柳梢青》。輕，周紫芝《永遇樂》。

輕，楊无咎《曲江秋》。猶，高似孫《眼兒媚》。正，黄子行《西湖月》。對，李億《徵招》。沙，徐寶之《沁園春》。翠，晏幾道《泛清波摘遍》。翠，方千里《倒犯》。幾，陳允平《永遇樂》。斷，陳克《謁金門》。淚，杜仁傑《太常引》。傷，姜夔《慶宮春》。隨。黄廷璹《憶舊遊》。

【校】

〔一〕朱：康與之《瑞鶴仙令·補足李重光詞》作「珠」。

〔二〕夜：楊无咎《柳梢青》（傲雪凌霜）作「暗」。

〔三〕矇𣉨：李億《徵招》（翠壺浸雪明遥夜）作「矇𣉨」。

摸魚兒

別怨

篆煙消、寒生翠幄，春酲一枕無緒。夜來還是東風惡，滿目落花飛絮。晴院宇。怎禁得無情，燕子雙來去。停針不語。歎歌冷鶯簾，香籠麝水，端的此心苦。　傷飄泊，別後暗寬金縷。玉簫聲在何處。燈前背立偷垂淚，羅帕粉痕重護。江上路。漸迤邐黄昏，陣陣芭蕉雨。魚沈尺素。便角枕題詩，瑶琴寫怨，不敢寄愁與。

篆，袁去華《賀新郎》。春，程垓《南浦》。夜，毛幵《滿江紅》。滿，周邦彦《如夢令》。晴，向希尹《祝英臺近》。怎，龍紫篷《齊天樂》。燕，張先《蝶戀花》。停，曾允元《水龍吟》。歎，張炎《探芳信》。香，吴文英《選冠子》。端，高觀國《祝英臺近》。傷，吴潛《滿江紅》。別，嚴仁《一絡索》。玉，郭從範《念奴嬌》。燈，李石《漁家傲》。羅，孫居敬《喜遷鶯》。江，程過《謁金門》。漸，周密《齊天樂》。陣，歐陽修《生查子》。魚，周紫芝《朝中措》。便，吕渭老《薄倖》。瑶，趙聞禮《水龍吟》。不。史達祖《祝英臺近》。

又

晚晴天、東風力軟，重尋繡户朱[一]箔。行行又入笙歌裏，腸斷寶箏零落。春寂寞[二]。對院落鞦韆，鸚鵡言猶昨。情懷正惡。便梅謝蘭銷，柳深竹嫩，飛絮繞香閣。雲衣薄，身學垂楊瘦削。傍人爭趁行樂。玉鉤簾下香堦畔，觸地新愁黏著。煙漠漠。謾重拂琴絲，閨院添蕭索。驚飈動幕。趁胡蝶雙飛，彩鸞齊跨，人共楚天約。

晚，韓玉《賀新郎》。重，李致遠《碧牡丹慢》。行，張孝祥《鷓鴣天》。腸，陸游《好事近》。春，康與之《謁金門》。對，曹邍《瑞鶴仙》。鸚，蔡松年《念奴嬌》。情，姜夔《淒涼犯》。便，翁元龍《齊天樂》。柳，尹濟翁《木蘭花慢》。飛，晏幾道《六幺令》。雲，陳三聘《秦樓月》。身，蔣捷《白苧》。傍，續雪谷《念奴嬌》。玉，歐陽修《木蘭花》。觸，曾原隆《過秦樓》。煙，無名氏《導法駕引》[三]。謾，王沂孫《齊天樂》。閨，范仲允妻《伊州令》。驚，周邦彥《瑞鶴仙》。趁，吕渭老《夢玉人引》。彩，潘元質《倦尋芳慢》。人。張榘[四]《應天長》。

【校】

[一]朱：李致遠《碧牡丹》（破鏡重圓）作「珠」。

[二]春寂寞：實出自張輯《花自落·寓謁金門》，康與之《謁金門》（春又晚）僅有「春又晚」句。

[三]無名氏《導法駕引》：當作赤城韓夫人《法駕導引》。「煙漠漠」句出自赤城韓夫人《法駕導引》（烟漠漠）。

[四]張榘：當作張矩。「人共」句出自張矩《應天長·雷峯落照》。

多麗

春暮有懷

曉寒輕，春雲暗宿空庭。又一番、闌風伏雨，那堪此夕新晴。漫回頭、斜暉脈脈，空凝睇、流水泠泠。蕉葉窗紗，柳綿池閣，涼波不動簟紋平。歎薄倖、拋人容易，尋盡短長亭。難重覓，買花芳事，載酒春情。　記年時、荔支[一]香裏，暗教愁損蘭成。見無緣、鸞箋象管，題欲遍、燕几螺屏。翠被籠香，青綾牽夢，更深猶喚玉鞾笙。悄不顧、斗斜三鼓，殘月下簾旌。相思極，幾多幽怨，一枕餘酲。

曉，盧祖皋《江城子》。春，翁元龍《西江月》。又，周端臣《清夜遊》。那，王沂孫《錦堂春》。漫，周邦彦《早梅春近》。斜，毛滂《七娘子》。空，杜安世《鶴沖天》。流，朱翌《點絳脣》。蕉，姜夔《念奴嬌》。柳，陸游《解連環》。涼，歐陽修《臨江仙》。歎，劉學箕《賀新郎》。尋，晏幾道《少年遊》。難，吴淵《滿江紅》。買，李彭老《一蕚红》。載，高觀國《齊天樂》。記，王同祖《摸魚兒》。暗，張炎《清平樂》。見，劉儗《江城子》。鸞，柳永《永風波》。題，謝懋《驀山谿》。燕，王惲《水龍吟》。翠，曾允元《水龍吟》。青，方君遇《風流子》。更，李萊老《西江月》。悄，吕渭老《祝英臺近》。殘，皇甫松《夢江南》。相，楊炎正《秦樓月》。幾，陳亮《水龍吟》。一。元好問《滿江紅》。

【校】

[一]支：王同祖《摸魚兒》(記年時)作「枝」。

麝塵蓮寸集卷三

搗練子

松露冷，竹風清。樓外涼蟾一暈生。殘夢不成離玉枕，倚闌聞喚小紅聲。

松，司馬光《阮郎歸》。竹，無名氏《解紅慢》。樓，万俟詠《長相思》。殘，歐陽炯《木蘭花》。倚。李石《臨江仙》。

又

鶯已老，燕空歸。六曲闌干翠幕垂。欲寄相思無好句，合歡帶上舊題詩。

鶯，馮延巳《喜遷鶯》。燕，歐陽炯《三字令》。六，謝逸《燕歸梁》。欲，陳允平《唐多令》。合。無名氏《踏莎行》。

踏歌辭

見晚情如舊，嬌多夢不成。簾前雙語燕，花外一聲鶯。惆悵秦樓彈粉淚，泣瑤英。

見，黃庭堅《喝火令》。嬌，歐陽炯《菩薩蠻》。簾，薛昭蘊《謁金門》。花，陸游《烏夜啼》。惆，馮延巳《南鄉子》。泣。劉壎《湘靈瑟》。

又

燭厭金刀剪，書勞玉指封。嬌多情脈脈，山遠水重重。殢酒不成芳信斷，恨東風。

燭，秦觀《生查子》。書，周邦彥《南柯子》。嬌，唐莊宗《陽臺夢》。山，晏幾道《浪淘沙》。殢，韓淲《臨江仙》。恨。翁元龍《江城子》。

長相思

繡[一]簾垂。繡帷垂。一桁香銷舊舞衣。幽歡難再期。　怨春遲。怨歸遲。薄倖知他知不知。絮飛胡蝶飛。

繡，歐陽炯《三字令》。繡，温庭筠《更漏子》。一，吕渭老《減字木蘭花》。幽，秦觀《阮郎歸》。怨，韓元吉《六州歌頭》。怨，蔡柟《鷓鴣天》。薄，黄機《醜奴兒》。絮。蘇庠《阮郎歸》。

【校】

［一］繡：歐陽炯《三字令》（春欲盡）作「翠」。

生查子

翠袖怯春寒，畫閣明新曉。晚起［一］倦梳頭，試把菱花照。酒與夢俱醒，花與人俱好。坐月夜吹簫，也學相思調。

翠，楊冠卿《菩薩蠻》。畫，張先《謝池春慢》。晚，李清照《武陵春》。試，程垓《雨中花》。酒，周密《唐多令》。花，胡銓《青玉案》。坐，劉辰翁《意難忘》。也。姜夔《點絳脣》。

【校】

［一］晚起：李清照《武陵春》（風住塵香花已盡）作「日晚」。

又

鵶啼金井寒，人靜花陰轉。剗襪下香堦，獨自疏簾捲。　鶯語軟於綿，燕語明如剪。流怨入瑶琴，誰識琴心怨。

鵶，秦觀《菩薩蠻》。人，無名氏[一]《點絳脣》。剗，無名氏《醉公子》。獨，翁孟寅《燭影摇紅》。鶯，鄭楷《訴衷情》。燕，盧祖皋《清平樂》。流，袁去華《一叢花》。誰。楊冠卿《蝶戀花》。

【校】

[一]無名氏：當作寇寺丞。「人靜」句出自寇寺丞《點絳脣》(春睡瞢騰)。

酒泉子

鬒黛低鬟。還似去年惆悵。翠釵横，金釧響。玉笙殘。　夜闌猶剪燈花弄。鷩起半簾幽夢。月華收，霜華重。露華寒。

鬒，朱敦儒《醜奴兒》。還，温庭筠《更漏子》。翠，歐陽炯《春光好》。金，王安中《洞仙歌》。玉，張翥《定風波》。夜，李清照《蝶戀花》。鷩，劉翰《清平樂》。月，柳永《采蓮令》。霜，高觀國《金人捧露盤》。露。薛昭藴《離別難》。

浣谿沙

枉把吟箋寄寂寥。雨餘庭院冷蕭蕭。沈香火底坐吹簫。酒入四肢波入鬢，花如雙臉柳如腰。瑣窗虛度可憐宵。

枉，無名氏[一]《長相思》。雨，周紫芝《朝中措》。沈，倪瓚《江城子》。酒，張先《江城子》。花，顧夐《荷葉盃》。瑣。李呂《鷓鴣天》。

【校】

[一]無名氏：當作韓嘐。「枉把」句出自韓嘐《長相思》（夜蕭蕭）。

又

題得相思字數行。一枝燈影耿昏黃。秋釭二十五聲長。繡幕銀屏人寂寂，雲窗霧閣事茫茫。誰將消息問劉郎。

題，無名氏《鷓鴣天》。一，黃鑄《小重山》。秋，史達祖《燕歸梁》。繡，趙長卿《侍香金童》。雲，黃昇《鵲橋仙》。誰。康與之《玉樓春》。

又

滿院楊花不捲簾。更堪孤館宿酲忺。小圓珠串靜慵拈。晴日曉窗紅薄薄，春風剪草碧纖纖。年年三月病懨懨。

滿，鄭文妻孫氏《南鄉子》。更，周邦彥《晝錦堂》。小，張先《江城子》。晴，舒亶《木蘭花》。春，高觀國《玉樓春》。年。歐陽修《定風波》。

又

薄雪初消銀月單。月明人去杏花殘。羅衾不耐五更寒。香滿屏山春滿几，歌停鶯語舞停鸞。海棠紅近緑闌干。

薄，曾原一《小重山》。月，無名氏《搗練子》。羅，李後主《浪淘沙》。香，董嗣杲《湘月》。歌，張先《醉桃源》。海。蔣捷《虞美人》。

又

珠箔香飄水麝風。曉來庭院半殘紅。一春心事雨聲中。　綺席象牀寒玉枕，茶甌香篆小熏籠。燕魂鶯夢漸惺忪[一]。

珠，陳允平《思佳客》。曉，葉夢得《虞美人》。一，周密《浪淘沙》。綺，汪元量《望江南》。茶，辛棄疾《定風波》。燕。翁元龍《江城子》。

【校】

[一]忪：翁元龍《江城子》（一年簫鼓又疏鐘）作「鬆」。

又

行盡長亭與[一]短亭。試花霏雨濕春晴。杏鎔暗淚結紅冰。　池上樓臺堤上路，風中柳絮水中萍。也須聞得子規聲。

行，徐霖《長相思》。試，韓翃《浪淘沙》。杳，李演《醉桃源》。池，劉學箕《惜分飛》。風，王從叔《阮郎歸》。也。胡翼龍《鷓鴣天》。

【校】

［一］與：徐霖《長相思》（聽鶯聲）作「又」。

又

竹西春望

無限江山無限愁。歌塵蕭散夢雲收。遊人都上十三樓。小雨纖纖風細細，斜暉脈脈水悠悠。傷春傷別幾時休。

無，周紫芝《一剪梅》。歌，賀鑄《浪淘沙》。遊，蘇軾《南鄉子》［一］。小，朱服《漁家傲》。斜，温庭筠《望江南》。傷。石延年《燕歸梁》。

【校】

［一］《南鄉子》：當作《南柯子》。「遊人」句出自蘇軾《南柯子·遊賞》。

巫山一段雲

爲戀鴛鴦被，休縫翡翠裙。小樓歸燕又黄昏。眉黛恁[一]長顰。　夢醒方知夢，春來各自春。楚天何處覓行雲。相見更無因。

爲，歐陽炯《菩薩蠻》。休，温庭筠《南歌子》。小，杜安世《少年遊》。眉，張翥《太常引》。夢，張炎《甘州》。春，利登《菩薩蠻》。楚，張先《南歌子》。相。韋莊《荷葉盃》。

【校】

［一］恁：張翥《太常引》（素娥風韻自天真）作「任」。

好事近

獨自上層樓，樓上酒融歌暖。好個瘦人天氣，放曉晴池苑[一]。　窺人佯整玉搔頭，蛾眉畫來淺。還是懨懨病也，算柳嬌桃懶。

獨，程垓《卜算子》。樓，韓元吉《謁金門》。好，趙汝茪《如夢令》。放，李元膺《洞仙歌》。窺，宋豐之《小重山》。蛾，陳允平《瑞鶴仙》。還，方君遇《風流子》。算。吴文英《瑞龍吟》。

【校】

［一］苑：李元膺《洞仙歌》（無復新意）作「院」。

又

獨自下層樓，樓下水平煙遠。人與緑楊俱瘦，倚東風嬌懶。牡丹開盡正春寒，篔屏掩雙扇。多少碎人腸處，想籠鸚停唤。

獨，程垓《卜算子》。樓，韓元吉《謁金門》。人，秦觀《如夢令》。倚，周邦彦《粉蝶兒慢》。牡，張桂《浣谿沙》。篔，周密《祝英臺近》。多，高觀國《永遇樂》。想。蔣捷《金盞子》。

更漏子

草連空，花滿院。的的嬌波流盼。紅簌簌［一］，緑蔥蔥。春來愁殺儂。寶箏閒，香篆裊。贏得如今懷抱。摹繭字，把鸞箋。憑伊寄小蓮。

草，謝逸《江城子》。花，陳克《謁金門》。的，鄭僅《調笑令》。紅，向子諲《三字令》。緑，趙彦端《豆葉黄》。春，康與之《長相思》。寶，陳允平《江城子》。香，周邦彦《蘇幕遮》。羸，張炎《齊天樂》。蓦，李萊老《木蘭花慢》。把，張遜《水調歌頭》。憑。晏幾道《破陣子》。

【校】

［一］簌簌：向子諲《三字令》（春盡日）作「蔌蔌」。

又

宿酲蘇，春夢怯。惆悵曉鶯殘月。羅帳薄，繡衣單。屏山雲雨闌。　按瑤箏，調寶瑟。簾捲金泥紅濕。桃葉恨，杏花愁。笙寒燕子樓。

宿，楊恢[一]《祝英臺近》。春，張樞《謁金門》。惆，韋莊《荷葉盃》。羅，陳克《謁金門》。繡，趙君舉《楊柳枝》。屏，李億《菩薩蠻》。按，周密《江城子》。調，周紫芝《鷓鴣天》。簾，楊冠卿《好事近》。桃，史達祖《祝英臺近》。杏，顧敻《酒泉子》。笙。續雪谷《長相思》。

【校】

［一］楊恢：當作湯恢。「宿酲蘇」出自湯恢《祝英臺近》（宿酲蘇）。

畫堂春

黄昏樓閣帶[一]棲鴉。歸來晚駐香車。過雲時送雨些些。倚扇佯遮。簾外曉鶯殘月，坐中翔鳳飛霞。屏風曲曲門紅牙。人唱窗紗。

黄，周紫芝《朝中措》。歸，歐陽修《越谿春》。過，賀鑄《浣谿沙》。倚，張炎《意難忘》。簾，温庭筠《更漏子》。坐，石民瞻《清平樂》。屏，張先《浣谿沙》。人。王鼎翁《沁園春》。

【校】

[一] 帶：周紫芝《朝中措》（黄昏樓閣帶棲鴉）作「亂」。

人月圓

玉簫臺榭春多少，鶯語燕飛忙。惱人風味，花邊載酒，燭底縈香。冷雲迷浦，殘霞照水，小雨分江。正無聊賴，一襟銷黯，一枕思量。

玉，趙汝茪《戀繡衾》。鶯，袁去華《滿庭芳》。惱，胡仔《水龍吟》。花，韓元吉《薄倖》。燭，史達祖

《夜合花》。冷，姜夔《清波引》。殘，許楨《太常引》。小，周密《高陽臺》。正，許棐《琴調相思引》。一，莫崙《水龍吟》。一。沈公述《望南雲引慢》。

又

梨花滿地春狼藉，天氣度清明。綺窗人去，緑楊深院，芳草長亭。　喬枝翻鵲，香泥壘燕，翠葉藏鶯。難忘最是，怨紅悽調，剪緑深盟。

梨，曹邍《蘭陵王》。天，陳克《菩薩蠻》。綺，韓元吉《永遇樂》。緑，無名氏《踏莎行》。芳，尹濟翁《木蘭花慢》。喬，李彭老《念奴嬌》。香，盧祖皐《倦尋芳》。翠，晏殊《踏莎行》。難，黄簡《眼兒媚》。怨，吴文英《三姝媚》。剪。陸游《朝中措》。

眼兒媚

緑窗空鎖舊時春。寂寞隔巫雲。寶釵無據，錦箋尚濕，粉淚空存。　冷煙寒食梨花院，都付與黄昏。一簾風絮，一樽露醑，一鏡香塵。

緑，江開《浣谿沙》。寂，程武《小重山》。賓，黄昇《鵲橋仙》。錦，趙以夫《鵲橋仙》。粉，張良臣《采桑子》。冷，趙野雲《點絳脣》。都，黄孝邁《湘春夜月》。一，潘元質《醜奴兒慢》。一，趙善扛《宴清都》。一。吴文英《柳梢青》。

又

損人情思斷人腸。無語祇淒涼。淒涼況味，採花南圃，看月西窗。年年花月年年病，心事易成傷。傷心最苦，黄壚貰酒，紫曲迷香。

損，歐陽炯《赤棗子》。無，陸游《朝中措》。淒，陳允平《訴衷情》。採，周邦彦《紅羅襖》。看，徐寳之《沁園春》。年，陳璧《玉樓春》。心，黄鑄《小重山》。傷，柳永《洞仙歌》。黄，朱敦儒《桂枝香》。紫。李彭老《踏莎行》。

少年遊

垂楊嬌髻，香檀素手，低按小秦箏。清淚如鉛，明眸似水，休要醒時聽。蘭燈初上，蕙熏微度，脈脈復盈盈。霧閣雲窗，風臺月榭，枕簟不勝情[一]。

垂，趙彦端《青玉案》。香，韓玉《減字木蘭花》。低，秦觀《滿庭芳》。清，范晞文《意難忘》。明，吕渭老《選冠子》。休，詹玉《渡江雲》。蘭，史達祖《青玉案》。蕙，廖瑩中《個儂》。脈，無名氏[二]《生查子》。霧，向子諲《七娘子》。風，元好問《鵲橋仙》。枕。舒亶《風入松》。

【校】

[一] 情：舒亶《風入松·雨後偶成》作「清」。

[二] 無名氏：當作向子諲。「脈脈」句出自向子諲《生查子》（春山和恨長）。

又

芳心一縷，柔情一寸，悄悄對西窗。霽月三更，碧雲千里，蘋末轉清商。半欄花雨，半簾花影，人已候虚廊。玉釧輕敲，瓊釵暗擘，此景也難忘。

芳，王茂孫《點絳脣》。柔，黄孝邁《水龍吟》。悄，舒亶《菩薩蠻》。霽，周密《水龍吟》。碧，張翥《真珠簾》。蘋，尹焕《唐多令》。半，胡翼龍《洞仙歌》。半，韓元吉《水龍吟》。人，王安中《小重山》。玉，周邦彦《一剪梅》。瓊，廖瑩中《個儂》。此。柳永《如魚水》。

又

絳綃樓上，碧羅窗底，夜悄怯更長。簾密收香，鏡圓窺粉，多夢睡時妝。羽觴蟻鬥，箏絃雁絶，襟袖淚淋浪。月約星期，雲情雨意，前事忍思量。

絳，丁仙現《絳都春》。碧，周紫芝《永遇樂》。夜，張樞《木蘭花慢》。簾，万俟詠《念奴嬌》[一]。鏡，張炎《法曲獻仙音》。多，史達祖《壽樓春》。羽，毛滂《剔銀燈》。箏，李獻能《春草碧》。襟，楊冠卿《水調歌頭》。月，趙聞禮《玉漏遲》。雲，趙長卿《簇水》。前。曹組《小重山》。

【校】

[一] 万俟詠《念奴嬌》：當作管鑒《洞仙歌》或田爲《念奴嬌》。

又

杏花過雨，梨花先雪，花落滿蒼苔。愁損香肌，困酣嬌眼，應是把人猜。釵分燕股，書開蠆尾，薄倖不歸來。覆水難收，驚雲易散，那忍首重回。

杏，沈公述《念奴嬌》。梨，王雱《眼兒媚》。花，陳成之《小重山》。愁，玉英《浪淘沙》。困，蘇軾《水龍吟》。應，黎廷瑞《眼兒媚》。釵，陳允平《憶舊遊》。書，史達祖《齊天樂》。薄，黃機[一]《生查子》。覆，晁沖之《漢宫春》。驚，利登《過秦樓》。那。蔡伸《水調歌頭》。

【校】

[一]黃機：當作周紫芝。「薄倖」句出自周紫芝《生查子》(金鞍欲别時)。

又

半泓寒碧，半篙澄緑，也擬泛輕舟。挑菜東城，看花南陌，曾是恣狂遊。一簾香縷，一篝香絮，歸夢繞秦樓。滿滿金盃，温温羅帕，消遣酒醒愁。

半，黃玉泉《孤鸞》。半，葉夢得《應天長》。也，李清照《武陵春》。挑，史達祖《慶清朝》。看，晁沖之《玉胡蝶》。曾，晁端禮《滿庭芳》。一，馮去非《點絳脣》。一，陳允平《瑞龍吟》。歸，王雱《眼兒媚》。滿，洪瑹《踏莎行》。温，吕渭老《念奴嬌》。消。張樞《風入松》。

又

草色

落花時節，惜花時候，微雨浥[一]芳塵。西子湖邊，泰娘橋畔，綠遍去年痕。馬嘶南陌，雁橫南浦，何處萝王孫。滿地殘陽，漫天飛絮，莫道不銷魂。

落，尹煥《眼兒媚》。惜，陳允平《永遇樂》。微，石孝友《好事近》。西，張翥《水龍吟》[二]。泰，陳以莊《水龍吟》。綠，洪咨夔《眼兒媚》。馬，范成大《秦樓月》。雁，張耒《風流子》。何，劉頡《滿庭芳》。滿，梅堯臣《蘇幕遮》。漫，向子諲《七娘子》。莫。李清照《醉花陰》。

【校】

[一]浥：石孝友《好事近》（微雨灑芳塵）作「灑」。

[二]《水龍吟》：當作《金縷曲》，又名《賀新郎》。「西子」句出自張翥《賀新郎・送友還廣陵》。

南鄉子

人在小紅樓。小板齊聲唱《石州》。錦瑟年華誰與度，悠悠。雲斷長空落葉秋。

紅蓼水邊頭。誤記歸帆天際舟。欲寄此情無雁去，休休。誰剪青山兩點愁。

人，施樞《摸魚兒》。小，吕渭老《豆葉黄》。錦，賀鑄《青玉案》。悠，万俟詠《木蘭花慢》。雲，舒亶《散天花》。紅，張耒《風流子》。誤，陳坦之《沁園春》。欲，毛滂《玉樓春》。休，李清照《鳳凰臺上憶吹簫》。誰。續雪谷《長相思》。

又

煙雨晚山稠。雲水迢遥天盡頭。料想玉樓人倚處，凝眸[一]。過盡飛鴻字字愁。

謾道草忘憂。早是霜華兩鬢秋。紅葉不來音信斷，嗟休。何處瑶臺輕駐留。

煙，趙旭《曲入冥》。雲，陳允平《長相思》。料，汪晫《蝶戀花》。凝，柳永《木蘭花慢》。過，秦觀《減字木蘭花》。謾，李甲《過秦樓》。早，周紫芝《一剪梅》。紅，侯寘《漁家傲》。嗟，李芸子《木蘭花慢》。何。陳坦之《沁園春》。

【校】

[一]眸：柳永《木蘭花慢》（古繁華茂苑）作「流」。

又

即事

碧瓦小紅樓。手捲真珠掛[一]玉鉤。又向海棠花下飲，風流。酒滿玻璃花滿頭。低按《小梁州》。頭上花枝[二]顫未休。香滅羞回空帳裏，温柔。笑挽羅衫須少留。

碧，朱敦儒《卜算子》。手，李中主《浣谿沙》。又，歐陽炯《玉樓春》。風，陳坦之《沁園春》。酒，呂渭老《豆葉黄》。低，陳允平《少年遊》。頭，張先《減字木蘭花》。香，潘元質《倦尋芳》。温，劉鎮《木蘭花慢》。笑。馮艾子《香風嬝娜》。

【校】

[一] 掛：李中主《浣谿沙》(手捲真珠上玉鉤)作「上」。

[二] 花枝：張先《減字木蘭花·贈伎》作「宮花」。

踏莎行

翠袖籠寒，紫綃襯粉。繡裙斜立腰支[一]困。兩竿紅日上花梢，碧紗窗外鶯聲嫩。春色三分，芳心一寸。晝長病酒添新恨。玉簫吹罷紫蘭秋，東風又送荼蘼信。

翠，彭泰翁《憶舊遊》。紫，劉學翔[二]《念奴嬌》。繡，陳克《虞美人》。兩，柳永《西江月》。碧，陳允平《少年遊》。春，蘇軾《水龍吟》。芳，史達祖《瑞鶴仙》。晝，翁元龍《瑞龍吟》。玉，袁去華《浣谿沙》。東。鍾過《步蟾宫》。

【校】

[一]支：陳克《虞美人》(小山戢戢盆池淺)作「肢」。

[二]劉學翔：當作劉景翔。「紫綃」句出自劉景翔《念奴嬌·瑞香》。

又

妙語如絃，閒情似綫。畫堂深窈親曾見。問伊何事放珠簾，背人佯笑移金釧。

繡轂華茵[一]，瑶琴錦薦。驚回香夢蘭情倦。小樓[二]銀燭又黄昏，梨花落盡成秋苑。

妙，吕渭老《選冠子》。閒，王月山《齊天樂》。畫，黄時龍《虞美人》。問，胡翼龍[三]《南歌子》。背，趙君舉《采桑子》。繡，莫崙《水龍吟》。瑶，蔡伸《點絳脣》。驚，無名氏《紅窗睡》。小，薛夢桂《浣谿沙》。梨。譚宣子《漁家傲》。

【校】

［一］茵：莫崙《水龍吟》（鏡寒香歇江城路）作「裀」。

［二］樓：薛夢桂《浣谿沙》（柳映踈簾花映門）作「窗」。

［三］胡翼龍：當作續雪谷。「問伊」句出自續雪谷《南歌子》（眼媚雙波溜）。

又

倚擔評花，倚壚呼酒。背人倦倚晴窗繡。繡牀終日罷拈針，沈煙一縷騰金獸。

彈淚花前，籠香酒後。粉香染淚鮫綃透。可憐人似月中孀，羅衣還怯東風瘦。

倚，詹玉《齊天樂》。倚，彭履道《蘭陵王》。背，劉天迪《鳳棲梧》。繡，賀鑄《浣谿沙》。沈，趙聞禮《千秋歲》。彈，陸游《采桑子》。籠，史深《木蘭花慢》。粉，張端義《倦尋芳》。可，吴文英《浣谿沙》。羅。張可久《人月圓》。

又

伴鶴幽期，吟鶯歡事。清宵欲寐還無寐。和嬌和淚泥人時，素妝褪出山眉翠。

笛外樽前，花邊柳際。寶香熏透薔薇水。倚闌無緒更兜鞵，緑雲斜嚲金釵墜。

伴，丁默《齊天樂》。吟，張炎《一萼紅》。清，吴元可《采桑子》。和，孫光憲《浣谿沙》。素，翁元龍《水龍吟》。笛，周密《三姝媚》。花，謝逸《清平樂》。寶，朱埴《點絳脣》。倚，秦觀《浣谿沙》。緑。晏幾道《探春令》。

臨江仙

中酒

繡被嫩寒清曉，鉤簾淺醉閒眠。落花中酒寂寥天。壚邊人似月，江上柳如煙。

新恨欲題紅葉，閒情分付魚箋。年年春色暗相牽。問春何處去，春去幾時還。

繡，高觀國《風入松》。鉤，陸游《烏夜啼》。落，賀鑄《浣谿沙》。壚，韋莊《菩薩蠻》。江，温庭筠

《菩薩蠻》。新，康與之《風入松》。閒，劉鎮《漢宮春》。年，邵亨貞《浣谿沙》。問，謝明遠《菩薩蠻》。春。黄庭堅《繡帶兒》。

又

其二

茗盌淺浮瓊乳，香泉細瀉銀瓶。病花中酒過清明。金閨春思怯，翠被曉寒輕。

相見爭如不見，多情又似無情。枕鴛醉倚玉釵横。爐煙銷篆碧，瑶草入簾青。

茗，謝逸《謁金門》。香，無名氏《臨江仙》。病，李肩吾《抛毬樂》。金，張翥《意難忘》。翠，秦觀《海棠春》。

相，司馬光《西江月》。多，王沂孫《錦堂春》。枕，楊冠卿《浣谿沙》。爐，曹邍《瑞鶴仙》。瑶。周密《少年遊》。

又

謝娘

春盡燕嬌鶯姹，日斜柳暗花嫣。謝娘懸淚立風前。熏爐蒙翠被，剪燭寫香箋。愁損一番寒食，能消幾度陽關。此時情緒此時天。緑楊深似雨，細草碧如煙。
春，潘元質《倦尋芳》。日，馮延巳《三臺令》。謝，史達祖《玉胡蝶》。熏，牛嶠《菩薩蠻》。剪，俞國寶《卜算子》。愁，趙汝茪《清平樂》。能，張炎《聲聲慢》。此，周邦彦《鶴沖天》。緑，趙文《瑞鶴仙》。細。趙崇嶓《菩薩蠻》。

又

其二

輕靄低籠芳樹，暗塵重拂雕櫳。鞦韆人散月溶溶。寶釵摇翡翠，繡戶掩芙蓉。脈脈悲煙泣露，翩翩怨蝶愁蜂。謝娘也擬殢春風。酒傾金盞滿，柳困玉樓空。
輕，柳永《鬥百花》。暗，吴文英《江南好》。秋，曹組《阮郎歸》。寶，魏承班《菩薩蠻》。繡，周密《浪淘沙》。脈，李宏模《慶清朝》。翩，張掄《春光好》。謝，舒亶《虞美人》。酒，歐陽炯《菩薩蠻》。柳。周紫芝《生查子》。

蝶戀花

悵望玉谿谿上路。人不歸來，冉冉蘭皋暮。燕子占巢花脱樹。春光已到消[一]魂處。

試問閒愁都幾許。酒入愁腸，依舊留愁住。今夜倩風吹夢去。黄昏更下瀟瀟雨。

悵，康與之《玉樓春》。人，僧晦《高陽臺》。冉，蔡伸《點絳脣》。燕，張先《漁家傲》。春，張翥《踏莎行》。試，賀鑄《青玉案》。酒，范仲淹《蘇幕遮》。依，陸游妾《生查子》。今，袁去華《玉樓春》。黄。無名氏《調笑令》。

【校】

[一]消：張翥《踏莎行·江上送客》作「銷」。

酷相思

畫扇青山吴苑路。緑染遍、江頭樹。更煙暝、長亭啼杜宇。料想是、分携處。爲怕見、分携處。巫峽雲深留不住。衹愁被、嬋娟誤。有誰在、簫臺猶醉舞。且莫恁、匆匆去。還又是、匆匆去。

畫，吴文英《夜行船》。緑，史達祖《青玉案》。更，周密《大聖樂》。料，周邦彦《一絡索》。爲，嚴仁《一絡索》。巫，周端臣《玉樓春》。衹，陳恕可《水龍吟》。有，張炎《大聖樂》。且，王安石《傷春怨》。還。吴潛《青玉案》。

青玉案

思遠

山屏霧帳玲瓏碧。人正在，高樓北。樓上捲簾雙燕入。素絃聲斷，素箋恨切，何計憑鱗翼。

畫闌倚遍無消息。擽作樽前未歸客。歸夢不知江水隔。寸眉兩葉，寸心千里，風雨愁通夕。

山，毛滂《七娘子》。人，史達祖《賀新郎》。高，方千里《迎春樂》。樓，盧炳《謁金門》。素，秦觀《八六子》。素，張輯《疏簾淡月》。何，柳永《傾盃樂》。畫，王詵《撼庭竹》。擽，晏幾道《六公令》[一]。歸，方岳《蝶戀花》。寸，張耒《風流子》。寸，無名氏《魚游春水》。風。無名氏《眉峯碧》。

【校】

［一］《六公令》：當作《六幺令》。「摕作」句出自晏幾道《六幺令》（雪殘風信）。

江城子

落紅深處乳鶯啼。日遲遲。漏遲遲。坐久花寒、香露濕人衣。有意迎春無意送，傾綠醑，玉東西。　琵琶絃上説相思。恨依依。夢依依。記得那人、模樣舊家時。病起心情終是怯，愁滿眼，髻雲低。

落，陳允平《浣谿沙》。日，歐陽炯《三字令》。漏，韋莊《定西番》。坐，洪皓《江城梅花引》。有，李肩吾《清平樂》。傾，許有壬《摸魚子》。玉，王澡《祝英臺近》。琵，晏幾道《臨江仙》。恨，韓元吉《六州歌頭》。夢，姜夔《小重山》。記，趙君舉《虞美人》。病，陳克《浣谿沙》。愁，謝逸《鷓鴣天》。髻。張先《定西番》。

河滿子

鬥草踏青天氣，戴花折柳心情。最憶來時門半掩，玉鉤垂下簾旌。金縷聲停象板，畫堂暖瀉銀瓶。明日遠如今日，此生未卜他生。惆悵采香人不見，寶箏彈與[一]誰聽。燕子春愁未醒，深閨舊夢還成。

門，陳允平《朝中措》。戴，吴琚《柳梢青》。最，譚宣子《漁家傲》。玉，歐陽修《臨江仙》。金，袁華《水調歌頭》。畫，舒頔《風入松》。明，趙彦端《謁金門》。此，趙可《望海潮》。惆，賀鑄《浣谿沙》。寶，李彭老《清平樂》。燕，史達祖《萬年歡》。深。陸輔之《清平樂》。

【校】

[一]與：李彭老《清平樂》(合歡扇子)作「向」。

又

用仄韻

門前一樹桃花，簾外數聲啼鳥。試憑危闌凝遠目，長是錦書來少。蕭蕭暮雨孤篷，漠漠淡煙衰草。夜深簧暖笙清，人去月斜雲杳。小別殷勤留不住，惆悵睡殘清曉。心遊萬壑千巖，夢到十洲三島。

門，趙汝茪[一]《清平樂》。簾，石孝友《如夢令》。試，趙師使《武陵春》。長，劉翰《清平樂》。蕭，盧祖皋《烏夜啼》。漠，劉之才《玲瓏四犯》。夜，周邦彥《慶春宮》。人，張翥《玉漏遲》。小，孫惟信《清平樂》。惆，魯逸仲《惜餘春慢》。心，蘇庠《清平樂》。夢。韓淲《桃源憶故人》。

【校】

[一] 趙汝芜：當作李從周。「門前」句出自李從周《清平樂》（夢魂尋遍）。

最高樓

凝睇盼[一]，柳色淡如秋。消減舊風流。綠陰青子空相惱，碧桐翠竹記曾遊。更思量，花蔽膝，玉搔頭。　話未了、畫樓簾半捲。吟未了、蘭釭花半綻。歡易斷、淚難收。去年芳草今年恨，今年芳草去年愁。雨騷騷，風淅淅，水悠悠。

凝，方千里《迎春樂》。柳，周密《浪淘沙》。消，袁華《水調歌頭》。綠，毛滂《調笑令》。碧，吳儆《浣谿沙》。更，尹鶚《江城子》。花，毛文錫《甘州遍》。玉，尹濟翁《一萼紅》。話，周邦彥《早梅芳》。畫，史深《木蘭花慢》。吟，姜夔《鶯山谿》。蘭，王沂孫《三姝媚》。歡，劉瀾《瑞鶴仙》。淚，秦觀《江城子》。去，康與之《風入松》。今，陳璧《踏莎行》。雨，陳允平《長相思》。風，馮延巳《憶秦娥》。水。黃昇《長相思》。

【校】

［一］盼：方千里《迎春樂》（紅深綠暗春無蹟）作「認」。

洞仙歌

幽齋岑寂，但憑闌無語。環碧斜陽舊時樹。又梨花雨暗、柳絮風輕，疏簾外，淚滴軟綃紅聚。　料應眉黛斂，恨隔天涯，空有鱗鴻寄紈素。不奈晚來寒、翠被難留，共携手、瑶臺歸去。漸鳺鶂、樓西玉蟾低，謾一點琴心、頓成淒楚。

幽，周邦彦《念奴嬌》。但，鄭覺齋《揚州慢》。環，李萊老《青玉案》。又，程垓《洞庭春色》。柳，謝逸《踏莎行》。疏，吴禮之《霜天曉角》。淚，周密《一枝春》。料，方千里《齊天樂》。恨，陳允平《垂楊》。空，康與之《應天長》。不，謝懋《驀山谿》。翠，秦觀《望海潮》。共，李甲《八寶妝》。漸，蘇軾《哨遍》。謾，利登《齊天樂》。頓。王沂孫《齊天樂》。

又

塗妝綰髻，早翠池波妒。倚遍闌干弄花雨。記開簾送酒、隔座藏鉤，誰知道，又是去年心緒。　畫樓音信斷，怎得銀箋，付與愁人砌愁句。睡起玉屏風、淺醉扶頭，最難忘、遮燈私語。忽一綫、爐香惹遊絲，待寄與深情、斷魂何許。

塗，無名氏[一]《一萼紅》。早，徐□□《真珠簾》。倚，韓淲《弄花雨》。記，張炎《憶舊遊》。隔，呂渭老《傾盃令》。誰，王鼎翁《沁園春》。又，周密《一枝春》。畫，温庭筠《菩薩蠻》。怎，王沂孫《高陽臺》。付，吴潛《青玉案》。睡，宋祁《好事近》。淺，翁元龍《燭影摇紅》。最，史達祖《解佩令》。忽，蘇軾《哨遍》。待，儲泳《齊天樂》。斷。陳恕可《水龍吟》。

【校】

[一]無名氏：當作鄭熏初。「塗妝」句出自鄭熏初《一萼紅》(憶燕臺)。

滿江紅

望遠

重上南樓，算猶有、憑高望眼。那堪更、困人時候，繡簾慵捲。豆蔻梢頭春色淺，杜鵑枝上東風晚。便無情、到此也消[一]魂，閒庭院。　休相憶，簫聲短。空相憶，鶯聲亂。任花陰寂寂，翠羞紅怨[二]。宿粉殘香隨夢冷，淡煙芳草連雲遠。但依依、同是可憐人，人腸斷。

重，趙以夫《龍山會》。算，盧祖皋《宴清都》。那，袁去華《卓牌子近》。繡，翁元龍《倦尋芳》。豆，謝逸《蝶戀花》。杜，王學文《摸魚子》。便，秦觀《木蘭花慢》。閒，舒亶《點絳脣》。休，趙彦端《謁金門》。蕭，史達祖《釵頭鳳》。空，無名氏《玉瓏璁》。鶯，吕渭老《惜分釵》。任，王沂孫《高陽臺》。翠，許棐《後庭花》。宿，楊恢[三]《倦尋芳》。淡，張先《蝶戀花》。但，張炎《八聲甘州》。人。晁端禮《水龍吟》。

【校】

[一] 消：秦觀《木蘭花慢》（過秦淮曠望）作「銷」。

[二] 怨：許棐《後庭花》（一春不識西湖面）作「倦」。

[三] 楊恢：當作湯恢。「宿粉」句出自湯恢《倦尋芳》（錫簫吹暖）。

鳳凰臺上憶吹簫

翠箔涼多，銀屏夢覺，謝娘庭院秋宵。掩重門悄悄，暗柳蕭蕭。誰見宿妝凝睇，青鸞遠、斷信[一]難招。傷心事，緑房迎曉，紫曲藏嬌。　迢迢。那人何處，但聽雨挑燈，踏月吹簫。任粉融脂涴，玉減香銷。枉了錦箋囑付，煙波阻、後約方遥。人空瘦，怨題紅葉，望極藍橋。

翠，蕭東父《齊天樂》。銀，陳允平《垂楊》。謝，孫惟信《夜合花》。掩，蔡伸《西地錦》。暗，姜夔《湘月》。誰，徐寶之《桂枝香》。青，張翥《風入松》。傷，陳經國《沁園春》。綠，周密《水龍吟》。紫，詹玉《三姝媚》。迢，周邦彦《憶舊遊》。那，德祐太學生《祝英臺近》。但，史達祖《壽樓春》。踏，張炎《瑶臺聚八仙》。任，王沂孫《高陽臺》。玉，張先《漢宫春》。枉，趙以夫《永遇樂》。煙，柳永《臨江仙》。人，陸游《釵頭鳳》。怨，無名氏《祝英臺近》。望。吴文英《法曲獻仙音》。

【校】

［一］斷信：張翥《風入松·廣陵元夜病中有感》作「信斷」。

天香

用景覃體

雨葉敲寒，露花倒影，年華誰信曾换。愁登高閣，困倚妝臺，何處最堪腸斷。憹憹睡起，聽細語、琵琶幽怨。鱗脯盃行，蝟肌粟聚，蝦鬚簾捲［一］。　淒涼數聲絃管。可憐宵、畫堂春半。誰念鳳城人遠，鳳臺人散。應對流紅自歎。歎事往魂消，畫眉懶。玉筯還垂，金鋪鎮掩。

雨，張翥《水龍吟》。露，柳永《破陣樂》。年，楊无咎《瑞雲濃》。愁，方千里《丹鳳吟》。困，晁補之《下水船》。何，鄭意娘《好事近》。懨，謝懋《驀山谿》。聽，吴文英《倦尋芳》。麟，劉過《四犯剪梅花》。蝟，張雨《宴山亭》。蝦，無名氏《夏日宴爨堂》。淒，晏幾道《撲胡蝶》。可，賀鑄《厭金盃》。誰，張景修《選冠子》。鳳，李甲《望雲涯引》。應，利登《過秦樓》。歎，陳恕可《齊天樂》。畫，趙聞禮《隔浦蓮近》。玉，周邦彥《風流子》。金。吕渭老《百宜嬌》。

【校】

[一] 捲：無名氏《夏日宴爨堂》(日初長)作「篩」。

慶清朝

嬌緑迷雲，飛紅欲雪，望殘煙草低迷。玉窗閒掩，應把花卜歸期。歸也怎生歸得，新愁成陣恨成圍。關情處，帳棲青鳳，香冷金猊。

猶記吹蘭低語[一]，向藏春池館，臨水簾帷。著意温存，何事便有輕離。不道離情正苦，吴綾題滿斷腸詞。空惆悵，緑鬟輕剪，素手曾携。

嬌，周密《大聖樂》。飛，趙功可《氏州第一》。望，李後主《臨江仙》。玉，危復之《永遇樂》。應，辛棄疾《祝英臺近》。歸，李太古《永遇樂》。新，尹濟翁《玉胡蝶》。闕，陳偕《滿庭芳》。帳，翁元龍《風流子》。香，李清照《鳳凰臺上憶吹簫》。猶，蕭東父《齊天樂》。向，白樸《秋色横空》。臨，吕渭老《木蘭花慢》。著，周邦彦《柳梢青》。何，石孝友《聲聲慢》。不，温庭筠《更漏子》。吴，袁易《燭影摇紅》。空，洪瑹《瑞鶴仙》。緑，吴文英《倦尋芳》。素。王泳祖《風流子》。

【校】

[一]「猶記」句：蕭東父《齊天樂》（扇鸞收影驚秋晚）作「猶憶噴蘭低語」。

瑣窗寒

春宵

第一番花，初三夜月，有人岑寂。愁腸斷也，多病卻無氣力。聽殘鶯、啼過柳陰，夢雲斷處吴山碧。但碧桃影下，砌紅慵掃，倍添悽惻。　追惜。歡難覓。奈水遠天長，燕樓雲隔。塵侵燈戶，猶阻仙源消[一]息。正酒醒、香盡漏移，紛紛珠淚和粉滴。待不眠、還怕寒侵，忍聽東風笛。

第，無名氏《十月桃》。初，羅椅《柳梢青》。有，葛長庚《瑶臺月》。愁，趙聞禮《魚游春水》。多，姜夔《霓裳中序第一》。聽，張炎《聲聲慢》。夢，胡翼龍《踏莎行》。但，利登《過秦樓》。砌，續雪谷《念奴嬌》。倍，蔡伸《侍香金童》。追，李甲《弔嚴陵》。歡，吴潛《滿江紅》。奈，權無染《孤館深沈》。燕，曹邃《蘭陵王》。塵，翁元龍《水龍吟》。猶，施岳《蘭陵王》。正，陳允平《戀繡衣》。紛，蟾英《花心動》。待，韓嘐《高陽臺》。忍。史達祖《喜遷鶯》。

【校】

［一］消：施岳《蘭陵王》（柳花白）作「信」。

金菊對芙蓉

鬥草園林，弄花庭榭，急檀催卷金荷。正單衣試酒，小舫携歌。今春不減前春恨，問堤邊、春事如何。流鶯唤起，杜鵑唤去，轉更愁多。　愁損翠黛雙蛾。待夜深月上，聊寄吟哦。漸煙收極浦，星耿斜河。西窗剪燭渾如夢，稱瀟湘、一枕南柯。閒情未斷，離情正亂，淚濕春羅。

鬥，李甲《擊梧桐》。弄，程垓《洞庭春色》。急，黄庭堅《清平樂》。正，周邦彦《六醜》。小，姜夔

《淒涼犯》。今，趙令畤《蝶戀花》。問，張炎《南樓令》。流，楊樵雲《水龍吟》。杜，周密《木蘭花慢》。轉，周紫芝《沙塞子》。愁，史達祖《雙雙燕》。待，趙汝鈉《水龍吟》。聊，曹冠《夏初臨》。漸，張樞《壺中天》。星，譚宣子《鳴梭》。西，袁去華《一叢花》。稱，晁端禮[一]《瀟湘逢故人慢》。閒，趙以夫《雙瑞蓮》。離，秦觀《夢揚州》。淚。趙雍《人月圓》。

【校】

[一] 晁端禮：當作王安禮。「稱瀟」句出自王安禮《瀟湘逢故人慢·初夏》。

三姝媚

峭寒生碧樹。遍東園西城，雕[一]鞍難駐。小院深深，怕柳花輕薄，繡簾低護。懶上鞦韆，暗惱損、憑闌情緒。兩袖梅風，半榻梨雲，一蓑松雨。　家接浣紗谿路。又幾度流連，幾番回顧。夢到銀屏，記彩鸞別後，杜鵑催去。巧囀歌鶯，悄難替、愁人分訴。應是寶箏慵理，芳心謾語。

峭，盧祖皋《謁金門》。遍，劉子寰《花發沁園春》。雕，黃機《水龍吟》。小，岳珂《滿江紅》。怕，黃孝邁《湘春夜月》。繡，葉閶《摸魚子》。懶，陸游《采桑子》。暗，周邦彥《芳草渡》。兩，史達祖《萬年歡》。

半，王沂孫《高陽臺》。一，姜夔《慶宫春》。家，無名氏《五彩結同心》。又，張炎《齊天樂》。幾，柳永《鵲橋仙》。夢，樓采《法曲獻仙音》。記，劉鎮《水龍吟》。杜，馬莊父《二郎神》。巧，趙以夫《燭影摇紅》。悄，林表民《玉漏遲》。應，吴文英《夜行船》。芳。周密《齊天樂》。

【校】

［一］雕：黄機《摸魚兒》（惜春歸）作「征」。後注詞牌爲《水龍吟》，亦誤，當作《摸魚兒》。

琵琶仙

寒食

芳信難尋，忍重見、幾度梨花寒食。人去花也飄零，飄零歎萍蹟。春又到、斷腸時節，早塵暗、華堂簾隙。恨水迢迢，夢雲漠漠，絲雨愁織。　舊遊處、都是淒涼，尚識得妝樓、畫橋側。樓上晚來風惡，倚闌干無力。誰共説、厭厭情味，但［二］杏梁、雙燕如客。孤負多少心期，海棠煙冪。

芳，魏夫人《減字木蘭花》。忍，李彭老《祝英臺近》。幾，蔡松年《念奴嬌》。人，無名氏《祝英臺近》。飄，葉士則《蘭陵王》。春，楊恢［二］《祝英臺近》。早，應法孫《賀新郎》。恨，吴文英《惜黄花慢》。

夢，曾原隆《過秦樓》。絲，曹邍《蘭陵王》。舊，侯寘《風入松》。尚，張炎《齊天樂》。畫，高觀國《霜天曉角》。樓，袁去華《謁金門》。倚，廖世美《好事近》。誰，劉學箕《賀新郎》。但，姜夔《霓裳中序第一》。孤，王沂孫《一萼紅》。海。施岳《曲遊春》。

【校】

[一] 但：姜夔《霓裳中序第一》（亭皋正望極）作「歎」。

[二] 楊恢：當作湯恢。「春又」句出自湯恢《祝英臺近》（宿酲蘇）。

瑞鶴仙

有悼

薔薇花謝去。漸暗竹敲涼，亂雲遮樹。輕陰便成雨。聽一聲杜宇，一聲鶯語。思歸未賦。且同賦、秋娘詞句。怕斷霞、難返吟魂，欲寄相思愁苦。凝竚。約花闌檻，燒筍園林，是春歸處。塵緣自誤。尋蝶夢，恨無據。記緑窗睡醒[一]，紅綃暗泣，無復繡簾吹絮。步閒堦、待卜心期，舊遊在否。

薔，薛夢桂《三姝媚》。漸，周邦彥《憶舊遊》。亂，張元幹《點絳脣》。輕，吳文英《祝英臺近》。聽，陳以莊《水龍吟》。一，徐□□《真珠簾》。思，周瑞臣《清夜遊》。且，史可堂《驀山谿》。怕，李彭老《高陽臺》。欲，陳允平《一絡索》。凝，吳潛《二郎神》。約，張樞句。燒，程垓《小桃紅》。是，周密《水龍吟》。塵，趙與洽《摸魚兒》。尋，王同祖《醉桃源》。恨，無名氏《祝英臺近》。記，陸游《風流子》。紅，姚寬《踏莎行》。無，高觀國《永遇樂》[二]。步，張磐《綺羅香》。舊。姜夔《淒涼犯》。

【校】

[一]醒：陸游《風流子》（佳人多命薄）作「起」。

[二]《永遇樂》：當作《喜遷鶯》。「無復」句出自高觀國《喜遷鶯·秋懷》。

氐州第一

前事重尋，幽夢又杳，倚欄終日凝竚。臨水搴花，認旗沽酒，半被晴慳寒阻。池館春歸，更一夜、聽風聽雨。子野聞歌，江淹賦別，爲誰情苦。　眉上月殘人欲去。莫忘了、錦箋分付。翠竹簷前，緑楊堤外，絮濛濛遮住。許多愁，些個事，被雙燕、替人言語。追悔當初，賦行雲、空題短句。

前，無名氏[一]《一萼紅》。幽，姜夔《秋宵吟》。倚，張埜《念奴嬌》。臨，李萊老《高陽臺》。認，詹玉《齊天樂》。半，徐□□《真珠簾》。池，韓元吉《永遇樂》。更，張炎《清波引》。子，羅椅《柳梢青》。江，李彭老《踏莎行》。爲，辛棄疾《金縷曲》。眉，晏幾道《玉樓春》。莫，黄機《鵲橋仙》。翠，金絅《踏莎行》。緑，趙長卿《夜行船》。絮，蔣捷《探春令》。許，李清照《武陵春》。些，周邦彦《意難忘》。被，史達祖《花心動》。追，柳永《夢還京》。賦。周密《水龍吟》。

【校】

［一］無名氏：當作鄭熏初。「前事」句出自鄭熏初《一萼紅》（憶燕臺）。

探春

病訊

紅雨西園，碧波南浦，斷腸一晌凝睇。薄袖禁寒，晴紗印粉，瘦約楚裙尺二。數日寬金釧，又生怕、人驚憔悴。依稀暗背銀屏，月痕猶照無寐。　已解傷春情意。但望極江南，芳艶流水。花惱難禁，柳愁未醒，判卻寸心雙淚。半被殘香冷，漫贏得、一襟詩思。病起厭厭，不忺鸞鏡梳洗。

紅，張埜《石州慢》。碧，賀鑄《好女兒》。斷，柳永《内家嬌》。薄，孫惟信《晝錦堂》。晴，黄廷璹

《宴清都》。瘦，周密《過秦樓》。數，無名氏[一]《南歌子》。又。袁去華《摸魚兒》[二]。依，尹鶚《臨江仙》。月，朱雪崖《摸魚兒》。已，晁補之《鬥百花》。但，李彭老《摸魚子》。芳，吴文英《齊天樂》。花，王沂孫《慶宫春》。柳，周端臣《木蘭花慢》。判，趙汝迕《清平樂》。半，向子諲《點絳脣》。漫，姜夔《徵招》。病，韓琦《點絳脣》。不。柴望《念奴嬌》。

【校】

[一]無名氏：當作續雪谷。「數日」句出自續雪谷《南歌子》（眼媚雙波溜）。

[二]《摸魚兒》：當作《賀新郎》。「又生」句出自袁去華《賀新郎》（曉色明窗綺）。

花發沁園春

緑酒春濃，紅鉛淚洗，醉魂愁夢相半。十年瘦削，兩處淒涼，懶把新詩題怨。輕携分短，問相見、何如不見。到如今、重見無期，月痕依舊庭院。　回首蕪城舊苑。見梅花清姿，放鶴人遠。南樓信杳，東閣吟殘，猶憶玉嬌香軟。離腸宛轉，那堪聽、遠村羌管。更爲儂、三弄斜陽，此懷何處消遣。

緑，汪莘《行香子》。紅，洪瑹《齊天樂》。醉，賀鑄《望湘人》。十，奚減《永遇樂》。兩，沈公述《望南雲慢》。懶，趙浦夫《謁金門》。輕，張榘《摸魚兒》。問，辛棄疾《錦帳春》。到，袁去華《長相思慢》。月，晏幾道《碧牡丹》。回，沈會宗《如夢令》。見，史深《花心動》。放，羅志仁《霓裳中序第一》。南，樓采《瑞鶴仙》。東，張肎《暗香疏影》。猶，高觀國《齊天樂》。離，元好問《清平樂》。那，柳永《彩雲歸》。更，賀鑄《金人捧露盤》。此。周邦彦《荔枝香近》。

解連環

寫愁

剪梅煙驛。正消[一]魂又是，倚闌横笛。向清曉、步入東風，怕一點舊香，一番狼藉。掩上重門，但燕子、歸來幽寂。問歡情幾許，忍記那回，柳下芳[二]陌。悄窗怎禁滴瀝。又鶯啼晚雨，幽夢難覓。强携酒、來覓吴娃，奈情逐事遷，暮雲空碧。念遠愁腸，待倩寫、素縑千尺。聽樓頭、哀笳怨角，欲眠未得。

剪，史達祖《秋霽》。正，陳亮《水龍吟》。倚，黄子行《西湖月》。向，徐寶之《鶯啼序》。怕，王沂孫《掃花遊》。一，辛棄疾《滿江紅》。掩，李漳《多麗》。但，毛幵《賀新郎》。問，張埜《奪錦標》。忍，潘元質《醜奴兒慢》。柳，姜夔《霓裳中序第一》。悄，柴望《齊天樂》。又，余桂英《小桃紅》。幽，施樞《疏影》。

强，杜龍沙《雨霖鈴》。奈，孫惟信《風流子》。暮，蔡伸《侍香金童》。念，陸游《沁園春》。待，張榘[三]《應天長》。聽，汪元量《鶯啼序》。欲。施岳《曲遊春》。

【校】

[一] 消：陳亮《水龍吟・春恨》作「銷」。

[二] 芳：姜夔《霓裳中序第一》（亭皋正望極）作「坊」。

[三] 張榘：當作張矩。「待倩」句出自張矩《應天長・兩峯插雲》。

望湘人

正絮翻蝶舞，柳軟鶯嬌，春殘花落門掩。南浦歌長，西湖夢淺。多病全疏酒盞。暗點鴛鞵，輕籠蟬鬢，慵拈象管。傍闌干、猶怯餘寒，雲幕低垂不捲[一]。誰念閒情消減。對鏡霞乍斂，緒風乍暖。向薄晚窺簾，寂寞水沈煙斷。露華如晝，月華如練。惹起新愁無限。恁時候、不道歸來，暗裏淚花偷濺。

正，秦觀《望海潮》。柳，黃昇《浪淘沙》。春，吴文英《垂絲釣》。南，錢應庚《臺城路》。西，陶宗儀《月下笛》。多，元好問《鵲橋仙》。暗，張翥《沁園春》。輕，孫氏《燭影搖紅》。慵，儲泳《齊天樂》。傍，得趣周氏《瑞鶴仙》。雲，趙以夫《燭影摇紅》。誰，袁易《臺城路》。對，曹勳《金盞倒垂蓮》。緒，万俟詠《安平樂慢》。向，王沂孫《瑣窗寒》。寂，危復之《永遇樂》。露，陳允平《月上海棠》。月，范仲淹《御街行》。惹，吕渭老《薄倖》。恁，張榘[二]《應天長》。暗，奚減《永遇樂》。

【校】

[一] 捲：趙以夫《燭影摇紅》（乍冷還暄）作「展」。

[二] 張榘：當作張矩。「恁時」句出自張矩《應天長·蘇堤春曉》。

惜餘春慢

傷春

斜日籠明，輕煙縷晝，江上征衫寒淺。草薰南陌，笛送西泠，觸目此情無限。數疊蠻箋怨歌，都是相思，又成浩歎。歎紫簫易斷，玉琴難託，金鋪長掩。　能幾度，月枕雙欹，雲鬟斜墜，已是春宵苦短。紅綃盛淚，翠被欺寒，十二繡簾空捲。待得歸鞍到時，撲蝶花陰，聽鶯柳畔。看穠華又老，物華如故，年華將晚。

斜，朱藻《采桑子》。輕，王茂孫《高陽臺》。江，李玨《擊梧桐》。草，柳永《笛家》。笛，李萊老《惜紅衣》。觸，朱淑真《謁金門》。數，無名氏《一萼紅》。都，劉學箕《眼兒媚》。又，謝薖《醉蓬萊》。歎，胡翼龍《夜飛鵲》。玉，黄昇《鵲橋仙》。金，吕渭老《選冠子》。能，盧祖皋《江城子》。月，王特起《喜遷鶯》。雲，馮延巳《賀聖朝》。已，吴億《燭影摇紅》。紅，吴文英《夜行船》。翠，向希尹《祝英臺近》。十，陳允平《清平樂》。待，姜夔《一萼紅》。撲，王沂孫《瑣窗寒》。聽，蔣捷《白苧》。看，張翥《水龍吟》。物，陳以莊《水龍吟》。年。蔡伸《蘇武慢》。

金縷曲

獨倚闌干遍。抱淒涼、盼嬌無語，酒容消散。樓外垂楊如此碧，誤了乍來雙燕。試屈指、早春將半。寂寞相思知幾許，記簫聲、淡月梨花院。香霧薄，紫雲暖。　看看滴盡銅壺箭。夢無憑、難成易覺，起來猶懶。問取高唐臺畔路，人與[一]楚天俱遠。但鎮日、繡簾高捲。煙樹重重芳訊[二]隔，恨私書、又逐東風斷。消瘦損，最堪歎。

獨，朱敦儒《卜算子》。抱，王易簡《水龍吟》。酒，趙汝鈉《水龍吟》。樓，張輯《謁金門》。誤，史達祖《東風第一枝》。試，晁補之《金鳳鉤》。寂，馮延巳《南鄉子》。記，周密《拜星月慢》。香，温庭筠《更漏子》。紫，蔡松年《尉遲盃》。看，無名氏《踏莎行》。夢，俞國寶《瑞鶴仙》。起，寇寺丞《點絳脣》。問，王安中《玉樓春》。人，秦觀《如夢令》。但，盧祖皋《倦尋芳》。煙，陳克《謁金門》。恨，張先《卜算子慢》。消，韓元吉《六州歌頭》。最。蔣捷《祝英臺近》。

【校】

［一］與：秦觀《如夢令》（樓外殘陽紅滿）作「共」。

［二］訊：陳克《謁金門》（愁脈脈）作「信」。

六州歌頭

夜憶

夜涼如水，寶簟酒醒時。何況是，人悄悄，漏依依。正思惟。綠潤紅香處，梅雨霽，蘋風起，蘭露重，荷月靜，草煙低。對景難排，空負朝雲約，一旦分飛。掩重門夜永，燈暗錦屏攲。欲訴心期，不勝悲。

寄樓中燕，花上蝶，春又去，幾時歸。歌宛轉，情繾綣，覽芳菲。祇君知。往［一］事何堪省，金縷枕，碧羅衣。翻惹得，腸易斷，淚偷垂。獨立閒堦，不見生塵步，推戶潛窺。念紗窗深靜，憑檻斂雙眉。無限相思。

夜，曹組《點絳脣》。寶，向鎬《如夢令》。何，王沂孫《摸魚兒》。人，尹鶚《滿宮花》。漏，韋莊《思帝鄉》。正，温庭筠《荷葉盃》。緑，張元幹《點絳脣》。梅，唐莊宗《歌頭》。蘋，謝逸《千秋歲》。蘭，張先《更漏子》。荷，利登《洞仙歌》。草，歐陽修《阮郎歸》。對，李後主《浪淘沙》。空，周密《大酺》。一，康與之《金菊對芙蓉》。掩，詹玉《渡江雲》。燈，魏承班《生查子》。欲，張艾《夜飛鵲》。不，閻選《河傳》。寄，張翥《水龍吟》。花，李獻能《春草碧》。春，晁補之《歸田樂》。幾，朱敦儒《柳枝》。歌，馮延巳《金錯刀》。情，劉菊房《驀山谿》。覽，胡翼龍《洞仙歌》。祇，盧祖皋《木蘭花慢》。往，袁去華《傾盃近》。金，晁沖之《玉胡蝶》。碧，陳允平《鷓鴣天》。翻，陸叡《瑞鶴仙》。腸，吴潛《賀新郎》。淚，魏夫人《繫裙腰》。獨，楊无咎《惜黄花慢》。不，徐俯《卜算子》。推，方君遇《風流子》。念，黄廷璹《憶舊遊》。憑，顧敻《荷葉盃》。無。尹焕《眼兒媚》。

【校】

［一］往：袁去華《傾盃近》（邃館金鋪半掩）作「舊」。

麝塵蓮寸集卷四

夢江南

天色晚，誰倚碧欄低。煙柳疏疏人悄悄，燈花耿耿漏遲遲。心事夢雲知。

天，趙浦夫《謁金門》。誰，李振祖《浪淘沙》。煙，李石《臨江仙》。燈，魏夫人《繫裙腰》。心。黎廷瑞《訴衷情》。

又

金屋靜，長憶個人人。香在衣裳妝在臂，眼如秋水鬢如雲。微笑自含春。

金，陳允平《鷓鴣天》。長，柳永《少年遊》。香，蘇軾《浣谿沙》。眼，韋莊《天仙子》。微。牛希濟《臨江仙》。

又

人別後，佳約誤當年。小院閒門春寂寂[一]，綠楊芳草恨緜緜。中酒落花天。

人，魏夫人《繫裙腰》。佳，呂渭老《滿路花》。小，向子諲《雨中花》。綠，蔡伸《小重山》。中。趙長卿《臨江仙》。

【校】

[一]「小院」句：程垓《雨中花令》（聞説海棠開盡了）作「小院閉門春悄悄」。後所注作者亦誤。

又

山枕上，宿酒尚扶頭。殘月有情圓曉夢，杏花無處避春愁。心緒兩悠悠。

山，顧敻《獻衷心》。宿，趙長卿《小重山》。殘，陳允平《浣谿沙》。杏，韓元吉《好事近》。心。歐陽澈《小重山》。

相見歡

背窗愁枕孤眠。恨綿綿。冷落吹笙庭院、負華年。　梅花月。梨花雪。杏花煙。又是一年春事、斷腸天。

背，吕渭老《滿路花》。恨，李清照《怨王孫》。冷，晏幾道《更漏子》。負，鄭楷《訴衷情》。梅，滕賓《最高樓》。梨，易祓《驀山谿》。杏，史達祖《陽春》。又，劉儗《訴衷情》。斷。周紫芝《訴衷情》[一]。

【校】

[一]《訴衷情》：當作《江城子》。「斷腸天」句出自周紫芝《江城子》(夕陽低晝柳如烟)。

昭君怨

梅花

唤起縞衣仙子。雲淡碧天如水。倚竹不勝愁。忍凝眸。　攬碎一簾香月。空對一庭香雪。結子欲黄時。雨霏霏。

喚，張翥《摸魚兒》。雲，無名氏《御街行》。倚，王之道《如夢令》。忍，柳永《曲玉管》。攬，周密《疏影》。空，張炎《疏影》。結，曹組《驀山谿》。雨。温庭筠《遐方怨》。

拋毬樂

燕外青樓已禁煙。别離滋味又今年。蝶飛芳草花飛路，月暗長堤柳暗船。滿眼相思淚，暮雨情知更可憐。

燕，舒亶《浣谿沙》。别，姜夔《浣谿沙》。蝶，歐陽修《玉樓春》。月，吕本中《采桑子》[一]。滿，牛希濟《生查子》。暮。向子諲《鷓鴣天》。

【校】

[一]《采桑子》：當作《減字木蘭花》。「月暗」句出自吕本中《減字木蘭花》(去年今夜)。

春光好

歌窈窕，舞婆娑。見横波。淺笑輕顰不在多。奈情何。銀葉初消[一]薄暈，銖衣早試輕羅。夢斷錦幃空悄悄，斂羞蛾。

歌，胡翼龍《洞仙歌》。舞，柳永《拋毬樂》。見，賀鑄《太平時》。淺[二]，曹組《鷓鴣天》。奈，康仲伯《憶真妃》。銀，唐藝孫《天香》。銖，張炎《風入松》。夢，和凝《薄命女》。斂。孫光憲《思帝鄉》。

【校】

[一] 消：唐藝孫《天香·龍涎香》作「生」。

[二] 淺：原誤作「殘」，據正文和曹組原句改。

減蘭

恨裁蘭燭。月鏤虛櫺煙透[一]竹。候館梅殘。滿地清香夜不寒。　酒醒人遠。人道山長山又斷。獨倚危樓。南北東西處處愁。

恨，樓采《法曲獻仙音》。月，趙君舉《楊柳枝》。候，歐陽修《踏莎行》。滿，陳允平《鷓鴣天》。酒，王沂孫《三姝媚》。人，李清照《蝶戀花》。獨，無名氏《青門怨》。南。朱敦儒《卜算子》。

【校】

[一] 透：趙君舉《楊柳枝》（淅淅西風生暮寒）作「逗」。

又

用石孝友體

黄昏庭院。誰品新腔拈翠管。庭院[一]黄昏。枕上流鶯和淚聞。千山萬水。不寄蕭娘書一紙。萬水千山。暮雨朝雲去不還。

黄，王詵《憶故人》。誰，劉翰《玉樓春》[二]。庭，吴文英《高陽臺》。枕，秦觀《鷓鴣天》。千，張先《八寶裝》。不，趙聞禮《魚游春水》。萬，黎廷瑞《浪淘沙》。暮。潘牥《南鄉子》。

【校】

[一] 院：吴文英《高陽臺·落梅》作「上」。

[二]《玉樓春》：當作《蝶戀花》。「誰品」句出自劉翰《玉樓春》(團扇題詩春又晚)。

又

黄昏院落。長到憑[一]時添瘦削。院落黄昏。雨打梨花深閉門。輕寒輕暖。斗帳寶香凝不散。輕暖輕寒。獨倚西樓第幾闌。

黄，程垓《南浦》。長，杜郎春《玉樓春》。院，樓采《法曲獻仙音》。雨，秦觀《憶王孫》。輕，陳亮《水龍吟》。斗，侯寘《漁家傲》。輕，阮逸女《花心動》。獨。周密《鷓鴣天》。

【校】

［一］憑：杜安世《玉樓春》（風解池冰蟬翅薄）作「恁」。原注作者誤。

清平樂

青樓春晚。流水天涯遠。小字銀鉤題欲遍。一看一回腸斷。　月邊滿樹梨花。花邊蝴蝶爲家。彈到琴心三疊，底須拍碎紅牙。

青，呂渭老《薄倖》。流，蔡伸《點絳脣》。小，李邴《玉樓春》。一，張翥《陌上花》。月，周紫芝《朝中措》。花，毛滂《西江月》。彈，馬莊父《朝中措》。底。張炎《意難忘》。

又

年時去處。依約江南路。長記夢雲樓上住。樓上有人凝竚。　小憐重見灣頭。

匆匆粉澀紅羞。幾曲闌干遍倚，猶聞憑袖香留。

年，曹組《憶少年》。依，李祁《點絳脣》。長，石孝友《臨江仙》。樓，雷北湖《好事近》。小，周密《聲聲慢》。匆，蔣捷《高陽臺》。幾，無名氏《魚游春水》。猶。吴文英《聲聲慢》。

又

粉愁香凍。枕損釵頭鳳。草草不容成楚夢。和淚出門相送。　臨風[一]惱斷回腸。惜歸羅帕分香。中半傷春酒病，梨花院落昏黃。

粉，高觀國《賀新郎》。枕，李清照《蝶戀花》。草，謝絳《夜行船》。和，唐莊宗《如夢令》。臨，無名氏《柳梢青》。惜，侯寘《風入松》。中，周密《西江月》。梨。胡翼龍《西江月》。

【校】

[一] 臨風：楊无咎《柳梢青》(水曲山傍寒梢)作「沈影」。後所注作者亦誤。

又

幾番春暮。幾點疏疏雨。幾日行雲何處去。幾度悲歡休訴[一]。　不須鷗鷺驚猜。醉看鸞鳳徘徊。翠袖半沾[二]飛粉，羅衣暗裛香煤。

幾，宋徽宗《燕山亭》。幾，葛立方《卜算子》。幾，馮延巳《蝶戀花》。幾，林表民《玉漏遲》。不，張雨《朝中措》。醉，王灼《恨來遲》。翠，陳三聘《西江月》。羅。張先《燕春臺》。

【校】

[一]訴：林表民《玉漏遲·和趙立之》作「數」。

[二]沾：陳三聘《西江月》(春事已濃多日)作「黏」。

憶少年

梅

半窗暝雨，半窗殘照，半窗斜月。幽[一]香半憔悴，奈香多愁絶。　萬恨千愁無處說。有[二]誰識、芳心高潔。芳心尚如舊，怕翻成消歇。

半，王庭相《桂枝香》。半，袁去華《側犯》。半，曹組《青玉案》。幽，無名氏《祝英臺近》。奈，趙以夫《金盞子》。萬，許瑨《木蘭花》。有，周密《瑶花》。芳，張炎《探芳信》。怕。施岳《步月》。

【校】

［一］幽：無名氏《祝英臺近·憶別》作「餘」。

［二］有：周密《瑶花漫·瓊花》作「問」。

又

柳

綠楊巷陌，綠楊臺榭，綠楊庭院。柔條暗縈繫，繫春愁不斷。幾葉小眉寒未［一］展。被東風、賺開一半。東風曉來惡，怪金衣頻囀。

綠，姜夔《淒涼犯》。綠，趙雍《人月圓》。綠，曾棣《瑣窗寒》。柔，史達祖《祝英臺近》。繫，周密《拜星月慢》。幾，張先《蝶戀花》。被，沈會宗《柳摇金》。東，俞國寶《瑞鶴仙》。怪。無名氏《紅窗睡》。

【校】

［一］未：張先《蝶戀花》（移得綠楊栽後院）作「不」。

又

數聲橫笛，數聲殘角，數聲過雁。砧聲帶愁去，一聲聲是怨。　有個離人凝淚眼。黯銷魂、雨收雲散。重[一]尋舊蹤蹟，奈可憐庭院。

數，王千秋《憶秦娥》。數，黄機《憶秦娥》。數，趙師使《永遇樂》。砧，姜夔《法曲獻仙音》。一，王月山《齊天樂》。有，張先《蝶戀花》。黯，陸游《水龍吟》。重，周邦彦《蘭陵王》。奈。方千里《憶舊遊》。

【校】

[一]重：周邦彦《蘭陵王·柳》作「閒」。

阮郎歸

一春幽事有誰知。低頭雙淚垂。子規啼恨小樓西。曉鶯還又啼。　鉤翠箔，倚朱扉。花飛人未歸。相思無處説相思。恰如中酒時。

一，姜夔《小重山》。低，歐陽修《長相思》。子，康與之《瑞鶴仙令》。曉，聞人武子《菩薩蠻》。鉤，毛熙震《木蘭花》。倚，韓元吉《六州歌頭》。花，續雪谷《長相思》。相，徐照《南歌子》。恰。范成大《菩薩蠻》。

茅山逢故人

愁訴

昨日翠蛾金縷。明日落花飛絮。夜汐東還，夕陽西下，塞雲北渡。不教好夢分明，重把離愁深訴。一卷新詩，一卮芳酒，一聲杜宇。

昨，盧祖皋《清平樂》[一]。明，蘇軾《昭君怨》。夜，周密《高陽臺》。夕，康與之《寶鼎現》。塞，施岳《水龍吟》。不，李彭老《清平樂》。重，王沂孫《齊天樂》。一，張炎《一萼紅》。一，元好問《青玉案》。一。劉燕哥《太常引》。

【校】

[一]《清平樂》：當作《謁金門》。「昨日」句出自盧祖皋《謁金門·惜别》。

朝中措

夜來風雨曉來收。香霧濕簾鉤。翠簟一池秋水，煙花三月春愁。聯鑣南陌，吹笙北嶺，倚櫂西州。正是柳夭桃媚，偶然蓬轉萍浮。

夜，史達祖《浪淘沙》。香，張鎡《夢遊仙》。翠，王沂孫《霜天曉角》。煙，鄭覺齋《揚州慢》。聯，曾允元《月下笛》。吹，蘇軾《雨中花慢》。倚，張炎《甘州》。正，毛文錫《贊浦子》。偶。毛幵《滿庭芳》。

又

緗桃無數棘花開。花上月徘徊。酒暈不温芳[一]臉，睡痕猶占香腮。金槃舞罷，銀燈挑盡，幽夢初回。十二屏山遍倚，一雙胡蝶飛來。

緗，吴元可《浪淘沙》。花，康與之《憶少年令》。酒，陳三聘《西江月》。睡，晏幾道《于飛樂》。金，張翥《水龍吟》。銀，無名氏《杜韋娘》。幽，張鎡《宴山亭》。十，劉鎮《水龍吟》。一。盧祖皋《清平樂》。

【校】

［一］芳：陳三聘《西江月》（詩眼曾逢花面）作「香」。

又

惜花天氣惱餘酲。睡起玉釵横。斜日滿簾飛燕，春風一路聞鶯。綃衣乍著，錦茵纔展，羅襪初停。幽夢匆匆破後，鉛華淡淡妝成。

惜，楊冠卿《浣谿沙》。睡，謝逸《菩薩蠻》。斜，李之儀《如夢令》。春，周密《清平樂》。綃，王昜簡《齊天樂》。錦，蔡伸《飛雪滿群山》。羅，王沂孫《水龍吟》。幽，秦觀《如夢令》。鉛。司馬光《西江月》。

又

春望

淡煙流水畫屏幽。不忍上西樓。簾捲日長人静，夢回雨散雲收。梨花牆外，海棠院左，楊柳灣頭。愁與去帆俱遠，怨隨宫葉同流。

淡，秦觀《浣谿沙》。不，周紫芝《生查子》。簾，蔣子雲《好事近》。夢，無名氏《祝英臺近》。梨，姜夔《少年遊》。海，利登《綠頭鴨》。楊，張炎《甘州》。愁，高觀國《齊天樂》。怨。張孝祥《木蘭花慢》。

添字采桑子

鞦韆院落清明後，樓上黄昏。樓上黄昏。試訊東風、能有幾分春。　紗窗一夜瀟瀟雨，無限消魂。無限消魂。唯有牀前、銀燭照啼痕。

鞦，趙聞禮《千秋歲》。樓，蔡伸《蘇武慢》。樓，劉儗《一剪梅》。試，周密《江城子》。紗，張震《蝶戀花》。無，洪咨夔《眼兒媚》。無，倪瓚《人月圓》。唯。康與之《江城梅花引》。

極相思

一簾香月娟娟。賦就鏤金箋。寶釵樓上，銅壺閣畔，玉鏡臺前。　落盡櫻桃春去後，掩重門、淺醉閒眠。芙蕖帶雨，梧桐泫露，楊柳堆煙。

一，劉鎮《漢宫春》。賦，舒亶《菩薩蠻》。寶，蔣捷《女冠子》。銅，京鏜《雨中花慢》。玉，張雨《踏莎行》。落，陳允平《蝶戀花》。掩，張炎《高陽臺》。芙，晁端禮《滿庭芳》。梧，丁宥《水龍吟》。楊。歐陽修《蝶戀花》。

太常引

淡煙疏柳一簾春。春雨細如塵。無處不銷[一]魂。更説甚、巫山楚雲。日長人靜，夜闌人悄，金鴨水沈温。翻憶翠羅裙。愴猶有、殘妝淚痕。

淡，樓采《玉樓春》。春，朱敦儒《好事近》。無，周格非《多麗》。更，周邦彦《柳梢青》。日，王同祖《摸魚兒》。夜，陳恕可《齊天樂》。金，洪咨夔《眼兒媚》。翻，高觀國《少年遊》。愴。蔡伸《飛雪滿群山》。

【校】

[一] 銷：周格非《多麗・緑頭鴨》作「消」。

東坡引

煙光揺縹瓦。暮色分平野。歸時記約燒燈夜。緑窗携手乍。一番幽會，淚珠如灑。漫凝竚，重簾下。粉痕猶在香羅帕。海棠花謝也。海棠花謝也。

煙，史達祖《三姝媚》。暮，周邦彦《塞垣春》。歸，蔣捷《絳都春》。緑，蔡伸《洞仙歌》。一，沈會宗《驀山谿》。淚，葛長庚《賀新涼》。漫，賀鑄《下水船》。重，姜夔《百宜嬌》。粉，陸游《安公子》。海，温庭筠《遐方怨》。海。晁沖之《感皇恩》。

望江南

夜怨

春欲暮，猶記粉牆東。雨悄風輕寒漠漠，天長煙遠恨重重。愁在落紅中。人散後，清夜與誰同。羅襪況兼金菡萏，麝熏微度繡芙蓉。悶不見蟲蟲。

春，温庭筠《更漏子》。猶，周密《浪淘沙》。雨，王沂孫《淡黄柳》。天，張先《酒泉子》。愁，陳允平《月中行》。人，謝逸《千秋歲》。清，袁去華《八聲甘州》。羅，韓偓《浣谿沙》。麝，賀鑄《江城子》。悶。杜安世《浪淘沙》。

江月晃重山

煙雨半藏楊柳，夢魂長繞梨花。畫橋朱戶玉人家。凝眸處，寶押繡簾斜。古道淒風瘦馬，小窗淡月啼鴉。此時相望抵天涯。難相見，和淚撚琵琶。

煙，毛滂《西江月》。夢，劉迎《烏夜啼》。畫，謝逸《南歌子》。凝，李清照《鳳凰臺上憶吹簫》。寶，李萊老《浪淘沙》。古，馬致遠《天淨沙》。小，劉翰《清平樂》。此，賀鑄《浣谿沙》。難，杜安世《鶴沖天》。和。汪元量《望江南》。

鷓鴣天

青粉牆頭道蘊家。曲屏深幌小窗紗。絲絲楊柳絲絲雨，歲歲東風歲歲花。層霧斂，暮雲遮。覺來紅日又西斜。樓高莫近危闌倚，雙鳳簫聲隔彩霞。

青，無名氏《小秦王》。曲，石孝友《臨江仙》。絲，蔣捷《虞美人》。歲，王鼎翁《沁園春》。層，岳珂《祝英臺近》。暮，万俟詠《昭春怨》。覺，張先《浣谿沙》。樓，歐陽修《踏莎行》。雙。賀鑄《攤破浣谿沙》。

又

秋閨

漠漠輕寒上小樓。樓兒忒小不藏愁。碧梧聲到紗窗曉，紅藕香殘玉簟秋。情黯黯，恨悠悠。憶曾和淚送行舟。歸雲一去無蹤蹟，衹作尋常薄倖休。

漠，秦觀《浣谿沙》。樓，蔣捷《虞美人》。碧，盧祖皋《烏夜啼》。紅，李清照《一剪梅》。情，周邦彦《醉桃源》。恨，續雪谷《長相思》。憶，趙長卿《阮郎歸》。歸，柳永《少年遊》。衹。舒亶《減字木蘭花》。

又

一片春愁帶酒澆。酒香紅被夜迢迢。舞衫斜捲金條脱，攏鬢新收玉步摇。燈焰短，漏聲遥。鴛幃羅幌麝煙銷。曲闌干外天如水，都坐池頭合鳳簫。

一，蔣捷《一剪梅》。酒，史達祖《臨江仙》。舞，牛嶠《應天長》。攏，韓偓《浣谿沙》。燈，葛長庚《水調歌頭》。漏，王大簡《更漏子》。鴛，顧敻《楊柳枝》。曲，晏幾道《虞美人》。都。無名氏《樓心月》。

又

元夜

簾拂疏香斷碧絲。酒生微暈沁瑶肌。玉爲樓觀銀爲地，水滿池塘花滿枝。煙澹澹，月依依。一年無似此佳時。賞心樂事能多少，隱隱笙歌處處隨。

簾，孫光憲《定風波》。酒，蘇軾《定風波》。玉，張鎡《折丹桂》。水，趙令時《浣谿沙》。煙，張掄《春光好》。月，李清照《訴衷情》。一，晁端禮《緑頭鴨》。賞，鄭僅《調笑令》。隱。歐陽修《采桑子》。

夜行船

煙浦花橋如夢裏。怕輕負年芳流水。紅藥闌干，黄葵庭院，唤取玉簫同醉。醉別西樓醒不記。一枕乍驚殘春睡。鳳羽寒深，龍涎香斷，消遣離愁無計。

煙，趙汝迕《清平樂》。怕，趙崇霄《東風第一枝》。紅，李祁《減字木蘭花》。黄，趙長卿《滿庭芳》。唤，趙聞禮《法曲獻仙音》。醉，晏幾道《蝶戀花》。一，無名氏《祝英臺近》。鳳，史達祖《醉公子》。龍，劉過《沁園春》。消。柳永《望遠行》。

梅花引

桃葉渡。桃源路。夢魂長在分襟處。思難任。恨難禁。惜別傷離，回文[一]辜舊吟。角聲吹落梅花月。空餘滿地梨花雪。雪垂垂。月低低。雪月光中，怨春春怎知。

桃，辛棄疾《祝英臺近》。桃，張先[二]《酒泉子》。夢，晏幾道《蝶戀花》。思，韋莊《酒泉子》。恨，毛幵《江城子》。惜，趙鼎《點絳脣》。回，韓瞥《長相思》。角，蘇軾《蝶戀花》。空，周邦彥《浪淘沙慢》。雪，曹組《驀山谿》。月，姜夔《鷓鴣天》。雪，洪皓《江城梅花引》。怨。秦觀《阮郎歸》。

【校】

[一] 文：韓瞥《長相思》(郎恩深)作「紋」。

[二] 張先：当作冯延巳。「桃源路」句出自冯延巳《酒泉子》(庭樹霜凋)。

惜分釵

嬉遊困。情懷悶。瑞香亭畔寒成陣。繞銀屏。艷瑶笙。蕣臉星眸，水盼蘭情。亭亭。無人問。教人恨。爐香捲穗燈生暈。夢難成。酒初醒。控雨籠雲，剪雪裁冰。盈盈。

嬉，利登《綠頭鴨》。情，陳允平《點絳脣》。瑞，袁易《燭影摇紅》。繞，趙汝茪《江城梅花引》。豔，周密《江城子》。薺，李甲《幔卷紬》。水，周邦彦《拜星月慢》。亭，趙以夫《憶舊遊》。無，蘇軾《瑶池燕》。教，張翥《摘紅英》。爐，歐陽修《蝶戀花》。夢，張虚靖《江城子》。酒，曹良史《江城子》。控，彭泰翁《拜星月慢》。剪，樓槃《霜天曉角》。盈。柳永《木蘭花慢》。

小重山

風罥薦紅雨易晴。海棠花已謝，掩銀屏。琵琶可是不堪聽。闌干外，閒理玉鞾笙。釵溜[一]滑無聲。秋波嬌殢酒，酒微醒。背人羞整六銖輕。黄昏近，待得月華生。

風，李肩吾《抛毬樂》。海，劉僎《菩薩蠻》。掩，盧祖皋《江城子》。琵，張樞《南歌子》。闌，譚宣子《春聲碎》。閒，趙與仁《琴調相思引》。釵，陸游《烏夜啼》。秋，史直翁《臨江仙》。酒，吴激《春從天上來》。背，高觀國《金人捧露盤》。黄，王同祖《摸魚兒》。待。歐陽修《臨江仙》。

【校】

［一］溜：陸游《烏夜啼》（金鴨余香尚暖）作「墜」。

臨江仙

鶯語匆匆花寂寂，任他鶯老花飛。休歌《金縷》勸金卮。細風吹柳絮，淺雨壓荼蘼。

碧唾春衫還在否，含愁獨倚閨幃。試憑新燕問歸期。淚多羅袖重，夢斷繡簾垂。

鶯，陳克《謁金門》。任，趙彦端《新荷葉》。休，蔣子雲《好事近》。細，賀鑄《感皇恩》。淺，樓采《法曲獻仙音》。碧，陳允平《惜分飛》。含，毛熙震《清平樂》。試，周密《浣谿沙》。淚，周邦彦《早梅芳近》。夢。秦觀《菩薩蠻》。

又

一樹櫻桃花謝了，玉屏風冷愁人。不堪獨自對芳樽。流蘇垂翠幰，深院鎖黄昏。

夢又不成燈又燼，斷香誰與添温。最難消遣是殘春。草痕青寸寸，波暖緑粼粼。

一，陳允平《玉樓春》。玉，吴文英《柳梢青》。不，周格非《多麗》。流，蕭元之《渡江雲》。深，張先《生查子》。夢，歐陽修《玉樓春》。斷，劉頡《滿庭芳》。最，周密《浣谿沙》。草，曾原一《謁金門》。波。張炎《南浦》。

蘇幕遮

淚偷彈，魂欲斷。花外紅樓，樓外青山遠。今日江城春已半。别酒無情，誰會愁深淺。夜沈沈，寒淡淡。枕落釵聲，翡翠帷空捲。可奈夢隨春漏短。睡起懨懨，臨鏡心情懶。

淚，蘇軾《江城子》。魂，張表臣《驀山谿》。花，王庭珪《點絳脣》。樓，程垓《卜算子》。今，黄公紹《青玉案》。别，李浙《踏莎行》。誰，趙以夫《燭影摇紅》。夜，張先《酒泉子》。寒，嚴仁《鷓鴣天》。枕，曾允元《水龍吟》。翡，韓元吉《永遇樂》。可，韓嘐《浪淘沙》。睡，吴文英《齊天樂》。臨。周紫芝《生查子》。

又

晚煙濃，晴日暖。纔過清明，碧草池塘滿。香徑落紅吹已斷。緑樹陰陰，鵑鳩聲千囀。　翠鬟傾，羅襪剗。無限淒涼，寬了黃金釧。愁對畫梁雙語燕。簾幕重重，夢雨和[一]春遠。

晚，黄銖《江城子》。晴，僧揮《訴衷情》。纔，李冠《蝶戀花》。碧，劉翰《蝶戀花》。香，嚴仁《玉樓春》。緑，康與之《浪淘沙》。鵑，韓元吉《永遇樂》。翠，譚宣子《長相思》。羅，秦觀《河傳》。無，蘇軾《雨中花慢》。寬，管鑑《生查子》。愁，毛幵《謁金門》。簾，蔡伸《洞仙歌》。夢。胡翼龍《宴清都》。

【校】

[一]和：胡翼龍《宴清都》(夢雨隨春遠)作「隨」。

又

花簾詞有此格。內子繡橋集句傚之，余亦繼聲

柳供愁，花解語。總是銷魂，總是銷魂處。人自憐春春未去。芳草斜陽，芳草斜陽

路。臥紅茵，觴緑醑。幾度相思，幾度相思苦。明日重來須記取。梅子黄時，梅子黄時雨。

柳，許棐《滿宮花》。花，康與之《應天長》。總，周文璞《一剪梅》。總，吴潛《青玉案》。人，劉鉉《蝶戀花》。芳，吴文英《夜合花》。芳，陳允平《點絳脣》。臥，孫光憲《更漏子》。觴，徐一初《摸魚兒》。幾，王沂孫《三姝媚》。幾，張埜《念奴嬌》。明，周孚先《蝶戀花》。梅，潘元質《醜奴兒慢》。梅。賀鑄《青玉案》。

【附作】

蘇幕遮

程淑　繡橋

柳陰涼，蘭櫂舉。南北東西，南北東西路。恰是去年今日去。芳草連天，芳草連天暮。燕初歸，鶯正語。似説相思，似説相思苦。夢斷彩雲無覓處。門掩黄昏，門掩黄昏雨。

柳，朱用之《意難忘》。蘭，盧祖臯《謁金門》。南，吕本中《采桑子》。南，林逋《點絳脣》。恰，江開《玉樓春》。芳，劉辰翁《蘭陵王》。芳，余桂英《小桃紅》。燕，趙彦端《芰荷香》。鶯，顧敻《酒泉子》。似，吴文英《江城梅花引》。似，沈端節《虞美人》。夢，秦觀[一]《蝶戀花》。門，李甲《八寶妝》。門。賀鑄《點絳脣》。

【校】

[一] 秦觀：當作秦覯。「夢斷」句出自秦覯《蝶戀花》（妄本錢塘江上住），一作司馬槱詞。

小桃紅

正是春留處。又送春歸去。夢繞南樓，香銷南國，恨迷南浦。料啼痕、暗裏浥紅妝，倚闌干無語。　祇有相思苦。還解相思否。一掬春情，一襟幽事，一番淒楚。算年年、落盡刺桐花，更一分風雨。

正，吳文英《點絳脣》。又，周紫芝《生查子》[一]。夢，謝懋《解連環》。香，王蒙《憶秦娥》。恨，万俟詠《春草碧》。料，張樞《木蘭花慢》。倚，張埜《石州慢》。祇，楊果《摸魚兒》。還，姚寬《生查子》。一，王沂孫《醉落魄》。一，周密《玉京秋》。一，仇遠《齊天樂》。算，辛棄疾《滿江紅》。更。葉清臣《賀聖朝》。

【校】

[一]《生查子》：當作《點絳脣》。「又送」句出自周紫芝《點絳脣·西池桃花落盡賦此》。

風入松

桐花庭院近清明。幾處簸錢聲。玉人爲我調秦瑟，驚遺恨、悄悄難平。翠袖兩行珠淚，畫堂一枕春酲。　簾纖小雨晚初晴。睡起不勝情。餘寒猶在東風軟，柳陰趁、驕馬蹄輕。幽思屢隨芳草，更行更遠還生。

桐，王同祖《阮郎歸》。幾，陳克《菩薩蠻》。玉，朱敦儒《醜奴兒》。驚，葉夢得《滿庭芳》。翠，朱埴《畫堂春》。畫，柳永《木蘭花慢》。簾，王大簡《浣谿沙》。睡，曹組《如夢令》。餘，宋自道《點絳脣》。柳，趙時奚《多麗》。幽，史達祖《西江月》。更。李後主《清平樂》。

明月引

尋夢

晚妝勻罷卻無聊。燭光揺。漏聲迢。欹枕朦朧，空度可憐宵。睡鴨爐温吟散後，尋昨夢，夢巫[二]雲，夢翠翹。　謝娘翠娥愁不消。露初晞，月漸高。鳳屏半掩，幽香歇，寒透鮫綃。不管春歸，憔悴楚宫腰。獨立東風彈淚眼，人不見，冷清清，歸路遥。

晚，李吕《鷓鴣天》。燭，顧敻《楊柳枝》。漏，陳允平《鷓鴣天》。欹，吴禮之《蝶戀花》。空，蘇軾《臨江仙》。睡，韓淲《浣谿沙》。尋，林正大《滿江紅》。夢，高觀國《金人捧露盤》。夢，吴文英《惜黄花慢》。謝，温庭筠《河傳》。露，賀鑄《鷓鴣天》。月，杜龍沙《鬥雞回》。鳳，孫惟信《夜合花》。幽，黎廷瑞《秦樓月》。寒，王沂孫《一萼紅》。不，黄庭堅《采桑子》。憔，柳永《少年遊》。獨，袁去華《安公子》。人，趙聞禮《千秋歲》。冷，周密《唐多令》。歸。譚宣子《長相思》。

【校】

[一]巫：高觀國《金人捧露盤·水仙花》作「湘」。

又

憑闌幽思幾千重。霧濛濛。月朧朧。知是誰調鸚鵡，柳陰中。繡閣深深人半醒，懷往事，恨前歡，清淚紅。　三花兩花[一]破蒙茸。酒初醺，春正濃。儘教寂寞，昨夜裏，幽夢相逢。夢作一雙蝴蝶，繞芳叢。叮囑重簾休放下，歸去去，惹相思，無路通。

憑，趙長卿《畫堂春》。霧，馮延巳《喜遷鶯》。月，陳克《豆葉黄》。知，張炎《南歌子》。繡，姚雲文

《蝶戀花》。懷，蕭允之《滿江紅》。恨，趙君舉《楊柳枝》。清，彭元遜《滿江紅》。三，王沂孫《花犯》。酒，張先《落梅風》。春，顧敻《河傳》。儘，張元幹《點絳脣》。昨，周邦彦《芳草渡》。幽，潘元質《玉蝴蝶》。夢，何㮚《虞美人》。叮，史達祖《玉樓春》。歸，趙與鉀《謁金門》。惹，歐陽炯《三字令》。無。吴文英《滿江紅》。

【校】

[一]花：王沂孫《花犯・苔梅》作「蕊」。

玉漏遲

惜春

洞簫誰院宇。重門向掩，惜春春去。一夜東風，碧盡柳絲千縷。回首江南路遠，驚夢斷、行雲無據。垂玉筯。不知因[二]甚，怨人良苦。呼酒漫撥清愁，待醉也慵聽，哀絃危柱。暗卜歸期，細把花枝閒數。還是翠深紅淺，那更[三]聽、亂鶯疏雨。愁幾許。難尋弄波微步。

洞，吴文英《齊天樂》。重，方千里《齊天樂》。惜，李清照《點絳脣》。一，晁沖之《傳言玉女》。碧，莫崙《摸魚兒》。回，吕渭老《選冠子》。驚，劉弇《惜雙雙令》。垂，向子諲《鷓鴣天》。不，尹焕《眼兒媚》。怨，姜夔《清波引》。呼，陶宗儀《念奴嬌》。待，張炎《齊天樂》。哀，陳以莊《水龍吟》。暗，周密《齊天樂》。細，程垓《謁金門》。還，李之儀《如夢令》。那，歐陽修《夜行船》。愁，周邦彦《垂絲釣》。難。賀鑄《下水船》。

【校】

[一] 因：尹焕《眼兒媚》（垂楊裊裊蘸清漪）作「爲」。

[二] 那更：歐陽修《夜行船》（滿眼東風飛絮）作「更那」。

倦尋芳

緑雲冉冉，紅日遲遲，離思何限。人獨春閒，閒掩屏山六扇。細雨夢回雞塞遠，牡丹花謝鶯聲懶。意難任，有當時[一]池閣，恁時庭院。又何苦、淒涼客裏，愁滿天涯，偷寄香翰。青鳥沈浮，二十四橋憑遍。波上清風花上露，林間戲蝶簾間燕。黯銷凝，抱相思、夜寒腸斷。

緑，楊恢[二]《八聲甘州》。紅，司馬光《錦堂春慢》。離，周邦彦《齊天樂》。人，王茂孫《高陽臺》。

閒，毛幵《謁金門》。細，李中主《山花子》。牡，汪莘《玉樓春》。意，毛文錫《虞美人》。有，僧揮《念奴嬌》。恁，盧祖皋《宴清都》。又，張輯《疏簾淡月》。愁，薛夢桂《眼兒媚》。偷，姜夔《百宜嬌》。青，張耒《風流子》。一，陳允平《瑞鶴仙》。波，丁羲叟《漁家傲》。林，馮延巳《采桑子》。黯，李萊老《高陽臺》。抱。趙聞禮《水龍吟》。

【校】

[一]時：僧揮《念奴嬌・夏日避暑》作「年」。

[二]楊恢：當作湯恢。「緑雲」句出自湯恢《八聲甘州》(摘青梅薦酒)。

聲聲慢

鴛鴦枕畔，翡翠簾邊，夢回雲冷瀟湘。莫話消魂，錦書紅淚千行。當年翠篝素被，漫空留、荀令餘香。愁不寐，歎俊遊零落，往事凄涼。　何處芙蓉別館，但鳳音傳恨，麝馥縈妝。清夜沈沈，月移花影西廂。風流寸心易感，悵緑陰、青子成雙。憑杜宇，一聲聲、都是斷腸。

鴛，吳文英《賀新郎》。翡，利登《緑頭鴨》。夢，趙時奚《漢宮春》。莫，晏幾道《兩同心》。錦，李萊老《清平樂》。當，馮應瑞《天香》。漫，胡翼龍《夜飛鵲》。愁，張先《更漏子》[一]。歎，周密《三姝媚》。往，杜安世《剔銀燈》。何，王同祖《西江月》。但，史達祖《玉簟涼》。麝，陳三聘《念奴嬌》。清，張元幹《點絳脣》。月，李彭老《四字令》。風，秦觀《沁園春》。悵，尹焕《唐多令》。憑，王大簡《更漏子》。一。陳允平《戀繡衾》。

【校】

[一]《更漏子》：當作《江城子》。「愁不寐」句出自張先《江城子》(小圓珠串靜慵拈)。

長亭怨慢

春草

漸遮滿[一]、舊曾吟處。亂碧萋萋，又隨芳渚。望入西泠，四山翠合，短亭暮。池塘別後，似夢裏，王孫去。愁損緑羅裙，倩誰問、淩波輕步。休顧。正蘭皋泥潤，滿眼東風飛絮。踏青人散，獨自個、傷春無緒。任啼鳥[二]、怨入芳華，但莫賦、緑波南浦。映十二闌干，千點碧桃吹雨。

漸，李彭老《祝英臺近》。亂，梅堯臣《蘇幕遮》。又，万俟詠《春草碧》。望，張翥《滿江紅》。四，方千里,《側犯》。短,王沂孫《掃花遊》。池,韓縝《芳草》。似,周邦彦《蘭陵王》。王,林逋《點絳脣》。愁,魯逸仲《南浦》。倩,仇遠《八犯玉交枝》。休,陸游《真珠簾》。正,秦觀《沁園春》。滿,歐陽修《夜行船》。踏,吴文英《朝中措》。獨,嚴仁《一絡索》。任,蕭元之《渡江雲》。但,黄機《金縷曲》。映,王易簡《齊天樂》。千。周密《大聖樂》。

【校】

[一]滿:李彭老《祝英臺近》(載輕寒)作「斷」。

[二]鳥:蕭元之《渡江雲·和清真》作「烏」。

翠樓吟

訪柳章臺,袚蘭曲水,斷雲零雨何限。漏殘金獸冷,判不寐闌干憑暖。年華催晚。正愁黯文通,病添中散。難消遣。事隨花謝,樂隨春減。　含怨。頻剔銀燈,把珠簾半揭,牙屏半掩。玉箏彈未了,料彼此魂消腸斷。天涯情遠。自懶展羅衾,慵題花院。良宵短。翠陰如夢,暮寒如剪。

訪,陳以莊《水龍吟》。袚,史達祖《慶清朝》。斷,洪瑹《瑞鶴仙》。漏,趙令畤《臨江仙》。判,楊无咎《卓牌子》。年，張元幹《十月桃》。正，高觀國《八歸》。病，袁易《齊天樂》。難，宋自道《點絳脣》。事，周密《宴清都》。樂，陳偕《滿庭芳》。含，李呂《調笑令》。頻，毛滂《剔銀燈》。把，晁沖之《傳言玉女》。牙，陳允平《齊天樂》。玉，蕭元之《菩薩蠻》。料，劉過《賀新郎》。天，李玨《擊梧桐》。自，葉士則《蘭陵王》。慵，利登《過秦樓》。良，翁元龍《絳都春》。翠，蔣捷《洞仙歌》。暮。吴文英《解語花》。

齊天樂

感舊

障泥油壁人歸後，塵香舊時歸路。第四橋邊，無雙亭上，總是慣曾經處。淩波漫賦。正倦立銀屏，閒題金縷。一紙紅箋，直饒尋得雁分付。　淒涼今夜簟席，但碧雲半斂，獨醒人去。慢拍調鶯，幺絃彈鳳，粉濺兩行冰筯。分明間阻。念取酒東壚，吹花南浦。燈外歌沈，黄昏愁更苦。

障，朱藻《采桑子》。塵，康與之《應天長》。第，姜夔《點絳脣》。無，鄭覺齋《揚州慢》。總，張翥《綺羅香》。淩，黄機《水龍吟》。正，樓采《二郎神》。閒，陸游《真珠簾》。一，晏幾道《兩同心》。直，黄庭堅《望江東》。凄，尹焕《霓裳中序第一》。但，李玨《擊梧桐》。獨，盧祖皋《水龍吟》。慢，蔣捷《春夏兩相期》。幺，周密《水龍吟》。粉，陳允平《如夢令》。分，譚宣子《摸魚子》。念，周邦彦《紅羅襖》。吹，程垓《南浦》。燈，吴文英《倦尋芳》。黄。袁去華《東坡引》。

又

去年春入芳菲國，魂消翠蘭紫若。柳展宫眉，花新笑靨，空怨殘紅零落。疏煙漠漠。還燕别文梁，雁歸衡嶽。酒醒衾寒，那堪風雨晚[一]來惡。嬋娟也應爲我，緑窗描繡罷，心倦梳掠。素鯉無憑，青鸞何在[二]，彈指匆匆恨錯。瑶池舊約。記翠箔張燈，畫樓吹角。今日重來，閒愁無處著。

去，張先《木蘭花》。魂，陳允平《解連環》。柳，宋祁《錦纏道》。花，劉子寰《花發沁園春》。空，蔡松年《念奴嬌》。疏，方千里《瑞鶴仙》。還，盧祖皋《夜飛鵲》。雁，俞國寶《瑞鶴仙》。酒，汪晫《蝶戀花》。那，無名氏《惜寒梅》。嬋，周紫芝《漢宫春》。緑，陳克《菩薩蠻》。心，袁去華《蘭陵王》。素，李甲《望雲涯引》。青，韓元吉《水龍吟》。彈，趙聞禮《瑞鶴仙》。瑶，辛棄疾《瑞鶴仙》。記，史達祖《三姝媚》。畫，范成大《秦樓月》。今，蔡伸《點絳脣》。閒。李清臣《謁金門》。

【校】

[一] 晚：無名氏《惜寒梅》(看盡千花)作「夜」。

[二] 在：韓元吉《水龍吟・題三峯閣詠英華女子》作「許」。

又

楊景周觀詧抱騎省之慼，繪《落花啼鳥圖》索題

畫樓酒醒春心悄，羅衾舊香餘暖。歡與花殘，淚隨花落，雙燕卻來池館。闌干倚遍。漫[一]賦減蘭成，神傷荀倩。立盡黄昏，海棠滿地夕陽遠。良宵長是間别，悵芙蓉城杳，無計重見。杜宇啼時，暮鴉啼處，早帶怨紅啼斷。都成夢幻。正雨渺煙茫，水流雲散。瞪目消魂，月遲簾未捲。

畫，李億《菩薩蠻》。羅，晏幾道《撲胡蝶》。歡，孫惟信《風流子》。淚，俞國寶《瑞鶴仙》。雙，晁端禮《水龍吟》。闌，李彭老《祝英臺近》。漫，黄廷璹《憶舊遊》。神，周邦彦《過秦樓》。立，洪咨夔《眼兒媚》。海，陳允平《秋蕊香》。良，應法孫《霓裳中序第一》。悵，丁宥《水龍吟》。無，盧祖皋《宴清都》。杜，翁孟寅《燭影摇紅》。暮，姜夔《醉吟商》。早，翁元龍《倦尋芳》。都，洪瑹《瑞鶴仙》。正，高觀國[二]

《洞仙歌》。水，張翥《陌上花》。瞪，方千里《掃花遊》。月。趙浦夫《謁金門》。

【校】

［一］漫：黄廷璹《憶舊遊》（乍梅黄雨過）作「謾」。

［二］高觀國：當作蔣捷。「正雨」句出自蔣捷《洞仙歌·柳》。

又

角聲吹散梅梢雪，芳情緩尋細數。眠鴨凝煙，翔鴛溜月，人在畫堂深處。頻傾桂醑。唤翠袖輕歌，緑窗低語。謾寫羊裙，賦懷應是斷腸句。　東風何事又惡，留春渾未得，吹斷香［一］絮。兩地離愁，十年舊事，欲共柳花低訴。憑誰説與。記步屧尋雲，剪燈聽雨。雲雨匆匆，釵分金半股。

角，謝逸《虞美人》。芳，張炎《大聖樂》。眠，胡仔《水龍吟》。翔，譚宣子《摸魚兒》。人，蘇軾《如夢令》。頻，晏殊《燕歸梁》。唤，張翥《摸魚兒》。緑，趙雍《玉珥墜金鐶》。謾，姜夔《淒涼犯》。賦，張磐《綺羅香》。東，周邦彦《瑞鶴仙》。留，姜个翁《霓裳中序第一》。吹，高觀國《玲瓏四犯》。兩，蔡伸《蘇武慢》。十，范成大《念奴嬌》。欲，黄孝邁《湘春夜月》。憑，李治《買陂塘》。記，陳允平《木蘭花慢》。剪，周密《水龍吟》。雲，黄昇[二]《行香子》。釵。楊冠卿《東坡引》。

【校】

[一] 香：高觀國《玲瓏四犯》（水外輕陰）作「晴」。

[二] 黄昇：當作趙長卿。「雲雨」句出自趙長卿《行香子・馬上有感》。

水龍吟

病憶

黄昏獨倚朱闌，驚心怕見年華晚。醉人花氣，軟人天氣，怎生消遣。芳徑聽鶯，香韉調馬，短亭逢雁。悵東風巷陌，暮雲樓閣，春思悄，離魂亂。　終日畫簾高捲。病厭厭、海棠池館。晝閒[一]人寂，情深恨渺，夢沈書遠。幾疊雲山，幾重煙水，幾番淒惋。最憐他樹底，多愁杜宇，一聲聲怨。

黄，馮延巳《清平樂》。驚，錢宀孫《踏莎行》。醉，范成大《眼兒媚》。軟，王玉《朝中措》。怎，劉過《賀新郎》。芳，王泳祖《風流子》。香，賀鑄《風流子》。短，周密《三姝媚》。悵，史達祖《風流子》。暮，吳激《風流子》。春，高觀國《鷓鴣天》。離，柳永《鶴沖天》。終，張景修《選冠子》。病，楊恢[二]《倦尋芳》。

畫，王沂孫《望梅》。情，徐南谿《瑞鶴仙》。夢，周邦彦《過秦樓》。幾，劉之才《玲瓏四犯》。幾，万俟詠《憶秦娥》。幾，陳恕可《齊天樂》。最，張炎《瑣窗寒》。多，莫崙《摸魚兒》。一。翁孟寅《燭影摇紅》。

【校】

[一] 閒：王沂孫《望梅》（畫闌人寂）作「闌」。

[二] 楊恢：當作湯恢。「病厭」句出自湯恢《倦尋芳》（獸環半掩）。

又

綺窗睡起春遲，小憐[一]未解論心素。香槽撥鳳，檀盤戰象，錦箋揮兔。笑底歌邊，醉餘夢裏，倚闌無語。做踏青天氣，采茶時節，幽恨積，歡盟誤。　兩兩鶯啼何許。柳蒙茸、暗淩波路。誰知怨抑，碧紗秋月，青燈夜雨。舞帶歌鈿，藥爐經卷，酒籌花譜。歎俊遊疏懶，佳音迢遞，有消魂處。

綺，楊无咎《柳梢青》。小，晏幾道《玉樓春》。香，張先《傾盃樂》。檀，吕渭老《選冠子》。錦，薩都剌《水龍吟》。笑，黄廷璹《齊天樂》。醉，張炎《掃花遊》。倚，黄公度《青玉案》。做，柴望《念奴嬌》。采，劉克莊《秦樓月》。幽，劉學箕《賀新郎》。歡，吴文英《西子妝》。兩，范成大《如夢令》。柳，施樞《摸魚子》。誰，周邦彦《瑣窗寒》。碧，晏殊《撼庭秋》。青，張可久《人月圓》。舞，李萊老《點絳脣》。藥，王特起《喜遷鶯》。酒，王易簡《齊天樂》。歎，史達祖《慶清朝》。佳，杜安世《剔銀燈》。有。汪輔之《行香子》。

【校】

［一］憐：晏幾道《木蘭花》（小蓮未解論心素）作「蓮」。

又

歸思

歸期莫數芳晨，今年自是清明晚。梅花雪冷，杏花風小，桃花浪暖。半掬羈心，一襟離緒，幾番[二]嬌怨。把紅爐對擁，翠樽雙飲，分別後，思量遍。　簾影參差滿院。正斜陽、澹煙平遠。日長人瘦，路長信杳，天長夢短。舊閣塵封，吟箋淚漬，明璫聲斷。悵香銷麝土，恨凝蛾岫，病多依黯。

歸，張元幹《柳梢青》。今，史達祖《杏花天》。梅，周密《夜合花》。杏，蔣捷《解珮令》。桃，柳永《柳初新》。半，史深《玉漏遲》。一，陳以莊《水龍吟》。幾，楊无咎《雨中花》。把，李億《徵招》。翠，姜夔《八歸》。分，徐照《阮郎歸》。思，張榘[二]《摸魚兒》。簾，周邦彥《秋蕊香》。正，翁元龍《倦尋芳》。日，孫惟信《燭影搖紅》。路，袁去華《垂絲釣》。天，黃孝邁《湘春夜月》。舊，李演《聲聲慢》。吟，黃機《水龍吟》。明，柴望《祝英臺近》。悵，張翥《掃花遊》。恨，張炎《探芳信》。病。高觀國《齊天樂》。

【校】

[一]番：楊无咎《雨中花令》（早已是花魁柳冠）作「多」。

[二]張榘：當作張矩。「思量遍」句出自張矩《摸魚兒·重過西湖》。

綺羅香

豆蔻朱簾，梨英翠箔，別有傷心無數。聚散匆匆，懶記温柔舊處。問甚時、重見桃根，念後約、頓成輕負。又爭知、一字相思，錦箋誰與寄愁去。藍橋人斷歲久，況是懨懨病起，菱花羞覷。腕玉香銷，塵鎖寶箏絃柱。弄舊寒、晚酒醒餘，第一是、難聽夜雨。空淒怨、多少消魂，緑波芳草路。

豆，張翥《水龍吟》。梨，黃廷璹《齊天樂》。別，姜夔《齊天樂》。聚，幼卿《浪淘沙》。懶，史達祖《花心動》。問，黃孝邁《湘春夜月》。念，康與之《應天長》。又，王沂孫《高陽臺》。錦，周密《齊天樂》。

藍，利登《齊天樂》。況，譚宣子《春聲碎》。菱，孫居敬《喜遷鶯》。腕，石孝友《眼兒媚》。塵，徐□□《真珠簾》。弄，吳文英《高陽臺》。第，張炎《月下笛》。空，劉頡《滿庭芳》。緑。楊冠卿《東坡引》。

疏影

落梅

迎風低掠。點飛英如雪，怨深難託。小院無人，環珮初[一]歸，醉怯冷香羅薄。南樓不恨吹橫笛，恨衹恨、相違舊約。尚依依、花月關心，夢想[二]揚州東閣。　爲喚香魂教醒，聽春禽聲續，朝暮如昨。粉怯珠愁，酒灩酥融，纔見還因飛卻。含章睡起宫妝褪，記半面、淺窺朱箔。望隴驛、音信沈沈，曾寄一枝柔弱。

迎，曾原隆《過秦樓》。點，劉翰《好事近》。怨，柴望《桂枝香》。小，楊恢[三]《滿江紅》。環，翁孟寅《燭影摇紅》。醉，趙聞禮《瑞鶴仙》。南，吳文英《高陽臺》。恨，柳永《鳳凰閣》。尚，張炎《風入松》。夢，趙以夫《角招》。爲，王同祖《西江月》。聽，無名氏[四]《好事近》。朝，高觀國《蘭陵王》。粉，王沂孫《望梅》。酒，張榘[五]《應天長》。纔，續雪谷《念奴嬌》。含，白樸《秋色橫空》。記，張翥《東風第一枝》。望，張先《恨春遲》。曾。蔡松年《念奴嬌》。

【校】

〔一〕初：翁孟寅《燭影揺紅》（楼倚春城）作「空」。

〔二〕想：趙以夫《角招・梅》作「繞」。

〔三〕楊恢：當作湯恢。「小院」句出自湯恢《滿江紅》（小院無人）。

〔四〕無名氏：當作趙聞禮。「聽春」句出自趙聞禮《好事近》（小枕夢催閒）。

〔五〕張榘：當作張矩。「酒灩」句出自張矩《應天長・斷橋殘雪》。

沁園春

人倚西樓，樓倚花梢，輕雲半遮。正霧衣香潤，沈吟洛涘，霞綃淚揾，憔悴天涯。翠幌嬌深，緑屏夢杳，暖日閒窗映碧紗。扶頭怯，記前回酒困，困後呼茶。　玉簫吹落梅花。且休把、江頭千樹誇。但年光暗換，垂楊繫馬，流光暗度，翳柳啼鴉。塵鏡羞臨，夜燈慵剪，錦帳重重捲暮霞。銷凝處，有何人留得，歸雁平沙。

人，張耒《風流子》。樓，王嵎《祝英臺近》。輕，李演《八六子》。正，周密《木蘭花慢》。沈，徐寶之《桂枝香》。霞，陳允平《絳都春》。顛，趙彦端《點絳脣》。翠，劉一止《喜遷鶯》。緑，李萊老《揚州慢》。

暖，歐陽炯《定風波》。扶，范成大《秦樓月》。記，利登《洞仙歌》。困，陳三聘《朝中措》。玉，劉翰《清平樂》。且，張炎《瑤臺聚八仙》。但，莫崙《水龍吟》。垂，辛棄疾《念奴嬌》。流，丁默《齊天樂》。翳，杜龍沙《雨霖鈴》。塵，吴元可《鳳凰臺上憶吹簫》。夜，陳允平《瑞鶴仙》。錦，賀鑄[一]《浣谿沙》。銷，胡翼龍《滿庭芳》。有，朱敦儒《好事近》。歸。王沂孫《高陽臺》。

【校】

[一]賀鑄：當作秦觀或張先。「錦帳」句出自秦觀（一作張先）《浣谿沙》（錦帳重重捲暮霞）。

又

樓影沈沈，簾影垂垂，佳人未逢。記笑桃門巷，酸心一縷，垂楊庭院，幽恨千重。寶鑑慵拈，冰匳羞對，夢覺雲屏依舊空。閒無事，趁芳樽泛蟻，錦帳翻虹。斷橋流水溶溶。怕流作、題情腸斷紅。向湖邊柳外，香生玉塵，闌隈砌角，釵墜金蟲。頻聽銀籤，重熏翠被，麝冷燈昏愁殺儂。愁無已，有香風縹緲，斜月朦朧。

樓，朱藻《采桑子》。簾，李振祖《浪淘沙》。佳，曹組《婆羅門令》[二]。記，程垓《洞庭春色》。酸，史達祖《玉燭新》。垂，歐陽修《青玉案》。幽，黃昇《行香子》。寶，杜安世《燕歸梁》。冰，黃機《傳言玉女》。夢，韋莊《天仙子》。閒，蔣捷《洞仙歌》。趁，無名氏《夏日宴黌堂》。錦，吴儆《滿庭芳》。斷，蔡伸《滿庭芳》。怕，吴文英《八寶妝》。向，江緯《向湖邊》。香，米芾《滿庭芳》。闌，沈公述《望南雲慢》。釵，翁元龍《風流子》。頻，韓瞟《高陽臺》。重，唐藝孫《天香》。麝，陳克《鷓鴣天》[二]。愁，賀鑄《小梅花》。有，李光《瓊臺》。斜。趙長卿《行香子》。

【校】

[一]《婆羅門令》：當作《婆羅門引》。「佳人」句出自曹組《婆羅門引》（漲雲暮捲）。

[二]《鷓鴣天》：當作《憶王孫》或《豆葉黄》。「麝冷」句出自陳克《憶王孫》（鞦韆人散小庭空）。

又

秋宵

落日登樓，横竹吹商，愴然暗驚。正淒凉望極，水葒飄雁，徘徊步懶，露草流螢。羽扇微摇，翡幃低揭，夢遠春雲不散情。添離索，想綺窗今夜，爲我銷凝。　淒清。枕簟凉生。又爭奈、西風吹恨醒。悵舊歡無據，斜搴珠箔，亂愁無際，獨唤瑶箏。鳳繡猶重，獸香不斷，雨歇花梢月正明。闌干憑，漫[一]尋尋覓覓，廊葉秋聲。

落，劉克莊《滿江紅》。橫，王月山《齊天樂》。愴，秦觀《八六子》。正，施岳《水龍吟》。水，翁元龍《水龍吟》。徘，江致和《五福降中天》。露，王沂孫《金盞子》。羽，趙汝鈉《水龍吟》。翡，無名氏《紅窗睡》。夢，趙君舉《憶王孫》。添，吴潛《滿江紅》。想，岳珂《滿江紅》。爲，王億之《高陽臺》。淒，姚雲文《紫萸香慢》。枕，鄧剡《浪淘沙》。又，陳允平《八寶妝》。悵，蕭東父《齊天樂》。斜，謝懋《解連環》。亂，郭從範《瑞鶴仙》。獨，韓疁《浪淘沙》。鳳，毛滂《踏莎行》。獸，周邦彦《少年遊》。雨，黄時龍《浣谿沙》。闌，黄機《摸魚兒》。漫，戴山隱《滿江紅》。廊。吴文英《八聲甘州》。

【校】

[一] 漫：戴山隱《滿江紅·聞笛》作「謾」。

鶯啼序

別緒

汀洲漸生杜若，渺蒼茫何許。漫過卻、歌夕吟朝，斷魂分付潮去。醉乍醒、一庭春寂，閒窗盡日將愁度。問此愁還有誰知，夕陽無語。　繡戶珠簾，暝靄向斂，倩東風約住。襟袖上、空染啼痕，啼痕猶濺紈素。遍天涯、尋消問息，更多少、無情風雨。夢半闌、欹枕初聞，淒涼酸楚。　市橋繫馬，宫柳招鶯，又别君南浦。便怕有、踏青期[一]誤，拾翠沙空，芳信不來，錦書難據。思和雲積[二]，夢和香冷，此時無限傷春意，送孤鴻、目斷千山阻。畫闌憑遍，無端又斂雙眉，關心去年情緒。　簟波零亂，屏影參差，但黯然凝竚。甚年年、共憐今夕，箏譜慵看，怕説當時，酒盃慵舉。雙螺未合，雙鴛細蹙，臂寬條脱添新瘦，悵玉容、寂寞春知否。要知欲見無因，記取盟言，自今細數。

汀，周邦彦《解連環》。渺，張輯《徵招》。漫，黄廷璹《解連環》。斷，郭從範《念奴嬌》。醉，施岳《曲遊春》。閒，袁去華《東坡引》。問，王沂孫《高陽臺》。夕，張耒《風流子》。繡，晏殊《玉堂春》。暝，李甲《弔嚴陵》。倩，程過《謁金門》。襟，秦觀《滿庭芳》。啼，陳允平《摸魚子》。遍，李玉《賀新郎》。更，宋徽宗《宴山亭》。夢，僧晦《高陽臺》。淒，汪元量《水龍吟》。市，尹煥《眼兒媚》。宫，翁元龍《水龍吟》。又，嚴仁《好事近》。便，彭元遜《玉女迎春慢》。拾，賀鑄《厭金盃》。芳，黄孝邁《水龍吟》。錦，張鎡《宴山亭》。思，吴文英《解連環》。夢，孫惟信《風流子》。此，張先《八寶裝》。送，葉夢得《金縷曲》。畫，王月山《齊天樂》。無，石瑶林《清平樂》。關，胡翼龍《徵招》。簟，趙善杠《賀新郎》。屏，方君遇《風流子》。但，柳永《鵲橋仙》。甚，奚淢《華胥引》。箏，吕渭老《選冠子》。怕，張炎《國香》。酒，盧炳《點絳脣》。雙，姜夔《少年遊》。雙，史達祖《步月》。臂，張端義《倦尋芳》。悵，黃機《摸魚兒》。要，周格非《多麗》。記，黃庭堅《減字木蘭花》。自。楊纘《一枝春》。

【校】

[一] 期：彭元遜《玉女迎春慢》（淺入新年）作「人」。

[二] 積：吴文英《解連環・留别姜石帚》作「結」。

麝塵蓮寸集補遺

詞刻將竣，偶檢書簏，得殘稿十數闋，續存於後，亦敝帚自享之意也。汪淵識。

訴衷情

晚風楊柳綠交加。腸斷欲棲鴉。年年飛絮時節，猶不見還家。　金鳳舞，玉蟾斜。思無涯。半欹犀枕，半彈鸞釵，半掩鮫紗。

晚，李萊老《浪淘沙》。腸，趙令時《錦堂春》。年，張雨《百字令》。猶，蘇軾《少年遊》。金，韋莊《應天長》。玉，賀鑄《攤破浣谿沙》。思，張翥《六州歌頭》。半，馮延巳《賀聖朝》。半，孫氏《燭影摇紅》。半。盧祖皋《醜奴兒慢》。

柳梢青

紅杏香中，綠楊影裏，芳意婆娑。乳燕穿簾，乳鶯梳翅，乳鴨隨波。　碧雲風月無多。漫敲缺、銅壺浩歌。笑吐丁香，重澆卯酒，不奈春何。

紅，趙長卿《水龍吟》。緑，宋祁《玉漏遲》。芳，劉鎮《水龍吟》。乳，孫氏《燭影搖紅》。乳，曾原隆《過秦樓》。乳，方千里《華胥引》。碧，張孝祥《柳梢青》。漫，張樞《慶宫春》。笑，劉景翔《念奴嬌》。重，張翥《水龍吟》。不。范成大《減字木蘭花》。

又

碧蘚迴廊。青蕪平野，紅葉低窗。幾度斜暉，幾回殘月，幾綫餘霜。　風帷吹亂凝香。兀誰管、今宵夜長。駝褐侵寒，鸞絃解語，鴛錦啼妝。

碧，無名氏《踏莎行》。青，蔡松年《聲聲慢》。紅，蔣捷《聲聲慢》。幾，蘇軾《八聲甘州》。幾，周密《齊天樂》。幾，無名氏《夏日宴黌堂》。風，陳師道《清平樂》。兀，楊果《太常引》。駝，周邦彦《西平樂》。鸞，衛元卿《齊天樂》。鴛。蔡伸《鎮西》。

少年遊

梅村蹋雪，蘚堦聽雨，舊事懶追尋。青鳳啼空，翠虬騰架，看得緑成陰。　鸞臺窺鏡，鴛梭織錦，難話此時心。峨髻愁雲，瓊肌沁露，憔悴到如今。

梅，李昴英《摸魚兒》。薛，史達祖《祝英臺近》。舊，趙長卿《浪淘沙》。青，王沂孫《一萼梅》。翠，盧祖皋《水龍吟》。看，陳克《臨江仙》。鸞，郭從範《瑞鶴仙》。鴛，陳允平《酹江月》。難，魏承班《生查子》。峨，吴文英《永遇樂》。瓊，張埜《念奴嬌》。憔。袁去華《一叢花》。

望江南

柳

長亭柳，何事苦顰眉。不奈金風兼玉露，更看緑葉與青枝。消瘦有誰知。　芳菲歇，楚客慘將歸。鸚鵡洲邊鸚鵡恨，杜鵑花裏杜鵑啼。愁緒暗縈絲。

長，黄庭堅《驀山谿》。何，趙令畤《小重山》。不，歐陽修《玉樓春》。更，蘇軾《定風波》。消，方千里《少年遊》。芳，向子諲《秦樓月》。楚，周邦彦《風流子》。鸚，陳允平《望江南》。杜，晏幾道《鷓鴣天》。愁。秦觀《一叢花》。

瑞鷓鴣

夜香燒了夜寒生。人倚低窗小畫屏。新酒又添殘酒困，別時不似見時情。金絲帳暖牙牀穩，翡翠簾深寶簟清。惆悵行雲無覓處，子規啼盡斷腸聲。

夜，曹良史《江城子》。人，洪咨夔《南鄉子》。新，趙令時《蝶戀花》。別，黃庭堅《南歌子》。金，馮延巳《賀聖朝》。翡，趙君舉《憶王孫》。惆，舒亶《木蘭花》。子。杜安世《浪淘沙》。

一剪梅

用東浦詞體

短燭熒熒射[二]碧窗。冰輪轉影，玉枕生涼。深秋不寐漏初長。楓葉飄紅，梧葉飄黃。一曲危絃斷客腸。小鶯捎蝶，歸鳳求凰。佳期難會信茫茫。松雪飄寒，梅雪飄香。

短，陳克《浣谿沙》。冰，楊无咎《曲江秋》。玉，趙令時《滿庭芳》。深，閻選《虞美人》。楓，呂渭老《傾盃令》。梧，王詵《行香子》。一，嚴仁《鷓鴣天》。小，李肩吾《風流子》。歸，楊冠卿《蝶戀花》。佳，孫光憲《浣谿沙》。松，周密《法曲獻仙音》。梅。趙長卿《燭影摇紅》。

【校】

［一］射：陳克《浣谿沙》（短燭熒熒照碧窗）作「照」。

兩同心

瑣窗睡起，繡被重重。下犀簾、金波瀲灩，敲象板、珠袖玲瓏。空贏得，恨對南雲，倦倚東風。　腸斷十二臺空。何處相逢。淚涓涓，慢愁［一］箏雁，情默默、長望書鴻。難忘處，玉暖酥凝，燭灺歌慵。

瑣，楊恢［二］《二郎神》。繡，柳永《洞仙歌》。下，無名氏《搗練子》。金，陳堦《滿庭芳》。敲，陳紀《賀新郎》。珠，翁元龍《風流子》。空，杜安世《燕歸梁》。恨，劉一止《夢横塘》。倦，黄簡《柳梢青》。腸，張翥《春從天上來》。何，劉克莊《沁園春》。淚，周紫芝《江城子》。慢，趙以夫《燭影摇紅》。情，周密《鷓鴣天》。長，賀鑄《好女兒》。難，蔡伸《滿庭芳》。玉，陸游《沁園春》。燭。趙長卿《行香子》。

【校】

［一］愁：趙以夫《燭影摇紅》（乍冷還暄）作「調」。

［二］楊恢：當作湯恢。「瑣窗」句出自湯恢《二郎神·用徐幹臣韻》。

祝英臺近

錦鴛閒，衾鳳冷，留夢繞羅幕。夢斷難尋，如雪綴煙薄。侵晨淺約宮黄，淡籠紈素，正困倚、鉤闌斜角。　捲珠箔。真個恨殺東風，東風妒芳約。愁到今年，人比去年覺。當時翠縷吹花，金釵鬥草，對皓月、忍思量著。

錦，周密《鷓鴣天》。衾，晏幾道《阮郎歸》。留，吴文英《醉落魄》。夢，李之儀《留春令》。如，無名氏《泛蘭舟》。侵，周邦彦《瑞龍吟》。淡，李宏模《慶清朝》。正，蔣捷《解連環》。捲，張元幹《蘭陵王》。真，德祐太學生《念奴嬌》。東，張榘[一]《應天長》。愁，張炎《探芳信》。人，范成大《醉落魄》。當，黄廷璹《宴清都》。金，陳亮《水龍吟》。對。謝懋《解連環》。

【校】

［一］張榘：當作張矩。「東風」句出自張矩《應天長·蘇堤春曉》。

暗香

殘梅

鳳樓人獨。見南枝向暖，染波芬馥。夢入羅浮，宿酒醒遲、恨難續。到得壽陽宮額，甚淺掠[一]、未忺妝束。但傷心、冷落黄昏，飛去自相逐。香玉。兩簌簌。記芳徑暮歸，頻泛醽醁。坐看不足。緩步香茵、倚寒竹。倚到西廂月上，又卻怨、玉龍哀曲。慎莫負、朝雪霽，白雲在目。

鳳，張樞《清平樂》。見，無名氏《漢宫春》。染，石瑶林《霓裳中序第一》。夢，周密《齊天樂》。宿，趙令時《蝶戀花》。恨，吴潛《賀新郎》。到，劉燾《花心動》。甚，張翥《聲聲慢》。但，辛棄疾《瑞鶴仙》。飛，蔡伸《醉落魄》。香，温庭筠《歸國謡》。兩，蘇軾《賀新郎》。記，方君遇《風流子》。頻，施翠巖《桂枝香》。坐，楊无咎《兩同心》。緩，韓縝《鳳簫吟》。倚，蔣捷《賀新郎》。倚，胡翼龍《西江月》。又，姜夔《疏影》。慎，張先《慶佳節》。朝，吴文英《祝英臺近》。白。陳允平《蕙蘭芳引》。

【校】

[一]淺掠：張翥《聲聲慢·九日泛湖，遊壽樂園賞菊，時海棠花開，即席命賦》作「淒涼」。

醉蓬萊

歸思

趁西泠載酒，北阜尋幽，東郊拾翠。盼得春來，奈未成歸計。媚臉籠霞，仙肌勝雪，悵曲闌獨倚。目斷魂消，野棠如織，海棠如醉。　七里灘邊，百花洲畔，漲緑涵空，亂紅飄砌。家在[一]江南，寄此情千里。幾處房櫳，幾重簾幕，歎幾縈夢寐。衛玠清羸，蘭成愁悴，那人知未。

趁，張翥《真珠簾》。北，李彭老《一萼紅》。東，易祓《驀山谿》。盼，張雨《早春怨》。奈，姜夔《徵招》。媚，僧揮《念奴嬌》。仙，吴激《人月圓》。悵，趙以夫《徵招》。目，蘇軾《蝶戀花》。野，孫光憲《後庭花》。海，陸游《水龍吟》。七，方有聞《點絳脣》。百，張炎《聲聲慢》。漲，高士談《減字木蘭花》。亂，韓琦《點絳脣》。家，辛棄疾《滿江紅》。寄，張先《師師令》。幾，翁元龍《風流子》。幾，黄機《憶秦娥》。歎，吴文英《鶯啼敘》[二]。衛，周邦彥《大酺》。蘭，黄昇《酹江月》。那。趙聞禮《魚游春水》。

【校】

[一] 在：辛棄疾《滿江紅》（家住江南）作「住」。

[二]《鶯啼敘》：即《鶯啼序》。「歎幾」句出自吴文英《鶯啼序·詠荷和趙修全韻》。

又

正蒲風微過，梨雪初飄，榆煙新换。百卉爭妍，且相期共看。落絮橋邊，尋芳原上，識秋娘庭院。金鴨香寒，玉龍聲杳，銀蟾光滿。　楊柳池塘，海棠簾箔，拍拍輕鷗，翩翩小燕。困倚危樓，更傷高念遠。鮫室珠傾，犀匳黛捲，問何時重見。憔悴而今，素箋寄與，紫簫吹斷。

正，趙功可《曲遊春》。梨，梁寅《燕歸慢》。榆，張翥《水龍吟》。百，歐陽修《采桑子》。且，周景《水龍吟》。落，潘元質《孟家蟬》。尋，李甲《過秦樓》。識，周邦彦《拜星月慢》。金，張埜《奪錦標》。玉，趙長卿《念奴嬌》。銀，柳永《傾盃樂》。楊，晁沖之《玉胡蝶》。海，趙聞禮《瑞鶴仙》。拍，張孝祥《多麗》。翩，王沂孫《南浦》。困，秦觀《減字木蘭花》。更，沈會宗《漢宫春》。鮫，楊子咸《木蘭花慢》。犀，張鎡《宴山亭》。問，陳允平《拜星月慢》。憔，劉鎮《高陽臺》。素，詹玉《桂枝香》。紫。張輯《疏簾淡月》。

齊天樂

臨窗滴淚研殘墨，樽前漫題金縷。啼鴂聲中，飛鴻影裏，偷把秋期頻數。秋期又誤。正緑芰擎霜，黄蕉攤雨。爭忍重聽，蕭蕭金井斷蛩暮。　良宵誰見哽咽，斷腸人寂寞，猶記窺戶。晚月魂清，行雲夢冷，多少關心情緒。殷勤寄與。向寶鏡鸞釵，錦紋魚素。枉自銷凝，説愁無處所。

臨，無名氏[一]《踏莎行》。樽，周密《聲聲慢》。啼，蔣捷《粉蝶兒》。飛，晏幾道《少年遊》。偷，李彭老《念奴嬌》。秋，劉天迪《一萼紅》。正，馮去非《喜遷鶯》。黄，周伯弜《二郎神》。爭，吴文英《三姝媚》。蕭，張翥《綺羅香》。良，張炎《綺羅香》。斷，楊冠卿《謁金門》。猶，高觀國《永遇樂》。晚，劉光祖《踏莎行》。行，陳允平《水龍吟》。多，趙長卿《念奴嬌》。殷，王易簡《天香》。向，陸游《風流子》。錦，方千里《華胥引》。枉，史達祖《慶清朝》。説。程垓《謁金門》。

【校】

［一］無名氏：當作趙聞禮。「臨窗」句出自趙聞禮《踏莎行》（照眼菱花）。

望湘人

向煙霞堆裏，水月光中，羅帷[一]繡幕高捲。露濕銅鋪，風傳銀箭。憑久闌干留暖。載酒園林，吹簫門巷，飛梭庭院。爲情多、攙盡芳春，懊恨春來何晚。花下試翻歌扇。映紫蘭嬌小，緑楊輕軟。又誰料而今，舊事如天漸遠。鳳絃長下，魚封永斷。没處與人消遣。可憐是、倚竹依依，翻作一番新怨。

向，李萊老《木蘭花慢》。水，趙汝愚《柳梢青》。羅，何籀《宴清都》。露，姜夔《齊天樂》。風，柳永《長相思慢》。憑，儲泳《齊天樂》。載，陸游《沁園春》。吹，周密《水龍吟》。飛，陳允平《絳都春》。爲，趙聞禮《瑞鶴仙》。懊，無名氏《買馬索》。花，趙崇嶓《過秦樓》。映，張矩[二]《孤鸞》。緑，楊无咎《安公子》。又，程垓《摸魚兒》。舊，翁孟寅《燭影摇紅》。鳳，史達祖《三姝媚》。魚，賀鑄《風流子》。没，侯寘《風入松》。可，高觀國《金人捧露盤》。翻。王特起《喜遷鶯》。

【校】

[一] 帷：何籀《宴清都》（細草沿堦軟）作「幃」。

[二] 張矩：當作張榘。「映紫」句出自張榘《孤鸞·以梅花壽趙懶窩壽》。

又

任叫雲橫笛，憑月携簫，離腸未語先斷。黿甲屏開，魚鱗簟展。幾許傷春春晚。細葉舒眉，垂楊彈髻，野花留靨。但莫教、嫩緑成陰，辜負芳叢無限。　琴罷不堪幽怨。正白蘋風急，青蕪煙淡。對觸目淒涼，荏苒膩寒香變。文鴛繡履，乘鸞寶扇。誰信人間重見。暗惹起、一掬相思，脈脈兩蛾愁淺。

任，趙師使《賀聖朝》。憑，朱敦儒《聒龍謡》。離，盧祖皋《宴清都》。黿，張炎《壺中天》。魚，柳永《玉胡蝶》。幾，賀鑄《望湘人》。細，張景修《選冠子》。垂，吴文英《江南好》。野，王特起《喜遷鶯》。但，俞國寶《瑞鶴仙》。辜，程珌《念奴嬌》。琴，張元幹《水調歌頭》。正，張輯《釣船笛》。青，陳允平《氐州第一》。對，秦觀《木蘭花慢》。荏，趙崇嶓《過秦樓》。文，張先《減字木蘭花》。乘，趙彦端《鵲橋仙》。誰，劉瀾《齊天樂》。暗，史達祖《東風第一枝》。脈。陳克《謁金門》。

瑶天笙鶴詞

序一

在昔詩篇，類均入樂。漢初，制氏尚記鏗鏘，唐山著《房中》之歌，戚姬善《望歸》之曲。《白麟》、《赤雁》，協律集乎五絃；《西曲》、《南弄》，清商沿於六代。有唐而後，因事立題，「黄河白雲」，賭旗亭之一唱；「渭城朝雨」，聽《陽關》之四聲。《三疊》《八拍》，始有襯字，是以《竹枝》、《柳枝》異名而變腔，法曲、大曲應節以轉步，倚聲製詞所由仿也。績谿汪君詩圃，以清敻之才，工側艷之語，瓊想夢月，清思浣雲，刻羽引商，遂多篇什。拗成《蓮寸》，有踰《蕃錦》之觀；君集古詞句爲一集，名《麝塵蓮寸》。拈出《藕絲》，大似《梅谿》之製。《藕絲詞》四卷，君少作也，已刻盛傳。近鄰芳躅，寄示新編，命以題辭，爲述甘苦。觀其因物抽綺，窮力追新，委婉如訴，纏綿若結。情深而不冶，辭縟而不繁，意密而不流，韻芳而不匱。笙孔萬悦，似步虚之有聲；鶴鳴九霄，或寫怨而墮淚。洵可謂驚采絶艷，獨秀前哲者已。新安古郡，大好山水，謫仙寓居，導我先路。求諸近代，尤多詞彦，《篋中》一選，記譚子之化書；復堂選《續篋中詞》曾録君作，又爲《麝塵蓮寸集》作序。《小築雙橋》，江蓉舫都轉近刻詞集名。燦江郎之彩筆。辱窺兹集，喜應同聲；按律審音，各臻微詣。君真雕手，盛傳「梅子」之名；僕亦狐禪，解唱《桂枝》之曲。漫爲喤引，證此襟期，四海之内，避世之徒，豈無慕嚴陵之釣，買櫂而泝漸源；訪浮邱之蹟，歘侶而躋雲海者乎？光緒己亥四月，天臺王詠霓譔。

序二

慨自荆棘塞途，枉墮銅駝之淚；芙蓉隔巘，難傳玉燕之書。世局滄桑，惟管城未壞；生涯潦草，幸紙界猶寬。減字偷聲，且修簫譜；長吟短詠，敢輟絃歌？巢父巢居，巢外無地；壺公壺隱，壺中有天。挈廉吏之琴龜，控故人之笙鶴。神交千里，情寄一緘。詩伯甫來，詞仙又至，甲張恐後，乙李爭先。梨棗欲春，桑榆非晚，《由庚》一律，續補《南陔》。知己幾人，得如東野，設宫分羽，經徵列商。總衆清以爲林，彙萬類而逗節。嘉賓鳴鹿，仙令飛鳧，舒嘯蘭皋，周行蘋野。

我徽有汪先生詩圃者，余之同門友也，以文苑鳳毛主騷壇牛耳，既屬同心之契，非無一面之緣。猶憶少時，薄遊芹泮，緬懷壯歲，幾度棘闈，但識姓名，未通謦欬，不道報平安之會，乃今在衰朽之年。去日苦多，同嗟寒素；夕陽雖好，已近黄昏。世上千年，不過希夷沈睡；山中七日，願爲王子求仙，此瑶天笙鶴之詞所由成也。鮃鰈參差，蝼蛇上下。跱䎱歧之企鳥，潘安仁刻劃雅音；潘岳有《笙賦》。偉胎化之仙禽，鮑明遠揣摩舞態。鮑昭有《舞鶴賦》。一言均賦，六代清才。流逸韻於九皋，結長悲於萬古。瓊樓玉宇，高處生寒；金柱銀箏，愁中消夜。雲花黑白，鬱爲玳瑁之梁；霜樹紅黄，掩映珊瑚之海。自來逸老，慣挾飛仙。三百篇蓮麝齊香，謂詩圃之《麝塵蓮寸集》詞。六十載芸蟫俱化。況詩圃之爲詞也，輢白石，轢碧山，軒玉田，輊樊榭，得草窗之雋，有竹屋之癡。風雨空山，江花筆底；煙雲佳境，謝草池邊。登群玉之峯，鳳鸞有律；入衆香之國，蝴蝶皆仙。擲地成金石之聲，燭天奪珠璣之色。秋鴻春燕，無感不通；早雁初鶯，有來斯應。黄花笑冷，紅豆拈新。卌載青衫，一編白紵。客星散而德星聚，舊雨少而今雨多。雲水蹤留，雪泥印在。汪倫送我，情深繞岸之桃；吴質依人，愧比踰淮之橘。瓊瑰無夢，翰墨有靈。白嶽之英，黄山之秀。斯文未喪，吾道不孤。浮白謳思，覺素心其默契；殺青伊邇，鳌篇目於靈飛。笙磬同音，協律振千秋之奇響；瑶琚永好，論文定一代之詞宗。樂觀厥成，敢爲之序。時在民國四年乙卯秋，同門弟歙吴承烜拜敘於淮東。

題辭

休寧吴長榮蝶卿

臨江仙

萬里瑶空秋一碧，月明有客吹笙。天風謖謖羽衣輕。聯翩玄鶴控，彷彿紫鸞鳴。

玉宇高寒銀漢邈，依稀古調重賡。集多紅友未收之調。小山樂府漫同評。涵虚子《詞品》以張小山爲瑶天笙鶴。前身王子晉，今代史邦卿。

瑶天笙鶴詞卷一

南鄉一剪梅

微雨畫廊陰。簾外飛花二寸深。燕又不來春又去，愁也難禁。病也難禁。　別夢酒醒尋。玉怨香啼淚一襟。梅子心酸蓮子苦，酸也儂心。苦也儂心。

浪淘沙

宫鬢畫蘭妝。卻月眉長。水沈熏徹藕絲裳。簾捲西風人獨立，瘦比花黄。　形影細端相。合字寒簧。一生消受恁淒涼。不信秋來秋是夢，夢也難雙。

浣谿紗

魚鑰沈沈晝掩扉。珠旛不動篆煙微。忍寒吹徹玉參差。　燭淚蠶絲情未斷，花香鳥語戒難持。一春長是費尋思。

金縷曲

題金肖琴明經「桂科十悼」詞卷

滴盡才人淚。憶當年、驚心風鶴，舉家潛避。梗泛萍飄何處定，一舸五湖范蠡。乍回望、玉峯竹裏。匣劍囊琴並畫軸，恍陳倉、獵碣荆榛委。詞十索，漫重擬。　滄桑轉换人間世。待歸來、尋消問息，都如夢寐。華屋山邱多少恨，一例劫灰沈水。况過眼、雲煙空示。感逝傷離同此慨，縱天荒、地老情難已。文十賚，合重記。

買陂塘

白菜

問荒園、鴉鋤鋤處，寒菘幾稜栽早。霜風剪剪籬根摘，休認紫花開曉。秋末了。望野圃青青，暮節松同保。畦丁送到。較雪裏冬葓，雨中春韭，滋味此尤好。英雄事，誰識當年懷抱。種餘門閉深悄。慚儂清白傳家舊，賸有菜根堪齩。還失笑。笑苜蓿盤飧，也未輸多少。香齏又擣。待冰甕開餘，晶鹽調罷，一飯晚餐飽。

鵲橋仙

筦絃聲裏，綺羅叢畔，幾度金樽頻倒。一屏梅影澹如雲，也消得雙渦微笑。頳鬟低攏，羞眸斜睇，歸向茸帷睡好。一絲夢影裊如煙，也化作雙心同繞。

齊天樂

寄懷子賢

一簾梅雨紅綃潤，金鳧篆煙消歇。蘚暈堦青，荷香沼碧，感念故人離別。情悰待說。奈水遠山長，夢魂難越。徙倚書窗，相思都向笛吹徹。　慚余初稿拙甚，時以所刊《藕絲詞》就正。衹沈詩任筆，君擅雙絶。砌石邀雲，穿泉養月，韻事曾經心折。餘園景物。君所居園名。好他日留題，翠羅箋疊。多少吟朋，琴樽高會列。

夏日宴贇堂

水國欲霜，雁聲送晚，正秋光醉人時也。用《樂府雅詞》韻

驛程長。有菱枝颭水，菰米流香。秋陰滿目，釀澤國新涼。斜陽歸櫂江天晚，甚紅衣、褪盡蓮房。賸露汀煙浦，疏蓬斷梗，漂泊鴛鴦。　舊夢可曾忘。憶白沙翠竹，帆影瀟湘。西風幾日，已瘦損絲楊。蕭蕭黄葉聲如雨，便旗亭、醉也無妨。更澹雲微月，

繩河一雁，唳徹清霜。

宴瑶池

釃寒吹水，早西風病柳，腰瘦如削。一雁斜陽天末至，驚回戍樓殘角。湘屏聽處，已蹙損、眉梢翠萼。那堪持照方諸，鏡潮紅斷淚痕閣。試香庭院秋夢覺。詩題霜葉，奈歡悰非昨。殺了明燈，有麝月窺衾，笑人離索。蛩吟牀下，也替怨、檀奴情薄。空留半鈿分釵，難尋前度約。

南柯子

軸軸簾鉤處，弓弓屧點聲。避人佯自下堦行。驀向畫闌東角目初成。　桃葉歌雙疊，梨花夢半醒。欲憑鶯燕訴深情。爭奈鶯啼燕語欠分明。

滿江紅

題《春思圖》

繡倦停針，又惹起、檀蛾低鎖。記當日、挨寒枕畔，偎香屏左。衾鳳雙窺肩玉倚，鏡鸞一笑鬟雲彈。怎而今、春夢醉春煙，愁無那。　宵來也，扶頭臥。朝來也，支頤坐。任東風扇底，幾番吹過。紅豆花殘盟誓負，青梅子結情緣破。縱人前、强欲諱相思，如何可。

孟家蟬

向帳眉繡鳳，屏角描鸞，訴説相思。正霧閣雲窗裏，誤舊夢多時。翻羨淡紅襟燕，傍玉壘、鎮是雙棲。最淒迷。細雨燈昏，瘦倚樓西。　春歸。問桃含仁苦，梅透心酸，此意誰知。山北山南，應歎別淚連絲。不見合歡花種，因甚事、衹種將離。劇憐伊。團扇泥金，曾乞新詞。

齊天樂

棋匳箱，爲唐虎臣守戎賦

滿天星斗誰收拾，沈檀鏤成函小。負並琴囊，安同硯匣，黑白兩匳藏早。仙翁一笑。笑橘隱園林，也曾携到。屜曳玻瓈，未輸黄竹織箱巧。　疏簾清簟客至，向松陰展處，塵廝封少。腷膊談餘，玲瓏製就，湯沐錫君偕老。何人解道。似日月雙丸，費壺韜曉。睹墅閒時，奚童歸荷好。

陂塘柳

吴儀五前輩《春郊耨饁圖》

聽桑陰、飛鳴布穀，一聲春早催及。東風散入郊原暖，綠遍兔葵燕麥。豐水北，所居名豐谿。好躬把，鴉鋤鋤向谿橋側。亭亭午日。唤提甕宣妻，緶纑仲婦，燔黍餉南陌。　投金瀨，前度俊遊歷歷。客遊溧陽最久。如今遊興非昔。霜華滿鬢塵勞謝，高卧故山雲白。貧也得。有下潠、百弓便自耕而食。煙蓑雨笠。喜荆布人來，菜根味進，偕隱傲沮溺。

前調

第二圖

展新圖、生綃滑笏，春原景物依舊。斜陽山外桃花影，掩映幾株疏柳。谿雨後，愛田水、潺湲扶杖聽來久。閑閑十畝。儘七白蔬烹，二紅飯煮，中饋賴賢婦。慚余拙，樂歲徒呼負負。蕓人聊藉餬口。半耕半讀家風在，清福讓君消受。衡宇叩。料荷篠、歸時稚子牽衣袖。高歌永晝。除經帶兒寬，案齊德耀，千載問誰偶。

暗香

晚香玉

翠雲一簇。似畹蘭葉茁，煙莖高矗。葉形似蘭。鈿朶乍開，粉樣玲瓏暗香觸。彷彿飛瓊下謫，移環佩、歸來空谷。禁不住、風露淒清，低墜半簪玉。　　餘馥。未盈掬。好折贈個儂，淺襯鬢緑。晚涼出浴。横截瑶肪瓣微蹙。似此芬馡雅韻，洵抵得、冰梅霜菊。笑茉莉、花氣烈，總嫌品俗。

三姝媚

友人有婢，眉目姣好而肌微黑，呼曰黑兒，詞以贈之

鉛華初洗罷。似居隣端端，墨池游乍。想像前身，是劉家圃内，牡丹開也。頭上雲生，休誤作、催詩雨灑。閒傍妝臺，漆點眸凝，黛研眉畫。　如鑑髮光相射。便彷彿玄妻，態尤姚冶。拔出泥中，遇烏衣子弟，儘堪論嫁。一顧傾城，應不負、北方聲價。婢，北人。莫認歸來京洛，緇塵暗惹。

南鄉子

題「柳影簫聲」帳額

雨霽晚涼天。楊柳如雲緑可憐。不是桃根雙姊妹，風前。幽恨誰憑尺八傳。　悄

悄並鴛肩。愁背篷窗夜未眠。檀口低偎蔥指按，悠然。吹得春江月也圓。

鳴梭

枕屏春夢醒吟窗。爐消迷迭香。年年三月，恨東風無力綰垂楊。强自開簾凝盼，青草遍池塘。微雨回廊。燕飛花外雙。　碧桃鬟亞褪濃妝。空餘胡蝶忙。羅襟彈淚，忍重看、錦瑟似伊長。賦罷鞓紅新闋，誰解侑離觴。庭宇淒涼。杜鵑啼斷腸。

臺城路

《瑶臺仙夢圖》

滿天風露蓬壺夢，夢痕蕩摇如水。玉宇高寒，銀河清淺，老鶴戛然宵唳。遊仙舊事。記緱嶺笙吹，月明千里。醉引珠幢，碧空秋掃紫鸞尾。　曹騰歸臥洞府，有虯松百尺，涼墮濃翠。霧薄銖衣，雲深石榻，笑問趾離呼未。塵凡脱屣。正曉入瑶臺，步虚聲遞。鐵笛龍吟，海山長歗起。

西窗燭

燕别芹巢，螿啼蘚壁，玉窗人意先怯。夢回一穗釭花瘦，早涼入西風，銀羅畫篋。待粉簾、放下駝鉤，潛聽箏調翠甲。　笛誰答。還記當時，同心結贈，留貯定情鈿合。而今事逐秋雲散，賸曉淚、熒熒偷彈絳蠟。悵蕙帷、耐盡清寒，輸與偎香睡鴨。

望江南

江南望，芳草碧毵毵。斜日畫橋流水遠，柳花如雪撲征衫。何處問歸帆。

又

羅衾冷，背地檢香燒。莫怨杏花消息斷，小樓一夜雨瀟瀟。魂弱不禁銷。

又

懨懨病，强起倚笙囊。花落半庭春不管，夕陽無語過東牆。悄立怨昏黄。

又

蘭釭灺，欹枕不成眠。獨自開門尋夢去，遠山如霧月如煙。悽絶五更天。

春歸怨

憑樓角危闌，望天際。歸舟歸未。斜照弄晴，斷雲催暝，目極萬重煙水。屢卜金錢，頻裁錦字，雨洗梨花淚。縱教燕子尋來，黯黯春陰瑣窗閉。　黄昏燈甫炙。無語明蟾，又窺簾底。倦倚舊熏籠，檢點紫鴛綾被。笑腰支，如苑柳，盡日三眠三起。算夢裏生涯，愁邊景況，已難遣、香憔粉悴。

望春回

春寒如水，庭梅盛開，用李景元韻

紙窗曉霽，正苔枝作花，芳韻清絶。吹破玉煙痕，任涼笛微咽。銅瓶鬆几春好在，記前番、茜袖曾攀折。縞衣人去，愁深愁淺，嫩寒時節。　知他幾生修到，映庭宇斜陽，籬落殘雪。除卻妻逋仙，更誰與盟結。東風料峭幽夢醒，怕冰姿消瘦香消歇。那堪簾外，啁啾翠羽，啼冷蘿月。

青房並蒂蓮

秋江放櫂，如入畫圖，用碧山韻

縱吟眸。正敗荷露冷，衰草霜收。嘹唳西風，涼雁落汀洲。夕陽帆影江南岸，問何人、款鷺盟鷗。溯去程、水淨沙明，一枝蘭櫂劃波柔。　沿堤畫圖展處，有柳外虹橋，荻外漁舟。望不見、蘋花舊榭，楓葉高樓。空餘半湖淡月，照候蟲、絮語助悲秋。更甚時、聽雨疏篷，夜燈摇夢笛悠悠。

好事近

倣希真《漁父詞》

泛泛缺瓜船，煙暖水痕銜碧。綱出桃花二寸，恰村醪沽得。　　緑楊如幄草如茵，醉臥意真適。喚起一丸冷月，照江天吹笛。

高陽臺

額覆蘭雲，眉分柳月，可人風格天然。背立雕闌，佯羞慵整珠鈿。一簾杏雨飄蕭久，料綺窗、冷落孤眠。悄無言。淚灑春棠，味苦秋蓮。　　初三下九嬉遊慣，甚凄涼錦瑟，辜負華年。擘破桃穰，心中仁去誰憐。翠屏瘦盡梨花夢，況今宵、夢更如煙。暗情牽。鶯語間關，燕語纏綿。

蝶戀花

胡蝶、月季畫箋

金粉零星香滿翅。兩兩三三，慣逐春風戲。一碧如煙芳草地。夢痕依約羅浮記。　可奈分身來扇底。月月花紅，日日尋花醉。携向畫闌揮暑意。錯疑撲得遊絲繫。

摸魚兒

送子賢之都

正匆匆、楝花香送，驪歌催唱《南浦》。舉頭日近長安遠，西笑出門何遽。君此去。便破浪、乘風壯志酬千古。長楊館住。有臣叔王郎，硯圃主政。婦翁樂令，曹理莽比部。同獻子雲賦。　知音寂，人海茫茫何處。酒徒燕市相遇。胡琴百萬休論價，一夕聲華流布。還問取。問席帽、黄塵可憶山中侶。吟情細數。把瓊島春陰，金臺夕照，收入錦囊句。

齊天樂

題程甘圓承澍《皖江百詠》

西連楚豫東吴越，幽奇盡教搜討。眼界縱横，胸襟磊落，山水範模維肖。吟情未了。向阮屐經餘，賀囊探好。似此才華，皖江南北匙同調。紫雲谿上住久，谿在汉口，即君故居。卧游圖展處，别有懷抱。四塞關河，千秋名勝，都入一編詩稿。詞源浩渺。較百詠鴛湖，不輸多少。可惜新安，櫂歌誰唱曉。余有《新安江櫂歌》百首，稿太半散失。

一剪梅

額暈銷黄眉暈青。淡冶風姿，姚冶風情。梨花春雨夢初醒。粉淚光淹，粉唾痕凝。

道罷勝常佯避生。衆裏羞回，暗裏歡迎。背燈促坐語輕輕。消渴憐儂，消瘦憐卿。

臺城路

和友悼亡

一簾梅雪飄如夢，孤燈影摇寒緑。彩掩冰匳，塵封寶簟，何處海山仙躅。花前慟哭。似雲散層峯，月沈華屋。最是無情，深深芳草下埋玉。　凄然儂亦感舊，記當年奉倩，曾賦哀曲。束竹腸攢，茹荼心苦，難遣枕單衾獨。愁盈萬斛。問誰慰鰥鰥，夜長魚目。痛極神傷，鸞膠絃忍續。

高陽臺

楊彦規觀詧鴻度厲齋漳蘭有並頭之瑞，繪圖索題

露蕊歧開，煙苗孿茁，幽姿不礙瓷盆。空谷香來，翛然遠謝紅塵。亭亭倩影如相語，問何時、化作雙身。望難分。是並頭花，是比肩人。　芳名魚魫從誰譜，便西風簾捲，竟體清芬。素質天然，夢回淡月無痕。休教移種湘江畔，怕英皇、錯認離魂。悟前

因。似苣同心，似藕連根。

鵲橋仙

李荔軒明經維勛出其《姬人對鏡圖》屬題

藺眉微斂，螺鬟微彈，妝罷圓冰猶捧。知卿憐影影憐卿，料卿比、影兒情重。　朝雲品格，朝霞姿態，懸作蘭閨清供。鏡中人是意中人，莫錯認、畫中愛寵。

一萼紅

題鮑雪汀孝廉《鴻獨立圖》

渺離群。甚乾坤偌大，難寄此吟身。一鶚秋横，六鰲曉策，奇氣直欲淩雲。漫回顧、後無來者，早眼前、不見古時人。把臂丹邱，追蹤黄石，脱屣紅塵。　小住龍山山下，山在歙棠樾，君世居於此。想家傳慈孝，世誦清芬。格比松高，情耽桂隱，懷抱更與誰論。偶乘興、飄然長往，便掉頭、餘子謝紛紛。海上成連何處，琴韻空聞。

摸魚子

題程仲謀茂才尚忠《聽秋圖》

甚秋窗、騷騷屑屑，雨聲直恁敲緊。梧堦一葉秋先到，惹得悲秋人恨。秋夜永。禁不住、秋燈耿耿摇孤暈。涼秋夢醒。更秋枕斜欹，秋衾薄擁，都把好秋聽。功名事，回首秋風蹭蹬。漫吟潘岳《秋興》。秋來禪榻茶煙外，坐老幾絲秋鬢。儂欲問。問心上、秋多合就愁誰省。秋懷訴盡。待雁唳秋霜，烏啼秋月，添入餞秋詠。

朝中措

雙蟬鬢掠杏煙濃。驀向畫堂逢。蜀錦蒲桃香熨，鑾箋豆蔻詞封。麟文被疊，蚊蜧毫褥展，喚坐匆匆。吹徹鵾笙春淺，泥人一綫眉峯。

清夜遊

載酒尋春，梨花落盡，用周季良[一]韻

東風懶甚，早瘦減、一林粉雨。苔廊繞行處。有嬌鳥亂啼，冷香迷路。紅闌憑倦，趁壇盞、沽春留住。奈他院落溶溶，月痕翻教雪痕妒。　天暮。洗妝宴罷，縱碎剪煙綃，花事難據。埋玉深深，芳心自酸苦。重門夢斷呼雲誤。空憐縞衣飄舉。可還憶、寒食鞦韆，瓊箋共賦。

【校】

［一］周季良：當爲「周彦良」之誤。《全宋詞》載周端臣小傳：「端臣字彦良，號葵窗，建業（今南京市）人。卒淳祐、寶祐間。斯植有《挽周彦良詩》。《武林舊事》云：『御前應制。』」所載第一首詞即《清夜遊》，汪淵此詞即次其韻而成。

金縷曲

題甘園《黄海洞簫譜》，一名《匏笙詞》

雪月交光夜。正疏窗、燈摇冷暈，孤懷難寫。雙鯉迢迢𨒰川至，貽我一編琴雅。便親展、瑶函讀罷。黄海詞仙簫譜出，羡言言、珠玉毫端瀉。姜與史，足方駕。　梅花萬點香飄麝。聽天風浪浪，吹得步虚聲下。柳膩蘇豪秦婉弱，格韻輸君瀟灑。問誰是、真知音者。賴有江南腸斷客，蘸蘭煙、書付秋羅帕。還選入，《篋中》也。復堂曾録二闋入《續篋中詞》。

憶舊遊

題胡顯文丈洪謨《竹林清暑圖》

趁雲移葉葉，風撼梢梢，涼透橋西。人在濃陰地，是渭川千畝，緑映鬟眉。行天一輪赤日，到午有誰知。恰林下谿邊，七賢過訪，六逸追隨。　忘機。話初罷，更倚石觀泉，席草紘詩。幾簇松蘿碧，唤樵青煮就，涼沁心脾。何須浮瓜沈李，高會詡南皮。且互答行歌，相携緩踏明月歸。

浣谿紗

題畫

玉蝀橋西水一灣。亭臺高下緑雲環。夕陽衹在有無間。　樹色遠侵仙掌石，嵐光濃蘸佛頭山。登樓盡日一憑闌。

望江南

同前

江村外，煙雨晝沈沈。懞懂山容如欲睡，模糊樹影不成陰。城闕望中深。

又

沙谿背，一徑繞秋林。亭小縛茅龍甲動，橋長通水鴨頭侵。何處聽筝音。

滿庭芳

題王子裳太守《芙蓉秋水詞》，即用集中譚復堂先生韻

雨夢荒唐，風懷振觸[一]，幾番悶倚羅衾。芙蓉艷影，不奈曉涼侵。猶記淩波背立，隱霧露、覓覓尋尋。空贏得，香銷澧浦，消息碧天沈。　江南腸斷客，愁來殢酒，酒帶愁斟。賸蠻箋、百幅細寫秋心。付與檀痕輕掐，知何似、雅集題襟。襟期訴，淚如鉛水，桐絮又春深。《桐絮》，太守續詞集名。

【校】

[一]振觸：即「棖觸」。

高陽臺

程樂亭《廣寒仙夢圖》

檀灶籠雲，蓮檠照雨，滴殘銅漏聲疏。怕見空房，竟牀塵簟猶鋪。玫堦綦蹟經年斷，

早乘風府返清虛。渺愁余。骨出飛龍，目倦鰥魚。　青天碧海勞長望，問素娥孤另，何似黄姑。玉宇瓊樓，高寒衹恐難居。憑誰明月前身證，鎮無言淚咽方諸。夢醒餘。誄製芙蓉，香覓蘅蕪。

唐多令

爲友賦翎枝筒

金翠羽枝枝。臨風飄若絲。便有時、韞匵藏之。縱使自他占有耀，誰得似、處囊錐。脱穎出何辭。峨冠帶陸離。更森森、玉琯裝宜。光彩蔚然如豹變，休長作、一斑窺。

浪淘沙

鬥蟋草筒

誰與拔芳根。翠色如雲。一莖休認作金身。便向管城高臥處，潛養天真。　唧唧細聲聞。躍試心殷。功名横草立何人。待到秋風酣戰日，策爾奇勳。

摸魚兒

《芳郊調馬圖》

似翩翩、五陵年少，芳郊偶出調馬。玉驄金勒驕嘶去，直向花間遊冶。游未罷。正顧盼姿生，意度真閒雅。平原若砑。有淺草蒙茸，香泥滑澾，都把四蹄藉。闉闍外，風景十分瀟灑。粉牆百雉如畫。輕衫短策雍容甚，何用鞾刀首帕。休更訝。訝支遁當年，神駿無知者。龍媒穩跨。待擊楫江南，枕戈塞北，重著祖鞭也。

前調

再題仲勤《山城菊隱圖》

記年時、追陪硯席，讀書方氏精舍。精舍在石田，夏師曾講學其中。詞鋒横把千人掃，忝竊齊名汪夏。文戰罷。曾落拓江湖，載酒同遊冶。秦淮月夜。喜簾底簫吹，燈前曲顧，菊宴最瀟灑。謂乙酉鄉試事。雲泥隔，西去託邏臺下。在寧武縣北，爲楊業望救兵處。棠陰遍布新化。秋風鱸鱠思張翰，解組遽歸田野。君莫訝。早世局如棋，黑白紛乘也。相從隱者。待花訪東籬，樽開北郭，君近寄居城北。詩思藉陶寫。

前調

題樂亭《萬壑千峯深閉門圖》

渺人寰、掉頭不顧，俗塵撲去三斗。行行如入山陰道，萬壑千巖競秀。廬結就。好帖石疏泉，栽遍蒼髯叟。柴扉閉久。有琴韻書聲，茶香篆影，消受此清晝。　論家世，鴻博聲華非偶。程太史恂爲君族祖。如何遽隱雲岫。前身合是陳無己，門掩覓殘句後。君莫負。莫負卻春深，雨打梨花瘦。儂來訪舊。向雪瀑飛餘，煙巒展處，重與話樽酒。

前調

次韻和樂亭《福州泛湖有感金陵舊遊》

驀驚心、秋霜一夕，蕭蕭葉落林樹。携筇撥葉尋幽徑，來訪舊盟雙鷺。湖上住。聽隔浦疏鐘，敲斷愁邊句。涼蛩聲訴。訴淺渚枯荷，荒堤老柳，寒色定添許。　還凝竚。桃渡昔維舟處。六朝風月如故。烏巾紅袖紛高會，牛耳騷壇曾主。歌激楚。又誰料而今，梗泛龕江暮。參軍蠻語。但品劍評花，裁詩鬥酒，閒送歲華去。

前調

閒步夢山橋，景物清曠，再疊前韻寄樂亭

望秋山、如花紅葉，參差綴遍楓樹。西風捲起蒼煙合，衝破一行白鷺。行且住。好負手沿堤，閒覓幽林句。微吟細訴。問幾點棲鴉，一灣流水，愁思渺何許。　眸頻竚。蘆雪滿谿飛處。臥波橋影猶故。傲霜殘菊垂垂盡，金粉零星誰主。姿楚楚。尚博得騷人，相賞憐遲暮。徘徊不語。有寺外僧鐘，村邊牧笛，催趁夕陽去。

前調

春遊，三疊前韻

噪新姓、鵲聲催起，初陽尚隱堤樹。傍花隨柳前川過，人影淡於拳鷺。寒勒住。

任碧草茸茸，添入池塘句。春懷待訴。有晛睆鶯兒，翩翻鳳子，結伴定心許。橋頭竚。一帶緑波溶處。輕鯈逐隊何故。偶逢釣叟班荆坐，漫問是誰賓主。觀刈楚。悄不管柴門，沽酒人歸暮。莎塍蛤語。見油菜抽薹，餅桃吐萼，煙景忍抛去。

前調

題吴子鼎《竹洲淚點圖》，圖爲其祖母黄、母洪兩代苦節而作

影濛濛、萬竿寒玉，籠煙籠月籠雨。幽人結屋臨谿水，隔水緑雲無數。洲畔住。還認取瀟湘，帝子啼痕注。瑯玕堨阻。《竹洲集》有《玉瑯玕堨賦》。堨上多腴田，俗呼牛闌干。堨與竹洲近。好買個扁舟，棣華堂外，棣華堂爲吴文肅偕其兄國録公讀書處。同訪舊鷗鷺。人間世，轉眼滄桑幾度。而今餘韻猶故。文孫千載書香紹，感念卷葹心苦。圖展布。是兩代白頭，節勵霜筠處。清聲滴露。漫誤作春來，斑斑血淚，吹上杜鵑樹。

沁園春

樂亭重返延平度歲，因用其來詞首兩語次韻和之

山問主人，一去榕垣，云胡不來。想螺江曉泛，舟輕似箭，鼇峯左顧，海小如盃。訪柳南臺，祓蘭西渚，福州亦有西湖。詎負批風抹月才。閒無事，更登高賦罷，烏石遊回。而今撤卻蓬萊。省垣有三山，故借喻。且重向、鐔津笑口開。恍玄都觀到，追尋舊蹟，赤城仙覓，擺脱凡埃。官閣燈紅，賓筵酒緑，臘鼓聲聲任暗催。梅花放，好巢依香雪，嘯詠徘徊。

又

告畫裏山，今我重來，意氣倍雄。有竹西遺老，徐乃秋觀察。笑談歡劇，江村舊侶，高序東廣文。酬和情融。寺訪含清，閣登明翠，歸路泠然欲御風。天涯感，歎兩番除夕，未送文窮。陽回黍穀如烘。便曳屐、婆娑到處同。向峨峨鐘洞，重探勝境，澐澐劍浦，潛弔遺蹤。花事關心，草堂寄蹟，人日題詩興轉濃。君有《人日登明翠閣與僧談禪》詩。還遥憶，

憶故鄉雲海，卅六蓮峯。

金縷曲

誦白石「最可惜、一片江山，總付與啼鴂」之詞，黯然成此

此恨焉能説。痛年來、天津橋上，杜鵑啼徹。啼到春歸芳菲盡，轉眼秋風烈烈。忽攙入、數聲鶗鴂。一片江山都付與，與寒煙、衰草俱銷歇。空贍有，舊時月。　偶然吴楚東南坼。又誰知、龍蛇起陸，殺機齊發。逐鹿中原紛爭久，乘勢競思分割。也不管、滄桑一霎。幾輩新亭相對泣，淚斑斑、灑作楓林血。逋海上，免營窟。

又

患氣由來久。自東漸、歐風播入，競相誇誘。立國四維全不講，祇識權爭利鬥。無所謂、人才賢否。三十六爐財横鑄，歎舉朝、張説皆其偶。綱與紀，竟誰守。　董龍果是何雞狗。好家居、盡教撞壞，纖兒之手。君政推翻民政出，專制轉來黔首。況暴

動，時時而有。欲享共和真幸福，恐河清、難俟人徒壽。辭未畢，淚霑袖。

前調

題金消翁山水遺册

甚矣吾衰也。數近來、晨星寥落，舊交日寡。何意琳瑯函展處，忽覩故人之畫。歎筆筆、墨痕都化。雲樹銷金煙浪碧，與將軍、小李爭雄霸。關董米，豈其亞。回思三十年前話。郡城中、嘯琴圖示，新詞題罷。贈我樓東梅妃像，今日書齋猶掛。光緒辛巳在郡齋爲題《嘯琴圖》，蒙畫梅妃見贈。奈老輩、久傷凋謝。賸有叢殘遺册在，付文孫、收拾裝潢者。珍手澤，莫輕假。

南鄉子

又爲題《美人倚琴圖》

修竹影檀欒。日暮誰憐翠袖單。欲借冰絃來細訴，無端。觸起新愁不忍彈。隱几夢初殘。寶篆成灰鼎自寒。天氣懨懨人倦甚，長歎。縱有琴心孰與傳。

浪淘沙

《對鏡圖》

拂曉點妝成。黛掃眉輕。不施脂粉自傾城。漫説承恩多在貌，貌孰如卿。　纖手執圓冰。細看分明。鏡中影是影中情。影縱易消情易淡，忍負鴛盟。

摸魚兒

題子賢《半山課耕圖》

憶江鄉、半山山下，十雙臨水曾覓。望窮杏雨榆煙外，誰課一犁春及。歸也得。好脱卻朝衫，換戴斜陽笠。西疇似織。向五柳門前，百花香裹，靜聽犢聲叱。　年時事，亂起東南半壁。天傾遂及西北。橫門露冷銅盤折，空見金仙掩泣。君憤極。計惟有田居，隱寄淵明蹟。餘園影息。奈下潠雖存，令原已杳，少個耦耕溺。君弟子穀新逝。

高陽臺

月夜訪艷桐青巷

老去看花，醉餘踏月，宵涼巷訪桐青。鸚鵡呼來，弓弓繡屧傳聲。天然一種豐神俏，到殘妝、猶自傾城。乍逢迎。頰暈春渦，眸擲秋星。　更堪篆影茶香裏，背銀釭促坐，巧囀嬌鶯。訴遍心心，逡巡蓮漏三更。何由量斛珍珠聘，好消他、林下風清。奈今生。髮白緣慳，深悔多情。

喝火令

爲題小照

碎步分花至，凝妝映樹窺。天寒翠袖弱難支。遮莫蘼蕪採罷，盼到夕陽西。　菊盞愁他勸，蓉笙懶自吹。此時心事阿誰知。半是含顰，半是態嬌癡。半是情深脈脈，昨夢費尋思。

滿江紅

鎔六新製游舫，名曰恰受，雅麗足觀。夏五來城，偶同遊覽，喜而賦此

一葉招招，恍疑是、米家書畫。窗拓處、簾衣乍捲，琉璃光射。雙槳蒓波南港泛，片帆藤浦東風掛。喜兩三人受恰無多，樵青駕。　茶竈設，楸枰擺。閒遣興，真瀟灑。比齋名摇碧，湖船尤雅。看水看山便坐臥，宜晴宜雨資遊冶。向陰陰楊柳岸邊停，涼無價。

鳳棲梧

題門人汪松川《尚志軒集》

風雅多師羅衆美。獨有長篇，心與昌黎契。一往滔滔雄直氣。掀天大海瀾迴紫。　硬語盤空無附麗。傑筆縱横，矯若遊龍戲。學力從兹充所至。古今作者知能幾。

沁園春

次韻和歙吴東園先生六十自壽

遥望東淘，君久僑居泰州。壽域宏開，星明歷旬。想風姿鶴健，懶扶邛竹，霞觴螘泛，歡祝莊椿。富貴浮雲，琴書永日，閉戶長留著述身。閒情寄，更修成簫譜，按拍怡神。　逡巡。過卻青春。甚老作、滄桑親閲人。任周游江浙，盟鷗款鷺，棲遲淮海，歎鳳傷麟。花甲齡新，齏辛詞妙，倡和何曾一字貧。吾猶幸，幸感深知己，同出坡門。余亦以文字受祁壽陽師知。

前調

倣竹垞壽劉宣人體再和

君係古梅，歙吴龍翰。綫葉詩孫，慶開七旬。羨延陵華胄，季札。蕃逾仙李，左臺名閥，少微。秀毓祥椿。河朔飛觴，質。嵩陽受籙，筠。月府前生憶此身。剛。閒無事，好《齊諧》

記續，均。比蹟《搜神》。竹洲去後千春。又號作、江東獨步人。儆與兄俯有江東二吴之號。有草廬文筆，澄。瑶篇繡鳳，夢窗詞稿，文英。瑞錦裁麟。賦類編珠，淑。社吟輯玉，渭。衣帶當風未是貧。道子。知何日，約甑甀洞主，國倫。歸隱雲門。黄山有雲門峯。

恨來遲

葉落風前，人來雨外，秋在樓中。有淚染新篁，愁滋宿蔓，心逐飛蓬。夢不到、舊日繡房櫳。夢不到、舊日花叢。膩鎖鬔金蟾，香寒寶鴨，漏咽銅龍。

鶯聲繞紅樓

用白石韻

谿上桃花似雨飛。仙源路迷已經時。無聊理夢畫屏西。慵把玉笙吹。獨背燈帷坐，粉香消減舊羅衣。沈郎近又減腰肢。空彈淚連絲。此調及《杏花天影》，徐、杜二家均未收。

瑶天笙鶴詞卷二

是卷一名《古調獨彈詞》，諸調皆萬氏所未收者。

漁父

漁父釣渚西頭。釣得鱸歸與婦謀。醉飲月明舟。

甘露歌

柳拂高樓花掩戶。家近青谿住。谿水如雲緑到門。相納去湔裙。

柘枝引

畫梁曉日動罘罳。起倚鏡臺時。妝罷羅衣換，熏香點筆賦相思。

晴偏好

用李霜崖韻

愁難芟盡如春草。繡衾斜擁和衣倒。誰知道。昨宵夢到遼西好。

十樣花

綺帳夢初回處。香透一簾花雨。懶起倚雕闌，鶯對語。蝶留住。送春春乍去。

醉吟商

秋感

又一霎秋風，換了五雲城闕。不勝凄絶。　衰草寒煙歇。對此中天明月。愁心與說。

湘靈瑟

蒹葭蒼蒼。舟行雲水鄉。四望茫茫。片帆張。　聽漁笛，歌滄浪。相思白蘋花香。人在天一方。

飲馬歌

用曹松隱韻

春風南國到。草長金陵道。道旁花枝照。阿嬌年猶少。　隱含悲，陌柳低，望遠樓頭悄。玉顔老。

錦園春

紫荆花，用張于湖韻

吴宫紫玉。將芳魂化作，紫英交簇。碎剪鮫綃，遍班來谿谷。　庭前露沐。想田氏、家風猶淑。折當釵兒，和花戴上，漫嗟貧獨。

睡花陰令

秋夜，用仇山村韻

雲羅斂盡，萬里碧天新霽。倩誰喚、玉妃鸞起。石闌秋乍倚。蘭開魚魫，酒未醉、香先熏醉。便簟展、琉璃思睡。奈蟲聲瑣碎。

落梅風

牽牛花

碧�青蔓裊涼秋。數枝開向梢頭。翠含珠露曉仍稠。態嬌柔。分明七夕星河渡，遺來鈿朵齊抽。隔籬微月淡黃幽。照花羞。

陽臺怨

剪秋羅，用山村韻

空庭微映日。紅紫紛然堆密。無數綾羅碎剪來，粉蝶偎花立。　疑是蔚藍天，色借秋雲裁出。五色囊盛仙露急。一簪香影濕。

喜長新

萱花

幾人喚作鹿葱來。老圃環栽。花如百合向陽開。微黄色映金罍。　聽到宜男吉語，胸際帶還挼。北堂前度樹曾猜。與蘭同採南陔。

碧玉簫

垂絲海棠

蒂削纖纖，絲垂帖帖。何須老梗横如鐵。開到春三，一笑嫣然絶。　暈透香肌，脂融粉頰。燭燒高照紅妝列。裊向闌前，欲罥低飛蝶。

茅山逢故人

一櫂涼花穿透。一笛涼蟾吹瘦。多少秋心，琴絲訴罷，不堪樽酒。　淒迷巢燕重來，冷落雕梁非舊。悵悵高樓，有人悄倚，西風衫袖。

謫仙怨

用劉文房韻

珠簾繡戶垂低。記得前番手携。倚扇聽鶯檻北，兜鞵撲蝶廊西。　竹雲綠踏三徑，花雨紅霏一谿。因甚愁隨草長，心中眼底同萋。

鏡中人 用無名氏韻

苑花濃，堤草潤。南浦綠波添恨。胡蝶作團蜂作陣。迭撲香和粉。　開到牡丹期已近。漸過廿番風信。無限春愁難自隱。悄被眉峯引。

梅弄影 春遊不出

粉愁香凍。正作江山夢。一夜春風吹送。無數群芳，臨池妝淺弄。　雲遮霧擁。郊外馳飛鞚。幾輩看花興縱。何似窗前，獨吟紅杏宋。

雙韻子

春閨，用張子野韻

紗窗到曉雨聲靜。正爐煙初定。隔花啼過流鶯，驚夢破、愁心迴。

垂楊陌，錫簫競。爭捲起、疏簾艷影。好教繡榻拈針，消遣此、春朝永。

惜春郎

金絲胡蝶花

飛飛不到青蕪國。向盆盎栽得。莊生夢醒，滕王畫就，可也相識。

栩栩前身呼欲出。況金縷交織。便有時、插向瑤釵，似戀髮香爭集。

孤館深沈

夜合花，用權無染韻

繁英嫩蕊半含紫，微送夕來香。便合就歡情，喜見嘒星，怕見朝陽。擬待贈、一枝蠲忿，奈酒薄愁長。最惱是，日西時候，花開望斷儂腸。

使牛子

木筆花

玉堂案吏懷中筆。醉向玫堦輕擲。幻作一枝花，合付鳳池人晝日。江郎夢醒思拈及。轉就樹頭尋覓。倘早種蕉窗，留學草書揮灑疾。

清平調

荷包牡丹

暮春時節，傍砌吐穠苞。微蹙澹紅綃。分明紉出荷囊小，個個綴花梢。　魚兒名字再休嘲。根茁藥煙苗。或云根即當歸。縱然衣竊天香染，難繫繡裙腰。

雙燕兒

石竹花

一拳石倚芳叢。枝葉誤、竹蔥蘢。秋花吐處，苞含似筆，瓣齧如絨。　配來鳳尾堦前草，越顯他、澹紫輕紅。參差幾朶，湘妃名借，開也玲瓏。

醉高歌

別意

一樽清酒頻釃，三疊陽關未闋。柳條欲折那堪折。情盡橋頭送別。　莎堤馬踏濃霜，茅店雞啼落月。隔谿流水聲嗚咽。如替離人訴説。

鬥雞回

丁香花，用杜龍沙韻

湘簾捲起，滿架香飄灑。葉護鶯，塵吹馬。一串疏花，泰娘簪鬢下。　休教藥譜搜尋，從廣舶、攜來也。蕊細攢，枝低亞。粉滴纍纍，素珠釵綴夜。

慶佳節

憶舊，用子野韻

緑波流。緑波流。流波去，送春愁。花外斜陽柳外樓。樓西畔，記前遊。　我記前遊桃葉渡，絃管裏，泛璃甌。煙月南朝感杜秋。《金縷曲》，唱應休。

珍珠令

玉蘭

唐昌玉蕊經冬渺。芳菲少。幸望到、望春放早。一樹雪交光，似杜蘭香到。　縞袂翩翻姿窈窕。知數過、幾番風好。風好。莫誤《後庭花》，陳宮開曉。

夢仙郎

夾竹桃，用子野韻

夭夭桃小。猗猗竹窕。都不愧、芳叢二妙。露井試華妝。應有鳳棲香。萬個參差庭院。花垂綺幔。休誤被、武陵人見。劉阮證仙緣。淚莫灑湘天。

結帶巾

水芹

清明届。芹薄採。青青滿水田，肥逾春薤。不待獻到畦丁，有村姑喚賣。葉芰，莖白愛。登盤佐晚餐，珍誰與賽。記取碧澗羹香，杜家風味在。

鬢邊華

苦筍

平生荼蓼久茹，愛貓竹、抽來筍煮。便咽入、滿腹杈槎，不妨等、秋心味苦。　最憐山谷宜州，偶食罷、拈毫爲賦。又何用、玉版禪參，待齒頰、甘回舊處。

荔子丹

荔支，用無名氏韻

一騎紅塵展笑眉。猶見露濡枝。開函隱隱甘芳撲，剥瑶膚、親褪絳羅衣。　楓亭誰與譜新詞。十八令娘姿。儂心小似丁香結，沁瓊漿、涼液溢華池。

金錯刀

薔薇

花差差，葉離離。深紅淺白開成圍。吴綾十里張天幕，蜀錦三重捲地衣。　藤半罥，架斜欹。水晶簾動香霏微。醅[一]爲宫粉蒸爲露，博得閨人對鏡思。

【校】

［一］醅：原作「醅」，誤。

玉樓人

荼蘼，用晏同叔韻

滿庭香氣濃於酒。正開到、春歸前後。一簾淡月微黄，照疏叢、風景依舊。　漫斟婪尾盃相鬥。待折來、鼻觀先嗅。從知花事將完，殿餘芳、宜醉紅袖。

二色宮桃

盆中絳桃盛開，忽中作一白色花，爲賦之。用無名氏韻

千葉小桃紅破萼。便彷彿、山臨度索。中有一花似雪開，疑粉蝶、飛來棲託。天臺回望丹霞閣。露些些、白雲猶昨。縞袂絳裳互鬥妍，知閬苑、群仙遊樂。

家山好

春遊，用沈公述[一]韻

幾曾捫葛與攀蘿。春遊趁，惠風和。輕衫短策臨南浦，更招他。躡芳草，綠如波。　峯回路轉桃千樹，勝境武陵多。何如前度，梅花亭子訪紅羅。詩吟水部何。

【校】

[一]沈公述：當爲「劉述」。《全宋詞》載劉述小傳：「述字孝叔，湖州人。景祐元年（一〇三四）進士。御史臺主簿。治平元年（一〇六四），荆湖北路轉運使，降知睦州。神宗時，爲侍御史

知雜事。熙寧三年（一〇七〇），與錢琦、錢覬共上疏劾王安石，出知江州。踰年，提舉崇禧觀。年七十二卒。」所載一首詞即《家山好》，汪淵此詞即次其韻而成。

荷葉鋪水面

紫藤花

藤陰一碧，春光去已遥。垂垂花漸綴纖苞。香風撲綺寮，便疑是、天孫剪紫綃。流蘇四角飄。芳池倒影處，顏色欲奪朱桃。不見亂鶯捎。待絡索、歌來意也消。

恨春遲

睡香

記得匡廬曉起，乍睡覺、香意先知。折向膽瓶供佛，如覩靈山，微笑拈時。春雪纔融春風至，不應恨、芳訊猶遲。爲問素英簇簇，紫萼茸茸，緣何夢裏寄相思。

玉碾蓂

玉簪花

花半折。簪半折。是簪是花渾莫别。天琢就，瓊枝雪。付與星妃臨鏡月。插雲髮。笄莫擬。釵莫擬。似釵似笄秋吐蕊。休錯認，麻姑醉。吹落搔頭剛棄置。斷瑶砌。

宜男草

杜鵑花

煙雨霏霏杜鵑唤。唤聲殘、滿山紅綻。問此花、果有誰寃血濺。空博得、魂歸蜀棧。不同鳴鳩衆芳亂。映天邊、晚霞光爛。曾託將、望帝春心夢斷。休誤作、榴枝照眼。

尋梅

秋葵，用沈會宗韻

涼生野圃秋意透。愛葵花、嬌姿希有。微黄暈向宫衣縐。似玉人，病起香肌消瘦。　笑他一丈紅依舊。又何如、檀雲開候。低垂映入鵝兒酒。記烹來，曾付廚娘纖手。

慶靈椿

鶯粟花

最傷心，把芙蓉異種，遍植西疇。嬌紅姹紫紛呈處，難忘竟是，香迎蝶戀，粟啄鶯留。　漫刺玉漿流。呼來毒卉猶羞。遊春倘遇斯飢女，休教誤認，米囊摘取，朝食堪謀。

緱山月

用梁孟敬韻

晞髮向陽阿。衣荷帶緑蘿。問誰蘭契結言多。好招邀舊日，詩酒侶，琴樽會，待來過。　閒從秋水蘆花外，小艇去衝波。漁樵兩兩和清歌。見黄昏月上，歸去去，柴門閉，養天和。

香山會

秋夕

正一番雨過，一番涼透。待酌與、一番新酒。更藕絲細雪，瓜瓤親剖。似拂拂、秋風滿袖。　幾聲鐵笛吹處，幾聲曲奏。又蛩語、幾聲來驟。喜梧堦月照，清光如畫。漫呼童、桃笙展就。

厭金盃

月季，用賀方回韻

泥壅根深，盆扶蔓短。待花開、與春分半。乞來奇種，月月見花紅，雕砌畔。一片明光錦段。　廿番風晚。五色雲蒸，夢不到、紫霞仙觀。祇緣多刺，彷彿似玫瑰，疏朶斷。簪上烏巾曾岸。

拾翠羽

晚春，用于湖韻

雨雨風風，催到晚春何速。聽園林、鶯鳴古木。餘花三兩，尚憐芳馥。還畫出，門巷愔愔新緑。　金犢香車，陌上誰家馳逐。漫相沿、祓除舊俗。流觴曲水，酒新篘熟。憑痛飲，暮夜歸來籠燭。

三登樂

遠眺，用石湖韻

躡足淩虚，看一帶、山連平楚。正風來、塔鈴對語。問何人、遥爲辨，隔江煙樹。潮到漲時，掛帆暮浦。　指高樓西北角，亂雲無數。送長天、幾行雁去。奈關河、音信遠，恨添秋旅。寒夜夢回，又驚暗雨。

枕屏兒

木樨

雲外飄香，香在悄無人處。有巖花，開似雪，黄堆一樹。緒風凉，珠露濕，半庭月曙。對秋芳、禪參自悟。　峨髻簪餘，覓向枕函無據。待收來，荼醅[一]罷，冰甌點注。問前身，金粟影，有誰證取。廣寒宫、羽衣任舞。

【校】

[一] 醅：原作「醅」，誤。

春聲碎

辛亥秋，余在玉京悼亡。今館城北，忽又涼風起矣，淒然有感。用譚明之韻

孤館月如銀，映出一簾空水。虛帷捲上，殘編坐對，任燭花流膩。高樓外，有風送笛聲，潛吹得、愁心碎。　安仁鬢尤悴。況復簟封塵起。單衾夢冷，便淚滴重泉、也難寄。魂斷際。縱寫千疊蠻箋，奈莫寫、悲秋意。

憶黃梅

蠟梅

百卉都無香處。誰伴寂寥天宇。賴有九英梅，向陽吐。摶蠟成珠，綴疏籬野圃。臨水映，彷彿瞿曇而古。　偶偷覷。貌梔憐，心蘗苦。金樽好向花前舉。泥他折與。細穿取、蜜蕚勻排，插翠鬟煙縷。漫輪卻、點額蜂黃微注。

南州春色

水仙，用汪方壺韻

香如桂，韻如梅。三花兩蕊，覓向曲屏隈。一勺井華涼浸處，彷彿汨羅回。最好天然位置，湘簾棐几，鈿朵帶煙開。　不畏霜欺雪壓，瓷盆性適，卵石根培。素襪淩波，黄絁入道，燈帷映、觸起情荄。合配山茶天竹，點綴畫堂來。

泛蘭舟

珠蘭，一名魚子蘭

摘罷冰甌微浸，簇離離魚子。是花還説非花，風味晼蘭似。一剪飄涼，雙椏散馥，盛來鈿盒分送，潛呼雛婢。　鬢邊媚。金粟半簪，迎人顫裊最偏致。彷彿采向香谿，得自剖雙鯉。粒粒檀珠，垂垂露顆，芽茶焙處，依約幽芬觸鼻。

踏歌

梅花，用朱希真韻

歲闋。冷雲凝、幾樹垂垂發。江南遠、玉管誰吹徹。正夢回紙帳聲悲切。怨結。一枝春、開向疏籬缺。徘徊久、香動黄昏月。豈寄來驛使關山越。林啅雀，瓣散蝶。還重把、舊事羅浮説。又生怕酒醒，縞袂難爲别。唤啁啾翠羽時節。

澹紅綃

漳蘭，用李世英韻

衆香祖、名早登騷辨。植碧瓷深、青泥淺。待瑶琴、一曲薰風奏，捲簾幾箭參差現。疏朵列，幽芬襲，榕陰院。簪上鬢絲嬌態羨。繡上羅襟妍色選。衹愁空谷無人見。縱素馨、抹麗同時發，清高那及閩妃面。燕姞夢，湘纍佩，思量遍。

兀令

夜來香，用賀方回韻

一掬緑英新摘好。露珠齊掃。繡閣妝成早。憶昨夜香來，對鏡微含笑。合與茉莉同穿，如髮銀絲小。泥鬟雲簪曉。小字薛娘偷唤少。最愁房老。墜枕蔫紅杳。權當助情花，舊夢誰知道。綴作翠羽嬌鸚，曲中有穿茉莉作架，上綴夜來香爲鸚哥者。玉架親携到。吐芳馨如草。

五福降中天

用江致和韻

憶一聲低嗽，相遇碧慮屏東。微月淡籠煙，似罩輕容。桃礦光凝酥面，菽發圓堆粉胸。羞向人前，箏語撥纖葱。香櫳綺閣，路曲折唐梯乍通。悄悄山歸暮雨，舟引神風。天涯一别，甚都付、愁中病中。昨夜星辰，索娥空怨織璇宫。

受恩深

夏夜，用柳耆卿韻

萬里澄天宇。星河光淡泞。一樽芳醑賞心與。正璧月明時，滿庭花影扶疏露。怕被姮娥妒。擬鴛枕無眠，曲池閒步。　隔水流螢飛不去。梔子香吹，竹院風來如許。任倚樹微哦，樹根蟲對青絲吐。曲漫清商顧。又絡緯聲聲，峭涼如雨。

寰海清

夏眉老邀飲古城巖之半亭，用王庭珪韻

洞古巖幽，峯奇木秀，亭閣如仙。更愛谿流環繞，魚躍波圓。招邀飲文字，如修禊也，不數晉、永和年。往來多少驂軿。　盡小作、勾留味別茶妍。日落西山，極目雙塔雲邊。琴臺遺蹟渺難弔，琴臺爲吕松壑先生遺蹟。亙長橋、時見舟穿。興闌歸去暮，掛城頭、月娟娟。

瓊臺

遊仙，用宋李莊簡公韻

宴罷東華，倩斑麟兩兩，疾送飆輪。乘風去，笑揚萬里珠塵。金銀樓闕，指蓬山、此處棲神。軒皇天姥，養成不老真身。　幔亭招集仙賓。引珠幢，迢遞寶霧氛氳。鈞天廣樂奏，飲玉液生春。三茅受籙，問霞城、檢校何人。笑侍女，琪花爭折，紛紛回駕祥雲。

雪明鳷鵲夜

元宵，用宋徽宗韻

似六鼇移駕，山來仙侶集，宴啓瑶島。恰寒月乍昇，霽雪逾皎。火樹銀花無數開，滿天街、翠圍珠繞。更家家、香藹重簾，歌唱得寶。　競看魚龍曼衍，有鞢褶繡幫，鈿拾沙道。漫巡簷、索共梅花笑。簫鼓一番如沸，爭相賞、添一番品藻。任漏殘猶舞，郎當鮑老。

芙蓉月

木芙蓉，用趙虛齋韻

天半絳霞落，便幻作、萬朵芙蓉爭吐。深紅淺白，似挾嬌姿來訴。生性嚴霜能拒，豈畏夜深青女。官集闕，主臨城，簇擁衆仙交舞。　朝朝醉三度。恍蜀江錦濯，張向秋暮。何須遠涉，木末高搴清露。寫入趙昌圖内，美人語。來垂顧。携酒賞，對花吟，更教琴鼓。

古香慢

紫薇，用夢窗韻

瓣舒纈碎，萼綴珠圓，開近霞浦。剛及新秋，芳事未憐遲暮。小字借星宫，早輝映、丹山鶖羽。似天孫艷錦一幅，七襄夜織尤苦。　乍回憶、玉堂深處。悄對薇郎，休歎無主。顫動高枝，葱爪倩誰搔誤。初月上如鉤，更不寐、宵聽滴露。怕風來，又催落、紫英如雨。

驟雨打新荷

荷花

水面風來，愛清香浥露，涼沁荷筩。田田一碧，映日影玲瓏。窺見游魚戲逐，似梭擲、環橋西東。驟雨過，有明珠萬顆，傾瀉盤中。　況復淩波仙子，把翠羅衫換，羞理妝紅。嬌能解語，脈脈暗情通。多少吴娃競采，櫂歌起、舟移花叢。亂葉底，鴛鴦對眠，偷覷還慵。

紅袖扶

茉莉，用王文肅韻

冰蕊如蓮，早香透、碧紋湘箔。傍妝鏡、銀絲串處，翠鈿輸卻。繁英半開，似雪汲寒泉，淺浸黄瓷杓。天如水，釵梁乍擁，枕函曾落。　小婢瓊枝剪，趁新浴、晚涼池閣。替簪上煙鬟，斜鞞彩繩低縛。花籃夜來送到，掛紗帷、夢助行雲樂。莫共那，芙蓉粉漬，雕奩安著。

甘露滴喬松

有贈，用無名氏韻

新亭人到，甚淒涼舉目，河山非舊。漫作相對楚囚，心傷陽九。訪瓜圃、故時侯。便遥指、青門門口。那堪又是，清霜凋遍，液池絲柳。　最憐流落蘭成，謝花鳥搜尋，煙雲雕鏤。暮年蕭瑟，一賦《江南哀》後。欲重溯、玉京遊。問銅輦、秋衾夢否。興亡自古，誰勸長星盃酒。

夢芙蓉

杏花，用夢窗韻

遥天霞散綺。甚吹來化作，花光十里。馬如飛去，馳探緑楊外。客途思買醉。前村絲雨紛被。隱隱紅雲，向牧童指處，簾影正挑起。　更聽明朝巷底。喚賣聲聲，夢斷摇珠珮。一簪斜戴，匳畔髮香洗。是誰箋擘翠。吟鬧枝頭春意。欲訪仙蹤，奈董林不見，芳艷渺如水。

劍氣近

聽雨，用袁宣卿韻

昨宵雨。便到曉、瀟瀟不住。鴛衾夢驚回處。懶眠取。起窺戶。聽簷際、丁東鈴語。分明攪人心緒。阻愁去。蕉樹。葉聲喧錯午。徘徊未已，又惹起、堦下涼蛩絮。憑誰一櫂泛煙波，向桐江渡頭，低敲篷背應許。恨無重數。欲寄蘋花，爭奈盟鷗失據。濛濛望斷天涯暮。

松梢月

晚發杭城，歸新安，用曹松隱韻

杜宇聲聲。把鄉心喚起，催別層城。五兩風送，摇曳練水帆輕。一簇漁村江邊市，颺酒旆、茅屋煙橫。朗月初上天如洗，照心蹟雙清。黯然愁思觸歎，山空人遠，鶴怨猿驚。客況誰訴，霜劍夜作龍鳴。計日歸尋琴書侶，對綺席、醉沁蓮莖。紙閣眠處，還欹枕，聽瓶笙。

黄河清慢

秋聲

天宇初經微雨洗。流雲吐出華月。仰覓樹間陣陣，清商催發。不是露零竹徑，又不是、風摇梧葉。但看炯炯明河，照庭前、依舊如雪。那堪掩卷沈吟，蛩聲與雁聲、相助嗚咽。宿酒乍醒，似水宵涼時節。引起幾絲愁緒，便添了、幾絲華髮。秋心無限，祇堪與、悲秋人説。

憶東坡

寓意，用王之道韻

榮辱夢中身，得喪燈前影。塵世勞勞何時息，蓬轉隨風梗。多少名爭利戰，不如半局枯棋，袖手旁觀勝。北窗一枕，自適羲皇臥游興。園林雨後，變幻多奇景。不妨携酒間酌，醉月頻中聖。漫自登高舒歗，送來樵唱漁歌，觸耳聲相競。放懷天地甚寬，飲啄安吾命。

舞楊花

楊花，用康伯可韻

莫將玉蕊輕相比，仙女誤踏春陽。飄泊一生，猶得殿餘芳。五姨車馬陌頭逐，解因風、拂袖沾裳。微暈縱綴宮黃。點額難試梅妝。　漫説禪心不染，便化爲萍葉，浮在蓮塘。雙燕暮歸，銜入帶泥香。垂垂欲下畫簾捲，又飛騰、翅惹蜂王。何似淚點熒煌。斷送三月韶光。

碧牡丹慢

館五城岳宅將十稔，辛亥内人歿，辭館歸商山，月夜獨坐感憶，用李致遠韻

雁信遥傳，蛩音冷和，凄然捲起疏箔。悄望空庭，淡月吐雲薄。幾回夢斷羅衾，重泉遠隔，欲尋盟諾。魚目懸懸，奈終宵淚落。　十年往事沈吟，離玉京、耽情寂寞。縱遇有、籌花鬥酒，觸緒與誰歡樂。待憑遊歷，稍釋牢愁，前路茫茫又焉託。欲出遊，未果行。何如一炷妙香，把《金經》誦卻。

福壽千春

老少年

轉緑回黄，看朱成碧，少日流光虚度。一到秋深顔愈赭，點綴荒畦野圃。映入夕陽，衹疑隔岸丹楓舞。望籬邊，葉翻紅，不嫌雁來遲暮。休教紫莧呼誤。便風霜幾經，艷態如故。返老還童，較鶯粟彌嬌，雞冠尤嫵。移向玉堦植，恍徐娘重遇。逞濃妝，葆晚節，菊花應妒。

水晶簾

和劉景武贈金鳳校書，用東軒韻

迎到香車遠。記那日、西窗初見。雨歇空堦，正雁足燈擎，麟毫簾展。紘索根根歌響遏，漫點拍、輕敲牙扇。殢芳樽，一任鱗鱗，酒斟深淺。家山念吴苑。便愁心訴盡，羅巾淚染。縱榜花魁處，艷名曾占。曾魁吴中花榜。飄泊天涯多少恨，問駿骨、千金誰選。倒不如，款度良宵，墮懷月轉。

聒龍謡

秋草

南浦魂消，西堂夢冷，一碧萋萋無限。爭奈秋來，又雨昏煙亂。是誰家、廢緑亭臺，和前度、落紅池館。映夕陽、黄色連天，淒然寫，王孫怨。　銅鞮陌，玉鉤斜，問舊日何處，羅裙蔥蒨。一道閒門，竟難尋遺鈿。歎故苑、霜訊催頻，臢荒原、燒痕鋪遍。更何人、碾借車輪，把愁根剗。

飛龍宴

逭暑，用蘇姬韻

槐陰滿地鋪，蟬吟嘒嘒，聲流庭院。奏罷薰絃，水窗閒憑誰見。竚想芙蕖態艷。采輕舟、越來谿淺。紅剖瓜瓤，白調藕粉，暑氣卻蕉扇。　休歎。瓶插蘭雙箭。透幽芬縷縷，碧筩盃勸。晚雨涼生，黑甜一枕堪戀。栩栩莊生蝶散。便夢魂、也無拘絆。醒猶未倦。起看璧月長空滿。

無月不登樓

月夜有懷樂亭，用王景文韻

冰輪初昇處，記幼日、玉盤曾識。星斗闌珊，雲羅瑣碎，遥映寥天寒碧。添一分秋，露華凝白。釀一分涼，酒思紛積。悄不覺，當風立。拾級層樓入書室。徙倚雕闌斜出。銀漢澄清，金波瀲灧，光透玲瓏窗格。盤貯仙莖汁。任微浸、桂花香濕。三益。開徑望，幾時來，留綦蹟。

惜寒梅

閨思

窗外鵶啼，夢驚回、欲起又還慵起。半晌擡身，坐對圓冰梳洗。寶香薰透翠薇水。羅衣換、調鸚檻倚。瑶堦懶下，欲折櫻桃，爲唤瓊姊。遼西路隔萬里。歎芳春欲殘，錦書莫致。幾許閒愁，待訴歸來燕子。奈他雙宿畫巢裏。呢喃語、如相勸慰。無聊已極，清樽酌時，但付沈醉。

八音諧

新安江行即景，用曹松隱韻

山逐野雲移，雲洗山容淨，如過新雨。煙樹曉微茫，況遥籠洲渚。曲折一綫江流，映兩岸、艷妝紗澣女。櫂歌起，聽波聲拍拍，水禽飛度。　柳暗花明又一村，有艇磨輪駛，石灘低處。幾葉打魚舟，購銀鱗烹取。遠見百級山田，高下簇、麥苗深護。婦子荷鋤歸，越峻嶺，茅簷露。

燕歸慢

秋燕

巷口斜暉。甚秋風一起，海燕思歸。梨花春夢遠，杏棟舊巢非。紅襟雖小力仍微。

尚率向、簷前掠雨飛。芹泥落何處，傍殘壘，鎮雙棲。　枌榆社，梧桐砌，音下上，羽差池。商量萬里程休誤，待尋故國烏衣。湘簾一桁晝垂垂。便軟語、呢喃與主辭。今雖去如客，卜明歲，再來時。

馬家春慢

芍藥

庭院藏嬌，闌干鬥艷，廿四番風吹盡。翻向當堦，與晝省薇郎相近。猶記豊臺種處，蘸曉露、連畦接畛。想曼殊、纖手澆餘，把芳心偷引。　舊事揚州還問。問梢頭藾栗，開也誰俊。金帶圍香，玉盤獻瑞，粉痕微暈。賦得送春句了，更婪尾、深盃徐進。待説與離情，持贈一枝應準。

映山紅慢

榴花

蒲酒觴餘，有照眼、奇葩吐艷。似萬顆珊瑚，絳跗琢就，繁枝教占。燒空麗色紛難掩。是何來燭龍噓燄。當畫檻憑處，紅巾蹙碎堪念。前度憶、雲髻簪餘，微映出、瓊釵光閃。還問取、石家醋醋，可暈朝霞雙靨。堆盤火齊珠千點，茜羅裙、妒伊招颭。錦苞休斂。祝多子、人人意慊。

舜韶新

絡緯

涼入西風，乍絡緯蕭蕭，暗啼金井。殘宵績罷，心悄然偏向，耳邊頻驚。欲斷餘音續，甚忘卻、露華淒冷。想豆籬疏處，有人傍伊潛聽。思婦高樓，油壁燈昏，機杼催餘，舊情誰省。干卿何事，千萬回抽出，愁絲如綆。明月中庭白，更振翼、繅繅無定。向紡車停後，還來砌蛩聲應。

秋色橫空

菊花，用《天籟集》韻

節近初冬。正花開老圃，酒送龐通。白蘋紫蓼丹楓外，點綴多少秋容。幽香嗅，樂意融。信不負、柴桑高士風。漫比芙蓉三醉，解拒霜紅。如此色佳態濃。便移從盆盎，置向房櫳。一枝擬共東籬賞，去年人面難逢。情綿邈，恨疊重。待采摘、殘英將枕封。把無限相思，都付夢中。

花發狀元紅慢

牡丹

瑶臺茁處，油幕遮餘，簇京洛佳卉。天然富貴。真不數，百寶流蘇華麗。拂檻朝露濃，宮扇半開移鸞尾。染爐香，認御牀袍赭，步障絲紫。別有玉環艷質，金屋嬌姿，粉嫣脂媚。似九張機，五雜組，織成後、絢爛無比。偶携澄碧酒，相賞小紅闌低倚。問何人，更看到子孫，樓閣重起。

望南雲慢

細數華年，似梢頭豆蔻，二月初春。娉婷入畫，愛茴香髻綰，桂葉眉分。小步中堂出，早繡屧、弓弓響聞。人前相見，道罷勝常，微露嬌顰。　逡巡。得傍柔鄉，飽餐秀色，何曾真個銷魂。無情練水，便一帆天際，催送征輪。留得羅巾在，尚漬透、臨岐淚痕。從知別後，夢遍巫峯，都是疑雲。

安平樂慢

用万俟雅言韻

瘦馬淩兢，飛鴻滅没，亂山路繞盤香。霜鐘吼曉，月角吹寒，隴雲關樹遥望。一曲琵琶，問胭脂塞下，誰炫新妝。縱飲酒壚傍，悲來憑弔荆光。　有落日呼鷹，秋風射虎，行獵多在邊鄉。笳鼓聲相競，幾人醉臥古沙場。廣武原登，笑豎子、紛爭底忙。歎英雄、星星兩鬢，空教意氣猶狂。

愛月夜眠遲慢

本意

雨霽花陰，正寥天一碧，湧出冰輪。庭空似水，窗虚似畫，無言坐到宵分。夾紗衣薄涼生，那愁風露侵人。向彎環、曲闌前，對影聊酌芳樽。　聽罷笑語隣娃，又高樓斷笛，吹散停雲。清輝夜夜，不見玉臂，翻惹杜老傷神。縱然衾疊芙蓉，任他頻負香薰。漸西沈、曙光起，遠樹已有鴉聞。

古陽關

衍張旭詩意

飛橋隱隱，隔斷野村煙。偶步向、釣石磯西，仙源迷路，細問漁父船。偶步向，釣石磯西，細問漁父船。　還凝盼。桃花盡日隨流水，迢迢去遠。幾見秦漢衣冠敦古處。雞犬桑麻樂趣。還凝盼，桃花盡日隨流水，好覓取、一帶清谿，谿流曲折，洞在何處邊。好覓取、一帶清谿，洞在何處邊。

玉連環

畫闌碧水，正陰陰、柳絲萬縷，綠雲低罥。問蘭楫誰持，菱波孰掠，相送落花片片。

草暖蝶飛忙，林暗鶯啼懶。難忘最是，秉簡會罷，湔裙人遠。安得舊侣重來，好吟箋、共擘芳樽共款。有隔水簫聲，臨風鬟影，彷佛謝娘庭院。情深油壁迓，怨極春衫換。那知去後，枇杷門巷，幾番夢斷。

宴瓊林

秋海棠

涼露玉堦流，見一剪疏花，嬌吐煙穗。瘦怯怯、悄倚古牆陰，似斂羞顔低避。春夢遠，曉妝啼，最難禁憔悴。想當時、怨婦窗前立，灑相思清淚　到得秋初，擁慘緑羅裳，紅襯衣裏。簇小朶、粉嫣脂媚。任檀心微綴。情掩抑、寒蛩共語，燒銀燭、照來猶未。洗將鉛華，背西風泣，緘愁向誰寄。

賞南枝

紅梅

亂花晴昊插，似殘霞萬點，渲染初成。開傍粉牆隈，夕陽映、越顯姿態鮮明。披紫萼、綴錦英。尚疑帶、東風宿酲。玉皇且將緋賜，信功在和羹。稜稜霜雪無情。渥丹顏鍊，總骨冷神清。亭子敞紅羅，月明夜、應有剗韈人行。胭粉漬、醉暈呈。莫錯認、桃源路經。歌來絳都春曲，和羌笛聲聲。

真珠髻

紅葉，用晏小山韻

丹楓野外，烏桕村邊，青女乍臨時節。嫣然一顧，紛黄駭緑，到此都成離别。慽慽淒淒，盡點染、枝頭猩血。莫誤作、彩剪隋宫，秋暮萬花齊發。霜風石磴寒絶。想停車望處，寄情孤潔。新詩題罷，御溝流出，付與何人函折。艷冠群芳，恍惚遇、江南二月。待共客、暖酒深林，滿掃嵰山紅雪。

暗香疏影

落梅，用張肎韻

芳情高潔。向山隈水曲，亂飛晴雪。籬角餘香，碎踏馬蹄猶暗怯。小院春風到處，聽細步、聲摇環玦。任淡妝、半面低窺，池影映寒月。　惆悵羅浮夢醒，粉痕狼藉甚、翠羽啼歇。猶憶仙姝，縞袂偕來，痛飲酒家言别。重尋放鶴亭前路，奈又值、飄零時節。向斷橋、爲賦《招魂》，畫角忍教聽徹。

西吴曲

燈花

乍燈唇、吐艷如許。恍微微帶笑、向人語。任自開自落，非關簷外風雨。寶燄騰餘，豈火宅、蓮生處處。便占盡、花國長春，也不入、《廣群芳譜》。　蘭膏添後，知夕卜歸人，還從短檠覓去。好囑付。雙雙如意呈來，慵敲棋子，靜掩書帷暗護。粉蛾似蝶，彷彿亂撲幽香，環絳蕊飛飛，玉釵剔休誤。

望明河

螢

宵行熠耀，乍徐度玉堦，横穿朱閣。爲溯前身，是腐草化成、竹根棲託。撲將秋紈小，似幾點、流星參差落。練囊貯、偷照芸編，不用壁師匡鑿。雷塘舊遊如昨。有隋代故苑，垂楊低掠。夕殿飛飛，莫誤逐碧燐、散歸林壑。晚來疏簾入，便巧坐、羅衣多輕薄。荷亭外、飄忽隨風，漫認露珠光爍。

青門飲

春陰，用秦少游韻

草畏晴薰，棠愁雨殢，憑誰乞護，緑章宵奏。簾户愔愔，樓臺漠漠，非霧非煙吹透。

悶抱傷春思，綺窗前、慵拈針繡。欲覓餘香，潤逼衾鴛，温散爐獸。還向東闌舉首。見梨雪一株，分明開舊。挑菜年光，養花天氣，鎮日懨懨人瘦。爲甚呢喃燕，也頻將、暮寒低呪。碧雲如夢，任教盼斷，畫橋絲柳。

楚宫春慢

山礬，俗名九里香

團霜聚雪。忽幻作瓊英，細簇千疊。彷彿搓碎，冰珠纍纍瑩潔。不是山家梔子，又不是、白丁香結。人在下風，遥立處、九里猶聞，未許沈檀稱絶。膽瓶插後，論氣味、應與蜜脾無别。好待粉蝶，尋來芳心同説。簪上村姑丫髻，也抵得、素馨毬烈。何用水仙、將弟蓄，即此枯枝，辟蠹猶藏書篋。花可辟書蠹。

泛青苕

春泛

水緑如油。趁風日暄和，去泛蘭舟。雲翳掃，艫枝蕩，還容與，弄影中洲。山遮岸隔疑無路，路轉移、境忽清幽。炊煙縷縷，見幾處，村連萬個篁修。小家碧玉臨流。炫明璫袿服，紗浣猶羞。魚隊鬧，唼萍食，誰人更，垂釣谿頭。櫂歌聲逐農歌起，向沙灘、驚散眠鷗。花明柳媚，待再挈壺觴，來作春遊。

罥馬索

鞦韆

粉牆陰、一架擎空繡旗豎。吴娃嬝娜，偶然學作回風舞。彩繩緊挽，畫板齊推，似燕身輕翩翩舉。忽雙鳬、天半飛來，還認淩波洛神女。　堪妒。誰家年少，多情立馬，依約潛窺笑相語。恣意飄鸞泊鳳，蓬鬆雲鬢嬌如許。金釵欲溜，羅襪初停，倩影斜陽歸時路。賸闌邊、垂垂香索猶被，遊蜂撲難住。

期夜月

閨怨，用劉濬韻

回廊東畔一鉤月。纖腰拜來折。燈燼落，香篆結。關山遥隔，幾度夢魂難越。愁別。喃喃低訴轉淒切。歸期過如瞥。梁燕歎，林鶯説。芳菲欲盡，漸到送春時節。回思繡閣那日，並坐唱和，歡情殊絶。因甚遼西遠去，倏又花飛雪。心怯。聽殘五夜鵑啼徹。淚漬瑯函濕。叮嚀北嚮征雁，替儂傳發。莫使音書望闕。

瑶臺月

夕陽

水村山郭。透一綫斜暉，紅入寥漠。冉冉黄昏，況帶綺霞烘託。翻雁背、寒影仍留，閃鴉翼、餘輝猶爍。揮戈返，天際閣。揚鞭指，山前落。還覺對、戍旗亂颭，估帆高掠。

乍遥度、蕭條林壑。又倒蘸、微茫湖泊。歎金粉銷沈，六朝非昨。憑引起、晚寺疏鐘，賴催動、荒城暮角。畫圖展，濃色著。簾戶映，趁痕薄。依約任西馳，半晌年華老卻。以上從徐氏拾遺。

破字令

用《比竹餘音》韻

睡起聞啼鳥。透一綫、紗窗光小。尋思昨夢忒迷離，暈香腮欲笑。花叢蜂蝶紛圍繞。惱春風、幾番吹到。不堪長日，雕闌倚處，亂愁如草。

黄鶴洞仙

緑樹聽鳴禽，芳草天涯暮。記向東風弔小青，携酒去。雙屐桃花雨。白板掩深扉，楊柳樓陰住。欲倩西風載小紅，流水去。一舸蘋花雨。

折花令

牡丹有名醉楊妃者，詞以寵之

滿眼春嬌，依然睡起華清樣。論國色、姚黃讓。莫是醉沈香，倚闌延賞。帶笑看處，衣裳雲想容花想。有緑葉、扶疏向。彷彿宿酲蘇，恩承翠帳。

步虛子令

湖樓買醉

夾湖絲柳織煙柔。斜覆總宜舟。討春人至，緑波芳草生愁。合覓醉，小紅樓。小紅樓在花深處，招燕侶，集鶯儔。管絃聲裏，不妨痛飲壚頭。唱一曲，《少年遊》。

簷前鐵

又春歸，緑樹鵑聲，更闌唤徹。況虛簷、夜雨滴淋浪，坐對孤燈將滅。樽前淚，枕前夢，都冷盡，難重熱。　還追憶。憶紅窗，執手那時惜别。喁喁久、話殘一院梨花月。到得而今，賸有兩眉愁，雙鬢雪。

韻令

題顧太清春《東海漁歌》，用程泰之韻

漁歌一帙，藉甚聲稱。閨詞惜未登。未入近人《閨秀詞選》。引商刻羽，煞費經營。清言娓娓，嫮態亭亭。　工推漱玉，格韻也輸卿。惜花愛月，雅荷垂青。夔笙最賞《惜花》《愛月》二調。冰甌滌筆輕。遠追容若，近掩承齡。承亦旗人，有《冰蠶詞》。如初寫到，恰好黄庭。慚儂沓舌，捧讀面還頳。

紅芍藥

紅茶花，用王通叟韻

殘冬欲盡，點綴花少。不嫌數株山茶小。伴盆梅枝老。香風暗中度，已滿樹、殷紅開了。似一串、寶玦珊瑚，裝成都被春惱。

翠葉玲瓏，簇珠胎結早。拙政園、芳難比傲。把金樽頻倒。鶴頂瓣舒處，檀心蹙、粉蕤如草。爭如玉茗堂前，淨洗脂痕微笑。

賞松菊

新月

西風捲起雲羅碧，露出曲瓊一綫。乍甦兔魄，覷依微嬌眼。莫誤冰匳縫裂，逗妝鏡、些些光見。惹香閨，對眉彎，學畫黛痕猶淺。

記否初三那晚。露華濃照，珍珠成串。小小玉弓樣，任高懸天半。悄向花陰下拜，問何日、團圞如願。又黄昏，柳梢頭，將舊約踐。

二色蓮

以紅白荷花置一瓶，用松隱韻寫之

粉暈潔白，脂暈明艷，如泛嬌面。膽瓶隱處，消得碧波深淺。彷彿楊妃出浴，更淡抹、濃妝相間。纖縞弱難勝體，榴裙忽然紅斷。　何須尹邢避，並蒂親偎暖。來自湘水岸。酡顏素頰，燈下耐人頻看。月曉風清欲墮，甚又約、霞娘爲伴。曾否記，乘舟去，銀塘採晚。

鳳鸞雙舞

美人風箏

東風送，亭亭倩影，逐遊絲高起。天半遠望，箏絃曳處，一回牽引，一回清脆。行雲夢、飄飄欲仙，赤繩任繫。莫更認作明妃琵去琶，文姬《笳拍》，韻流空際。　絳裳剪紙。怕還遇、社公雨洗。有時吹墮，似紅綫飛至。又似飛瓊，月明夜、碧落步虛聲遞。兒戲。喧徹杏花村外。

四檻花

春水

桃漲煙凝。麴波塵滓，俯窺鏡平。垂楊低拂翠，新蒲遠涵青。漁婦妝餘，還來趁，天上坐，一葉舟輕。更鱗鱗。漾碧魂銷南浦，波喚西泠。　江鄉啼老春鶯。又緑遍、汀洲杜若生。飛花隨鴨泳，搴芳與鷗盟。燕掠池塘，東風起，吹皺了，何事干卿。流紅去，和淚點，好寄多情。

蜀谿春

浣花箋，用松隱韻

幾幅赫蹏，染成桃紅，文苑流芳。鈿尺量匀，錦刀裁艷，應勝硬拓葵黃。脂水痕漬處，渾不減、薄暈啼妝。念薛娘，揮灑時，風月恣平章。　如今浣花谿上，依彼美新製，色奪初陽。側理輸將，衍波遜卻，閃閃霞面生光。居近橋萬里，新詩寄、一紙留香。待醉展，作草書，映彩觴。

大椿

漁家樂

新漲平堤，蘆芽滿汀，依約扁舟獨檥。潑剌銀鱗躍，正鳴榔聲起。消得笠簷蓑袂夢，即此是、釣徒鄉里。何愁網出西施，祇當鷺鷗盟締。　桃花夾岸無數開，照水一枝，艷態尤媚。活活春雲樣，裊炊煙船尾。等閒沽得松醪飲，好約他、漁兄漁弟。待酒醒來，欸舷歌，月明風細。

惜花春早起慢

本意

又誰知，昨宵來猛雨，攪亂芳圃。驚殘小樓春夢，一霎展轉，裀席無主。紗窗乍曉，聽乳鶯、啼過池樹。急擡身、悄捲畫簾，看霏盡香霧。　何辭繡襪玲瑽，向苔徑巡行，泥印纖步。忙將彩幡護起，莫再任、封家姨妒。夫壻憐儂，還昵他、鴛衾辜負。惜花詩，恰吟成，遠寺鐘纔鳴處。

清風滿桂樓

春宵苦雨，用松隱韻

連宵悶雨。淅瀝敲殘，紗窗一燈愁聚。孤枕夢驚回，知多少、落紅最深縈注。簷聲點滴助，莫誤作、早秋淋露。朝來有、柳條蜿地，重垂煙縷。何時賞茅宇。酌遍梨花，玉壺買春歸處。三徑草芊緜，芳泥濕、還怕踏青鞵污。深閨怨幾許。更厭聽、林鳩呼取。晴娘掃，剪紙宜招鳳侶。

六花飛

即席賦贈

盤鴉巧綰，修蛾淡掃，是天生傾國。燕樣身材，恰長如錦瑟。綴衣襟、花球似雪，越顯出，雅潔風標嬌嬈色。問華年、三五未盈，蟾影盼圓夕。娉婷玉梅樹，偎人坐處，乍親霑香澤。一曲鞶婆，撚春葱無力。和一串歌珠溜月，帶淺笑，細點鞵尖輕輕拍。更當筵泥我，把秋紈句覓。

戀芳春慢

山遊

巖雨霏香，碉雲漱玉，幾番遊興騣騣。涉水登山，處處陶寫清音。四望繁花似雪，更一帶、新筍成林。席地坐、草軟如茵，快意聊撫青琴。松杉聳翠，竄來蒼鼠，藤蘿裊碧，啼徹幽禽。樵斧丁丁，不覺響入煙深。倘得茅廬結就，隱居處、《梁父》堪吟。斜陽落、好共牧童晚歸，徐度遥岑。

清風八韻樓

春山，用王半軒韻

拄笏綺窗前，見山意回春，濃青如草。笑展眉痕好。對螺鬟翠綰，半明林表。浮嵐掃。淨送謖謖，松濤聲嘯。任妝點、淺白深紅，野花都已開了。　朦朧煙雨無際，聽千巖響遍，杜鵑啼鳥。路入桃源杳。問劉郎底事，竟迷仙島。幽居空谷，操猗蘭、聊寄懷抱。待晚映杏隖，斜陽還愛，碧峯影倒。

倚闌人

賦得小闌花韻，午晴初

碧紗櫳外曈曨日，照芳菲、滿圃花鬥艷。舞蝶晴忙，遊蜂午鬧，亞字欄干低颭。楚楚風韻別，那怕軟紅塵染。翠袖偎餘，金鈴繫處，八甎晷劃痕猶欠。　曲折回廊地占。悄憑來、一味香吹冉冉。千葉桃緋，雙丫蘭紫，絶世豐神難掩。對此春晝永，小酌酒波微瀲。闌珊影轉。問誰驗取，似綫貓睛斂。以上從杜氏拾遺補。

齏鹽詞

自序

平生志願百不償一，惟詞名稍播，聊足解嘲。乃自丙辰患風疾以來，名心已十去八九，然而文字結習未盡删除，加以今淑舊而嗜痴者請乞無虚日，迄今四年，所積遂夥，聊輒排比之成一卷，命兒澤鏊録之，顔之曰「齏鹽」，蓋取齏鹽送老之義，抑無牽率應酬？不無酸餡氣云。視爾《藕絲》之託志閨襜，《笙鶴》之遊心碧鶴，進步歟？退化歟？吾不得而知也，還質之談詞諸君子。己未暮春，汪淵識於竹洲之竹素軒。

南鄉子

《雲松圖》

雲氣自濛濛。泥我無心出岫重。繚繞幾番成變態，漫空。空谷何人策短笻。　夭矯數林松。黛色蒼皮欲化龍。謖謖天風吹萬壑，濤舂。響答斜陽嶺外鐘。

臺城路

爲魏塘吴稼生題《採藥圖》

瑶花琪草春風吐，晴天暗香微撲。疊嶂縈青，陰崖茁翠，都入桐君新録。長松蔭覆。有葠片龍團，杞根尤伏。笑命奚童，鋤携鴉嘴向陽劚。　幽懷偏又惻穩，千金方撿處，仙劑頻續。沈溺誰援，瘡痍待拯，醫國猶勞心曲。餘情未足。更落紙雲煙，引人遐矚。著意谿山，圖成張滿幅。君善醫，兼工山水。

百字令

鮑徵君送女出閣，送之以詞

小春天氣，正江楓艷絶，嶺梅香透。簫鼓喧闐忙嫁娶，迨吉令暉歸候。黄竹箱擎，紫荆釵戴，鹿輓車前後。無名匳贈，隱之賣犬還又。　最喜射雀緣諧，乘龍壻選，里屬高陽舊。壻許姓。親迎不須驄馬避，來締鳳山佳偶。蔭被慈松，才傳賦茗，琴瑟同心奏。平生願畢，從兹五嶽遊久。

浪淘沙

余久懺悔不作艷詞，昨歸途見敝女舄棄道傍，纖不盈握，感而成此，殆亦忍俊不禁者歟

一瓣瘦紅蓮。輕擲誰憐。想當出没畫裙前。比似初三弓樣月，淺露雲邊。　敝極態猶妍。貼地翹然。可曾借作小觥船。料得那回貪醉戲，痕印郎肩。用孟陽詩句。

浣谿沙

次韻和東園，兼柬槁蟫睫盦[一]

香雪霏殘客館風。天涯頒到翠筠筒。梅花數點勾吟翁。　馬齒轉愁增老朽，蛾眉無復歎飛蓬。再續絃又斷。[二]何時鱸鱠釣垂淞。

【校】

[一] 此組詞之詞題，《小羅浮社唱和詩存》作「會東園睫盦見懷元韻並寄槁蟫」。

[二] 再續絃又斷：《小羅浮社唱和詩存》作「斷絃已七年」。

其二

時節燒燈興漸闌。故鄉猶自夢[一]梁安。更無人與[二]共盃盤。　東望羅谿春樹隔，北瞻刊[三]水暮雲寬。相思明月一輪寒。

【校】

[一] 夢：《小羅浮社唱和詩存》作「隔」。

[二] 人與：《小羅浮社唱和詩存》作「良友」。

[三] 刊：《小羅浮社唱和詩存》作「邗」，當是。

其三

有酒能消落魄愁。何須萬里覓封侯。此身泛泛若鷗浮。　草檄墨誰磨盾鼻，藥爐煙尚裊牀頭。懷人日暮雀聲啾。

高陽臺

為李定夷題《伉儷福》

紅綫緣牽，碧城侶合，百年艷福誰消。修到今生，天教金屋藏嬌。涉江採得芙蓉種，並頭開、暮暮朝朝。漫輸他，德耀眉齊，京兆眉描。　絕無天壤王朗感，似彩鸞下謫，得配文簫。萬種歡情，寫殘幾幅鮫綃。鴛鴦卅六原同命，鎮長看、頸翼雙交。況當時，七夕憑肩，密誓深宵。

百字令

語石和槁蟫九日登高韻，余亦繼聲

秋光晶皎，向翠微峻[一]處，梯陞由[二]底。休認參軍逢九日，帽落西風來此。扇影衣香，珠歌玉舞，[三]拇戰喧恢[四]地。芳筵未與[五]，病魔深恨纏己。九日同人携酒登高，余以病不與。[六]遥想高會[七]羅谿，二三良友，佳節[八]危樓倚。一雁長空書寄到，消得龍洲才氣。猿臂琱弓，彘肩斗酒，射獵殘年計。纍儂纍歎，挑燈誰與同醉[九]。

【校】

[一]峻：《小羅浮社唱和詩存》作「登」。

[二]由：《小羅浮社唱和詩存》作「自」。

[三]「扇影」兩句，《小羅浮社唱和詩存》作「舞扇雲連，歌筵霧集」。

[四]恢：《小羅浮社唱和詩存》作「廞」。

[五]芳筵未與：《小羅浮社唱和詩存》作「簪萸少一」。

[六]此注，《小羅浮社唱和詩存》無。

［七］高會：《小羅浮社唱和詩存》作「佳節」。

［八］佳節：《小羅浮社唱和詩存》作「高會」。

［九］此句，《小羅浮社唱和詩存》作「開樽但付沈醉」。

壽樓春

《寒燈課子圖》爲周拜花之母題

挑蕓窗寒燈。見嬌兒玉雪，孤靈悲增。不惜身兼師保，絳帷傳經。光照壁、青熒熒。聽膝前、琅琅書聲。想畫荻丁寧，折萲辛苦，彤管有餘馨。　宣文範，昌黎檠。恁匆匆卅載，花甲年登。回憶嬉懲竹馬，業勤囊螢。時雨化，林風清。與柳家、丸熊同情。更題葉軒中，詞成瘦紅千古稱。節母工詞，著有《瘦紅詞》。

踏莎行

同碧山韻題草窗詞韻贈陳蝶仙

庾鮑豐神，錢劉格調。咳珠唾玉霏多少。一編嘔出楚騷心，美人南國生香草。　夢蝶閒情，遊仙雅抱。八叉麗句從教道。丹山萬里拓吟懷，況兼雛鳳清於老。小蝶亦工詞章。

又

琴雅遺音，笛家新調。詞箋賦筆如君少。海棠香國夢醒餘，日湖一卷漁歌草。　減字偷聲，抒懷寫抱。外孫齏向人爭道。補紅重爲譜宮商，不輸白石仙稱老。君有《補紅曲譜》。

百字令

劉語老以《無長物齋詞》見贈，用坡韻答謝

一編琴雅足千古，漫説家無長物。對此琳琅三百闋，萬丈光騰齋壁。嚼徵含宮，偷聲減字，口齒清於雪。茗谿謂朱古微鐵嶺謂鄭叔問，與公同號三傑。　憶昔私淑情深，篋中詞選，讀昭焉矇發。世事滄桑都是夢，祇有夢痕難滅。焦尾重彈，歌絃再按，律細心如髮。賈將餘勇，不妨留借雲月。

齊天樂

為李定夷題《千金骨》小説

世間何恨裙釵恨，憑君寫成哀史。兩小無情，三生有幸，得與倚樓人契。紅絲暗繫。怎醋海波興，妒花風至。泊鳳飄鸞，萬般辛苦備嘗起。　窮途猶幸共濟。奈天涯兵阻，病殁荒邸。命薄緣慳，清[一]深福淺，白骨千金空市。傷心不字。早勘破凡塵，隱身初地。末路蛾眉，請看青塚裏。

【校】

[一] 清：疑當作「情」。

念奴嬌

用坡韻題吴東園先生《邗江雜志》

一從吴地浚邗溝，蔚起東南文物。綰轂中原，鹺利溥、絶少家徒立壁。蕭選樓登，蕃釐觀覓，淮海濤飛雪。浪花淘盡，古今多少英傑。　其奈歐化東侵，已無枚叔輩，文攄七發。論語燒薪，玄覆瓿、碩學漸歸澌滅。賴有宏儒，編成雜志，欲繫千鈞髮。保存國粹，此心耿耿如月。

臺城路

題《定夷叢刊》

天留一管通文筆，从殘網羅多少。舊夢香迷，新愁珠換，白髮來談天寶。餘情未了。有佳俠含光，美人芳草。誰福誰冤，悲歡離合總難料。清辭霏作玉屑，彙編重訂處，如掞鴻藻。稗海奇聞，蘭閨韻事，也費幾番搜討。安排定稿。喜碎墨零縑，得窺全豹。竚看風行，環球爭讚好。

又

《小檀欒室勘詞圖》，爲徐積餘君賦

江郎一握生花筆，天教半歸閨闥。粉詠脂吟，絺章繡句，都是美人心血。篇篇艷絶。

問搜集叢殘，孰盈行篋。賴有徐陵，斂開百福爲編列。玉臺千古獨擅，丹鉛經點勘，蓮漏宵咽。雁足燈擎，蠅頭字斠，絶少雨淮風別。宫商細覈。好譜入瑶笙，月明吹徹。多少香魂，夢中環叩切。

瑣窗寒

悼劉語石先生，用玉田悼王碧山韻

蝶槁香銷，鵑瘏血染，耗傳江外。夏曆二月杪接槁蟫信，始悉君噩耗。詞仙謫滿，魂返蕊珠宫裹。曾是。記當時、錦箋唱酬，不嫌安石金多碎。甚劉郎一去，桃花開落，總形淒致。哀吟意。便抽盡春絲，夢痕如水。詩瓢輕擲，唱徹秋墳新鬼。倩誰彈、焦尾數聲，吹來冷雨都成淚。漫聽殘、黄浦回潮，斷腸摧岸葦。𡗝、悴二字不知均，從美成體，且用山谷和東山詞前例。

高陽臺

呈朱古微先生，即用其「渝樓詞夢」爲韻

百衲調琴，千絲孰鎳，天涯早荷垂青。余集句詞早爲君所賞。悵望苕谿，空懷問字元亭。遺編遠道瓊瑶贈，扇清芬、倍挹深情。偶披吟，如炙新簧，如拊疏箏。　蘭成老去多蕭瑟，仗江關詞賦，陶寫平生。小住吴皋，聽殘池館楓聲。君寓蘇吴氏聽楓園。偶然賃廡春申浦，主春音、社事修明。在滬創春音詞社。漫回絃，家國滄桑，淚雨雙零。

玉漏遲

語老囑集句題其詞集，余久未有應也。今春成此寫寄，而語老已歸道山，賞音誰人？思之不禁腹痛

化爲蝴蝶去，留雲借月，暫成離阻。描取春痕，脈脈此情誰訴。殘夢不堪重理，待喚醒、重聽《金縷》。城下路。幽懷倚石，又來訪古。君有《東園訪石圖》，石在留園，即冠

雲石也。遥想雲捲瓊樓，弄幾曲新聲，淒涼酸楚。寫入琴絲，挑剔寒釭尋譜。前度劉郎易老，奈雙鬢、不禁吟苦。愁幾許。風前翠樽誰舉。

淒涼犯

施槁老用拙詞「陵陽鎮曉發」韻見贈，依韻酬之

廿年不到春申浦，重來電炬增焱。自甲午到滬後相隔廿年，樓臺電影倍增於昔。繁華都市，新奇世界，俗塵難掩。譁囂久厭。況三伏、炎歊未斂。到今來、維摩示疾，長日卧牀簟。余驟得半身不遂疾。還趁秋涼好，一櫂桐江，倦歸西崦。壯懷負卻，任沈埋、匣中雙劍。說甚歌場，早幾度、戒香曾染。賸浮萍、蹟寄海上，泛數點。

水調歌頭

舟次中秋，用坡韻寄懷海上諸友

月不判今古，郎朗麗瑤天。坡仙與我相去，七百有餘年。依舊丙辰齒紀，依舊中秋節

屆，依舊一輪寒。跌蕩水晶域，翹首盼雲間。闖篷窗，窺莞簟，笑依眠。不知人世，今夕幾處照團圓。我在新安江上，還祝春申浦畔，吟福友能全。歸夢控笙鶴，風露灑娟娟。

金縷曲

沉夔笙以《菊夢詞》見贈，用集中韻答之

何計攄懷抱。正書窗、煙籠芍藥，向人含笑。書齋芍藥正開。天外飛來金荃集，展讀蠶眠字小。也抵得、一編香草。恨我茂陵長卧病，去夏在滬得偏風疾，乞今已痊。對吟揃、竟乏瓊瑶報。心最折，浣紗調。

君如白石仙稱老。十年前、殷勤遠惠，粤西叢稿。前個程生寄贈《粤西詞》見。第一生修梅華館，譜出樂章不少。又何用、臨風悲歎。珍重清歌聽菊部，箏葬花、奔月皆詞料。還自壽，進壺棗。集有自壽詞。

蝶戀花

和頌陀秦淮餞春，用歐九韻

乞奏緑章天何[一]許。欲挽東皇，展緩歸期數。爭奈簾開丁字處。柳絲折送長亭路。　煙暝蕪堤斜日暮。飛絮無情，不解留春住。花自飄零鶯自語。渡口[二]桃葉空迎去。

【校】

[一] 何：《小羅浮社唱和詩存》作「可」。

[二] 口：《小羅浮社唱和詩存》作「江」。

又

藥圃芳菲留[一]少許。棼尾盃擎，别酒澆無數。碧草如煙迷處處。杜鵑啼徹天涯路。　金粉南朝山色暮。催唱驪歌，欲住無從住[二]。幾點殘紅飛不語。衹隨淮水滔滔去。

【校】

［一］菲留：《小羅浮社唱和詩存》作「韮餘」。

［二］往：《小羅浮社唱和詩存》作「住」，當是。

高陽臺

徐茗茗女士《蛺蝶圖》，茗茗爲積老愛女，工詞善畫，未笄而殁，積老悼之，故爲之題

栩栩憨情，翩翩艷影，掠殘碧草斜陽。寫入冰綃，真成活色生香。緣何命比琉璃脆，返月宮、侶逐寒簧。自難忘。裙幅麻姑，畫幅滕王。　倩魂化作羅浮鳳，指空濛樓閣，歸去仙鄉。嬌小金鑾，也教夢醒蒙莊。西河都講鎸苔玉，總遜伊、蕓帙流芳。最淒涼。悲甚曇花，感甚滄桑。女士著《香蕓詞》。

絳都春

和夢老宣南展禊崇效寺賞牡丹韻

春明續禊，共二三舊雨，集梵王宫。注酒翠樽，調笙銀字敘歡蹤。蘭清蕙秀聲名重。二伶名。雅歌聽也都慵。祇應詞客，分榆賭韻，樂意融融。況有洛花鬥艷，映瓊枝沁緑，寺有緑牡丹。粉暈妝紅。徙倚畫欄，沈香亭北醉迎風。滄桑一霎華胥夢。尚留初地幽叢。幾番遊賞，韶光九十快終。

慶宫春

寄呈鄭淑問[一]先生，用集中寄懷王壬秋韻

蟬噤涼柯，蛩喧斷砌，玉釭剔盡寒碧。睡起無憀，樵歌一卷，盥薇莊誦終夕。樂章琴趣，總不敵、江郎彩筆。依稀如聽，晴院霜鐘，水屢[二]風笛。最憐海上棲遲，畫賣青山，眷懷雲薜。蘭錡家世，詞場跌蕩，説甚杏林仙蹟。夢回芝塢，可還有、梅花遞驛。叢

有兩版，留布他年，盛名爭識。君居滬以醫畫自給，且著詞學，有多種特刊。

【校】

［一］淑問：應爲「叔問」，即鄭文焯，字叔問。

［二］屢：當有誤，疑爲「屢」，即「樓」之異體。

存古詠爲徐積餘先生乃昌賦

南鄉子

石家侍兒印

艶説石齋奴。金谷園中聚麗姝。慧絶侍兒文雅甚，知書。小小銅章寶篆摹。　芝印押紅腴。不數昭陽妾倢伃。龔定庵有趙飛燕印。欲向小名遺録覓，躊躇。知是翾風是緑珠。

金縷曲

唐天寶鏡

閱遍滄桑炯。是當年、風流天子，三郎遺鏡。七出菱花光芒吐，付與華清管領。可曾照、環兒艷影。白髮宮人談未已，賸一泓、秋水寒猶凝。雲鬢掠，曉妝竟。　千秋金鑑憑誰省。伴王姨、蛾媚淡掃，至尊朝請。引得漁陽鼙鼓鬧，一例劫灰沈井。空鑄出、笙琶鞉磬。鏡背鑄衆樂器形。對此淒涼南内月，與冰園、終古相輝映。鉛粉淚，滴如綆。

唐多令

柳如是鏡

一樹柳依依。山莊拂水移。記當時、妝閣曾窺。曉日菱花開七出，眉寫翠、臉勻脂。　幸異絳雲飛。圓留月一規。問衣冠、娃嬉誰譏。衹恨官看巾帽整，終不似、漢官儀。

踏莎行

黄門顧二娘硯

龍尾雲腴，羚坑水玉。琢成得著文房録。專諸門巷試重尋，顧家絶藝誰能續。石質蒼堅，形模古樸。鱗鱗背蹙波紋緑。至今猶帶墨花香，當時生受蓮鉤蹴。相傳二娘以足蹴石，即知硯才之良窳。顧居專諸巷。

齊天樂

題柳路枝傳

疾風雷雨威靈感，天生女中奇偉。金屋妍姿，璇閨麗質，都挾英英豪氣。逡巡待字。問孰是雄才，得諧連理。賴有宗枝，良緣兩地一絲繫。無端嬌妒忽起，雪深山澗凍，薄命萎花。燕燕于飛，鶼鶼比翼，王冕不嫌血洗。誰知暗裏。有崇拜天人，矯裝來侍。癡絶相思，徇情甘爲死。

摸魚子

題欖橄仙

被娘行、俠心一激，從知冤獄宜救。白巾窗下頻摇曳，畫室遂成逋藪。藏未久。便打點、扁舟送別湖壖柳。臨歧吻口。覺萬種深憐，三生厚契，都付此君有。南斐去，漸漸功成業就。如何別締佳偶。昔時姊妹今情敵，紐約重逢時候。誰識透。幸彼美、鶯喊自願香盟負。罪名脱後。喜橄欖仙諧，蔦蘿體記，艷福恁消受。

賣花聲

張仙槎閒雲硯，爲徐積老賦

伴爾泛槎游。行篋常留。閒雲出岫幾經秋。多寫張騫携共往，銀漢西頭。圖詠墨香流。壯志能酬。天風激蕩海濤遒。不見支機通碧落，片石誰求。

浣谿沙

袁隨園自製墨，同前

閲遍倉山舊日春。擣殘萬杵翠螺雲。一丸猶自説龍賓。　待寫名園遊記續，細研女弟和詩頻。幾番歎息墨磨人。

鶯啼序

睫厂以三十歲前詩詞稿見示，即用集中韻題之

飛來朶雲片片，灑詞人涕淚。漫惆悵、三十年間，才華閲盡流輩。便吟偏[一]、美人香草，騷情雅思何能已。到如今、光景常新，日仍天麗。　縹緲瓊宫，素女夜織，溯遊仙舊事。對鴛枕、説與相思，相思無計能遂。賸茫茫、落花疊詠，更陳蹟、模糊難記。任淒涼，採輯詞牌，貫穿詩意。　白莲野外，緑树祠前，露筋感一死。可还念、步虚月晓，魂歞侣風，清傲來會，冶春歌寂。懷春夢遠，碧城館韻，分拈羽士招處，問留春、社集

誰相似。畫欄憑遍，回思弔古居庸，遊蹤昔日經此。　泉源萬斛，露錦千章，播文名蓋世。縱持較、庾新鮑逸。　未判低昂，宋艷班香，差堪位置。陽春白雪，幽蘭淥水，瑶琴一曲無限恨，恨知音、人海逢非易。讓君才氣無雙，收拾乾坤，早歸筆底。

【校】

［一］偏：當爲「徧」亦即「遍」字之誤。

滿庭芳

次韻和夢坡愚園修禊

百六芳辰，重三令節，偶然鴻爪留痕。　名流畢集，相對餞餘春。寄興一觴一詠，情款款、暢好同論。憑誰剪，半江淞水，對此泛清樽。　風塵。驚滿目，閒依歇浦，禊飲園浜。任吹來鄰笛，喚起詩魂。　多少吴兒木石，小海唱、洛下空聞。何須羨，長安人麗，隊逐號韓秦。

壽星明

黄省長六旬及其德配五旬雙壽【代】

夙籥初調，壽域宏開，歡騰皖疆。憶詞林奉職，才超元白，仙源出筆，治邁龔黄。稼穡勤民，萑苻清伐，五馬榮膺紫綬□。去睞更勞，襄禹策，績奏宣房。無端人事滄桑。幸吟鬢、星星尚未霜。向北山偕隱，方平鶴怨，南陽高臥，施起龍藏。絳老名齊，蒼生望慰，潞國耆年始杖鄉。宜城駐，喜花迎旌節，春日舒長。

又

遥望弧南，老人星傍，婺星倍明。是鴛鴦牒注，良緣夙締，夙[二]凰簫引，偕老同賡。書畫餘閒，閨房静好，時撫瑶琴一曲聲。相唱酬，和有珮香館集，傳遍詩名。夫人能書畫，善鼓琴，精詩詞，著有《佩香館集》。俄春籙進長生。便大衍、籌憑海屋增。對恒春樹茂，酒觥稱兕，迎春花發，歌管聞鶯。賢母思陶，令妻頌魯，晝錦堂開衆服榮。臚歡處，恰元宵月滿，彩焕鼇燈。

【校】

[一] 夙：當爲「鳳」(「凤」)字之誤。

壽樓春[一]

次韻東園廣陵見懷

才名真殊倫。是唐家沈宋，漢室淵雲。忽枉瑶華持贈，雅歌空群。懷舊所、淪風塵。幸見知、琁[二]閨夫人。謂孫夫人。有詠菊閒情，吟梅逸畫，陶寫廣陵春。函通雁，揃傳鱗。悟書蟫故蹟，夢蝶前因。那得腰纏騎鶴，奮飛吾身。橋廿四，簫聲親。又何須、窮途傷麟。約三五詩朋，同開一分明月樽。

【校】

[一] 調名原作《壽星明》，按譜此調應是《壽樓春》。

[二] 琁：當爲「璇」字之誤。

楊宛叔《鍾山獻》有詠十六艷詩，余謂此題與詞爲宜，因譜之如數

貂裘換酒

問侍兒月上花梢[一]幾許

徙倚紗窗下。正黄昏、蘭燈未上，晚鐘敲罷。宛轉嬌聲呼小玉，去到荼[二]蘼新架。問可有、月鉤高掛。驗取花梢痕深淺，怕銀蟾、偷眼窺來乍。疏葉隙，冷光射。江城人靜初更打。偶徘徊、水晶簾底，離愁暗惹。直待知心雛鬟報，分付沈檀燒者。便悄向、姮娥私拜也。細語低低聞未得，任北風、裙帶吹猶擺。歸不寐，怨遥夜。

【校】

[一] 梢：原作「稍」，誤。

[二] 荼：原作「茶」，誤。

洞仙歌

挑燈坐

迢迢良夜，正懷人無那。脈脈含情徹宵坐。任蘭膏添後，蓮檠挑餘，無聊對，燈結垂垂花大。　笑儂孤另甚，數遍秋鉦，廿五聲喧身邊過。意欲救蛾飛，斜拔金釵，將紅焰、剔開向左。早心怯、空房不歸眠，衹留伴窗前，影兒一個。

高陽臺

小語脂香襲

綠醑牽愁，去綾隔夢，個儂小別重逢。相對嬋嫣，難禁私語喁喁。花香不辨脂香襲，展櫻桃、一點脣紅。味清芬，彷彿深宵，嬌喘朦朧。　蟬聯弗斷多情話，向茜紗窗下，細敘歡悰。吹氣如蘭，泥人半醉醒中。銷魂值得樽前死，笑妝臺、冰麝無功。證同心，樊素當歌，聲更玲瓏。

念奴嬌

開簾引燕

到春社了，想經年隔别，想[一]思良苦。驀向雕梁，偷認久、生怕湘簾低護。打起珊鉤，引將玉剪，拂柳縈花住。呢喃語我，重來風景如故。最愛掠水輕盈，銜泥往返，細把芹巢補。任爾頡頏，飛不礙、休歎留香無主。紫頷斜窺，紅襟側閃，戀戀雙棲乳。涼秋一届，携雛還待歸去。

【校】

［一］想：當爲「相」字之誤。

玉漏遲

春朝風雨惜冶遊人

正韶華九十，滿期探遍，柳深花密。一夜東風，催到雨聲滴瀝。惆悵不勝惆悵，已無復、香車遊歷。雲羃羃。冶春社散，蝶淒蜂寂。　呼酒待發清愁，好卧聽墻東，響傳幽屐。罷繡江羅，約伴踏青收拾。預祝晴娘掃去，看明日、天開霽色。泥印陌。還留幾弓纖蹟。

浪淘沙

同三五女伴道小名

一陣笑聲聞。三五成群。自家閨字訴殷勤。誰是田田誰好好，不隱毫分。　別有小娃身。羞極微顰。藏頭露尾諱如真。忽被傍人偷説破，頰暈紅雲。

南鄉子

聽新聲垂淚

舊曲懶重聽。轉調新翻白雀翎。掩抑絃聲哀怨甚，淒清。中有深閨萬里情。　不覺淚雙零。振觸[一]愁心似弗勝。粉雨淫淫橋界面，分明。身世漂流感絮萍。

【校】

［一］振觸：即「棖觸」。

齊天樂

憑闌聽芭蕉雨聲

臨窗遍種芭蕉樹，緑雲深鎖如冪。枕簟分陰，闌干靠影，迸入虛簷聲滴。瀟瀟淅淅。任點破苔堦，亂侵萝石。涼透西軒，一燈紅暈四圍碧。　跳珠濺玉許久，身根清淨處，塵俗都滌。潤逼生衣，寒偎畫檻，卍字回環曾識。相思望極。甚夢斷銀屏，倍添蕭槭。欲寫新詩，墨痕愁浸濕。

菩薩蠻

花卜

歸期屢誤勞心曲。下堦細數花枝卜。春盡未家回。羞看夜合開。　翠深紅復淺。列瓣單雙办[一]。莫似昨宵燈。難將消息憑。

【校】

[一]办：疑當作「瓣」。

唐多令

拈蓮子打鴛鴦

風颭緑荷塘。夗央[一]戲水鄉。最堪憎、比翼翺翔。手剥蓮蓬颺翠菂，驚使散、不成雙。觸目景堪傷。癡心妒未忘。笑拈酸、亦自多方。惱及針挑同命鳥，將繡枕、撇空房。

【校】

[一]夗央：當爲「鴛鴦」之簡寫。

摸魚兒

挽垂楊作同心結

記年時、登樓凝望，陌頭緑遍垂柳。封侯夫壻天涯遠，悔煞春光孤負。春去後。見一樹、庭前籠雨籠煙久。絲絲入扣。待結個同心，纏綿不斷，歸日好相守。偏憐惜，此意問君知否。輕裝賫送還又。如環疊起無端繞，枝葉青青消瘦。叮囑透。莫異樣、生情別締新鴛偶。雙雙綰就。似六出梔懸，重臺苣種，此物共參究。

浣谿沙

榻窗上花影

明月窺窗伴寂寥。枝枝花影上如潮。生香不斷倩誰描。姿態別教參處活，精神都向筆端超。可憐人過可憐宵。

減蘭

諷詠《柳枝詞》

依依南陌。萬緑如雲迷葉色。譜入新詞。一笛吹春唱《柳枝》。回腸蕩氣。彷佛靈和宫殿裏。諷到魂銷。落日西風別灞橋。

鳳凰臺上憶吹簫

浣手繡觀音

爇到檀雲，盥殘薇露，繚綾描就觀音。好輕撏素縷，潛度金針。繡出莊嚴寶相，全不負、信女虔心。慈悲託，楊枝幾滴，灑作甘霖。　追尋。向南海去，任點綴圖中，紫竹成林。對裝潢錦軸，頂禮情深。默數一絲一願，願苦難、永免相侵。焚修處，白衣法身，薰遍栴沈。

長亭怨慢

傷春草多情

歎芳草萋萋千里。緑遍天涯，恨何能已。車馬勞勞，送君南浦碧波外。傷春人去。誰禁得、銷魂味。夢又醒西堂，也不信、多情如此。　蒽翠。正燒痕蘇後，漠漠煙蕪遥睇。裙腰一道，便勾引、踏青輾至。問若個觸緒悲涼，任黄入、斜陽門閉。賸幾點落花，埋玉深深無地。

最高樓

吸花露

金莖浥，吸取曉來忙。消渴自然忘。蓮花有露能延爽，桂花有露更流芳。玉魚津，銀燕粥，漫思量。　休比擬、桄榔瓢漉汁。還勝似、芭蕉苞沁密。餐石髓、飲天漿。但從蟬穴分槐滴，不須龍井瀹茶香。療琴痟，醫酒病，信奇方。

金縷曲

題范君賓[一]《鸚鵡集》

一幅邱遲錦。是天孫、雲機織就，鮮明逾甚。化作能言鸚哥集，餘墨絶無旁瀋。信不愧、兼人才禀。咳唾九霄霏珠玉，早姑蘇、臺下香名飲。合付與，棗梨鋟。　護龍街左幽居審。記年時、苦吟密詠，瘦腰如沈。濳把石湖宗風𤉢，克紹薪傳千稔。歎語語、心脾都沁。賴有令暉收藏久，稿爲其妹所收。遍騷壇、博得新題品。京洛紙，貴還恁。

【校】

［一］范君賓：當爲范君博（一八九七—一九七六），吴县人，南社社員。《鸚哥集》係其詩詞集。

沁園春

壽姚母濮太夫人

天姥峯頭，寶婺增輝，臚傳頌聲。是燕山丹桂，英蜚伯仲，謝庭玉樹，秀萃孫曾。禮教嫺餘，義方訓後，書畫精通遐邇稱。漱芳集，便詩壇譽遍，不櫛才名。遊蹤曾記金陵。況九秩婆娑寶籙呈。有左家嬌女，百齡慶吉，王家新婦，四代歡承。曾孫已娶。堦舞斑衣，堂開晝錦，酒晉荷觴當兕觥。叨餘福，願大千世界，仁壽同登。

蝶戀花

楊瑟民先生芃棫《畫梅詋詠》

驀地香風吹細細。不見花開，但見圈盈紙。誰向羅浮春夢裏。華光一卷傳神似。賴有斜川能寫意。博得披心，密詠恬吟起。數點天心參透未。畫中詩即禪中理。

又

籬落徘徊吟詠久。黄絹篇成，除是神仙有。持較鴛湖歌百首。繪聲繪影銷魂又。滌筆冰甌誰與偶。字字皆香，堪繼林逋後。老鳳清於雛鳳否。桐花不比梅花瘦。

金縷曲

哭施琴南先生

昔夢今纔醒。著《昔夢篇》自輓。記年來、詩筒往復，唱酬稱盛。忽地滄江凶問至，星隕伍喬光炯。便從此、騷壇寂靜，白雪陽春無人和，問蘿谿、風月誰兼領。天末望，雁書迴。前番在小羅浮境。也曾經、探梅訪菊，發揮吟興。今日盍簪朋侣集，同抱人琴悲哽。已稿[一]盡、紅蟫瘦影。淚灑楓林斑斑血，是虞思、君妻名。啼斷霜華冷。才八斗，竟防命。

【校】

［一］稿：疑當作「槁」。

一斛珠

《聽風聽雨寫竹圖》爲錢南嶼賦

破窗風雨。瀟瀟颯颯聲喧處。起乘殘醉斫秋露。潑墨淋漓，都作瘦蛟舞。　筆花夭矯含餘怒。簷花點滴留餘注。一枝一葉多天趣。鐵鎖鉤成，彷彿孟端遇。

江城子

余穀民題《新茉莉傳》

桃花牆外見卿卿。正年輕。各心傾。出死入生，相救忒多情。轉徙蠻荒憔悴損，書甫達，夢魂驚。　絶裾駛去附舟行。到愁城。拯殘生。底事阿翁，猶自悔鴛盟。一劍殉君君脱險，緣未締，竟全貞。

其二

大雄毅民外號，時方悼亡。譯此最心酸。感無端。慘無歡。不見香閨，倚幌月同看。一往情深如茉莉，悲別鵠，痛離鸞。　夢中猶覩步姍姍。向君前。謝君傳。得匆今生，來了夙生緣。聞續絃已聘。轉盼催妝詩並賦，肩比玉，憶團圓。

湘月

用吳劍門韻爲秦鏡秋景清補祝雙壽

小山桂隱，正匆匆歲月，塵務都了。世變滄桑，總付與、蝶夢蘧蘧中老。賃廡吴皋，逃名汐社，戢翼雙鴛鳥。蕭條蓬鬢，秋霜點染多少。　憶昔白帝城邊，青衣江上，笄扁舟曾繞。幕府參軍，更莫問、蠻語娵隅聲悄。逸生後荷，清分竹葉，介壽觴稱曉。知非唱和，遍徵海内吟稿。

壽星明

次韻和勞稼村三十述懷

如此年華，藝苑蜚聲，力爭上流。較陸生入洛，文名後播，蘇公判陝，政界遲投。塩近黄妃，堤隣白傳，西子湖光足解愁。平生願，願傳餐有蟹，監視無州。　偏羞。握算持籌。況花甲、逡巡已半周。縱庭蘭早謝，傷喬梓感，靈椿見背，慶《蓼莪》謳。採藥稽峯，探梅孤嶼，選勝招邀蹟偶留。何須問，逐王陵俠少，肥馬輕裘。

其二

地有湖山，篤生偉人，洵第一流。向芳筵酬酢，酒觥頻舉，郵筒往復，詩筒遥投。籍甚才華，湛深經術，此是當今許散愁。將母在，在功高比相，宅懶誇州。　曾羞。借箸前籌。又誰説、勛名似馬周。傚淵明入社，遵三事約，伯通賃廡，感《五噫》謳。客夢蒓鱸，鄉心梅鶴，吾愛吾廬得小留。豪情寄，記胭脂坡下，夜走貂裘。

瑞鷓鴣

漫矜星宿滿胸羅。閱遍滄桑感若何。三窟藏身營狡兔，親貴多依外人自保。一編逸史付荆駝。憂時豪傑沈淪久，憤世文章痛哭多。對此茫茫百端集，有誰擊缺垂壺歌。

又

頻年憂患賸餘生。半體褢陽廢疾並。風痹未痊。笙鶴遺音多縹緲，雕蟲小技任譏評。干戈北顧方招亂，俄亂未已。烽火南來又被兵。湘苦兵災。自歎蕭條雙鬢雪，空教百事一無成。

《漁樵耕讀圖》爲龍巖林少綸經題

點絳脣[一]

煙暝波平，一竿釣起滄江月。鱠鱸如雪。巨口纖鱗説。　醉極陶然，夢久璜谿絶。扁舟發。雨騷風屑。巖翠蓑衣潑。《漁》。

【校】

[一]本詞原無詞牌，據詞調補。

減字木蘭花

一肩無礙。笑指山林衣食在。踏入雲深。樵斧丁丁響不禁。　修途冉冉。紅葉帶霜歸壓簷。峯障青蘿，莫更觀棋到爛柯。《樵》。

菩薩蠻

鱗鱗原隰波紋蹙。一犁破曉耕煙緑。東作敢忘懷。枝頭布穀催。春郊喧犢吪。秧水連塍碧。待到稻花香。柴門風送涼。《耕》。

浣谿沙

故里山光滿郭青。梅花卅樹帶煙横。一窗風雪讀書聲。舊籍從頭須讀習，新編到眼倍詳明。兒時有味憶分燈。《讀》。

摸魚子

爲趙鶴琴大令題《清操畫牘》

甚年來、萍蹤靡定，漂流閩海洲渚。回思蜀道山川險，歷遍巫雲峽雨。圖展布。是竹杖芒鞵、得得閒遊處。神凝目注。指赤甲峯高，衣青江闊，恍惚卷中過。滄桑換，北馬南船如故。殘編誰與珍護。家風清獻新都繼，一琴一鶴曾住。曾寄新都。懷欲訴。賸碎墨零縑、博涉荆關趣。駒光迅速。問舊墅詞人，古城醉客，可再半亭主。君居舊墅，曾修葺半亭，今又將圮，人皆盼君再來也。

附録一　藕絲吟館詩餘

藕絲吟館詩餘卷之一

紅窗月

憶舊

春寒春暖，過芳朝、又是清宵。憶瑣窗影薄，銀燭光摇。半股玉釵斜亸、枕函腰。鴛衾依舊人何處，淚暈紅潮。況簾衣粉冷，鏡匣香消。賸有一絲情掛、翠雲翹。

烏夜啼

夜景

影瘦翔鸞鏡裏，香銷睡鴨爐中。深夜月涼如水浸，夢醒曲屏風。　語罷氣吹蘭緑，啼時淚洗薇紅。百尺蝦鬚簾下立，雲鬟緑蓬鬆。

鞦韆索

春怨

粉牆紆曲闌干亞。悄然立、畫簾鉤下。半角夭桃點小紅，被黄鳥、聲聲駡。　煙絲斷續情牽惹。賸一曲、翠眉慵畫。分付新愁與舊愁，莫去管、花開謝。

花非花

秋暮怨

歸未歸，又秋暮。丹鳳城，白狼戍。路遥惟向夢中尋，燈殘月落知何處。

七娘子

詠牡丹

奇香艷態人多説。我今偏愛君高節。當日開遲，洛陽一擿。風流千古都生色。　梨花獨向三秋發。蓮花又得張郎悦。瑣瑣群芳，比君懸絶。門中桃李差爭烈。

夢江南

詠愁

愁何在，愁在兩眉尖。終日欲抛抛不去，恨他竟似漆膠黏。莫再畫纖纖。

添字采桑子

秋恨

斜風細雨催秋至，聲攪香閨。夢醒芳帷。正是碧梧寒欲透，藕絲衣。　天涯何處音塵斷，又没鵑啼。誰唤郎歸。一任牆陰紅粉泣，鳳仙飛。

荷葉盃

有紀

萬緑叢中偶遇。偷覷。悄立隔疏籬。不知人去已多時。癡麽癡。癡麽癡。

憶餘杭

初歸

終日望郎歸莫誤。要説許多離别苦。誰知到後喜欣欣。欲訴又無言。　夜間牢把心猿繫。用盡温存都不理。也教郎識意難持。深自悔來遲。

相見歡

有感

簾櫳曉隱春寒。冷沈檀。猶記小屏深處、夢珊珊。　歌舞醉。金粉墜。月團圞。曾與可人同倚、曲闌干。

滿庭芳

寒食有懷用少游韻

柳絮梳煙，梨花織雨，斷腸人掩重門。無聊情緒，獨自對芳樽。遥想鈿車寶絡，郊原外、遊冶紛紛。天又被，餳簫吹暖，草緑遍山村。　正時當百五，踏青期近，拾翠群分。記秦樓、月夜細意温存。怎奈黯然離别，香懷裏、血糁啼痕。銷魂甚，扶頭酒醒，杜宇怨黄昏。

十六字令

題閨人煙荷包

煙。慣惹相思帶醉拈。荷兩瓣，籠住玉纖纖。

青門引

夏閨

夜靜愁難臥。試向小亭閒耍。藕花衫薄晚涼多，嬌癡侍女，扶上鞦韆架。　盤旋生怕身輕墮。舞到風飛惹。那堪裙底羅襪，碧雲籠月雙鉤䩕。

法駕導引[一]

宮怨

歌吹杳，歌吹杳，一望一生愁。不是要矜君寵幸，深恩夢裏究難酬。明月下簾鉤。

【校】

［一］調名原作《導法駕引》，應爲《法駕導引》。

蘇幕遮

書《洪忠宣公傳》後

雪天低，冰窖結。萬里孤臣，直上衝冠髮。五國城遥音信絶。夢斷宫車，鼓角聲悲咽。

嚼寒氈，持秃節。獨有蘇卿，可與君爭烈。獵獵陰風肝膽裂。回首江南，日暮鵑啼血。

三臺令

畫眉

菱鏡。菱鏡。照見龐兒瘦影。畫眉怕對妝臺。仍倩檀郎到來。來到。來到。深淺碧痕難掃。

怨王孫

詠雁　玉樓

客邸疏懶。宵長夢短。湘浦聲哀，楚天影斷。遥想明月横斜。宿蘆花。人倚闌干暮。初聽去。嘹喨如悲訴。此時多少情緒。遠信誰傳。恨綿綿。

十拍子

秋閨

玉剪香銷燕去，金衣粉謝鶯休。人已不歸情已斷，莫道三星帶月鉤。菱絲夢又秋。短焰漫挑殘燭，餘薰尚在湘篝。簾外合歡花落去，淚透冰綃痕尚留。鴛鴦也白頭。

南鄉子 第一體

春遊

柳暗花明。芳園不閉任閒行。轉過闌干逢繡闥。遥隔。急得鸚哥呼有客。

醉花陰

詠歸燕

秋至風風兼雨雨。携得雛歸去。舊國是烏衣，回首江南，雲水知何處。　故人小别多情緒。猶繫紅絲縷。花發再來時，畫棟巢空，門掩斜陽暮。

訴衷情

春曉

冷落晓窗紗半颭，甚心情。春睡懶，欲起，夢難醒。斜枕翠圍屏。聽聽。玉堦風雨聲。打花鈴。

金縷曲

閨情

早是簾櫳暮。乍分明、蘭窗印月，苔堦點露。鋪到地衣香未冷，啼倦雕籠鸚鵡。甚憑準、愁心幾許。級級丹梯螺旋上，倚樓頭、望盡天涯路。憔悴損，碧眉嫵。而今二八芳年誤。霎時間、花開花落，春來春去。坐對蓮缸因底事，紅豆一雙輕數。欲遥寄、玉關何處。況復桂膏銷臂印，向空房、粉淚痕如雨。腸斷也，夢無主。

遐方怨

初夏

春已盡，日初長。倚遍闌干，風吹紫薇花露香。夢魂搓碎費思量。那堪銀蒜押，月昏黄。

唐多令

端陽

蒲酒緑香浮。相將醉未休。覰嬌娥、玉臂纖柔。一縷色絲親爲綰，名續命、實牽愁。　妝束極風流。羅衫换素秋。問卿卿、底事勾留。忙覓畫船同載去，遊虎阜、看龍舟。

賀聖朝

旅愁

春殘旅館愁難住。又幾番風雨。燈光蕭瑟漏聲疏，散夢魂勞苦。　此時人已無眠，那更夜深腸斷處。杜鵑啼血有心催，道不如歸去。

一葉落

秋雁

暮天雁。聲聲喚。幽懷觸起真悽惋。風寒過洞庭，月明宿湘岸。宿湘岸。莫鼓雲和怨。

思帝鄉第一體

重陽前二日作

風片片，雨絲絲。節近重陽不放菊開遲。望到白衣人至，醉如泥。贏得從前酒病一朝醫。

江城梅花引

秋夜有感

菊花黄遍小庭幽。晚煙浮。晚雲流。坐對寒燈，數盡報更籌。無奈塵緣容易絶，重提起，淚闌干，心暗愁。　愁暗已涼秋。爇香篝。掩羅幬。夢也夢也，夢不到、十二紅樓。難道隔江，潮又誤鱗游。半鈿分釵憔悴在，腸斷處，月纖纖，掛玉鉤。

江城子

秋情

秋風簌簌雁南飛。望郎歸。怕郎遲。一雙紅豆、封寄玉關西。也使心憐儂意緒，無別事，爲相思。

玉連環影

秋夜

深院籟靜人初倦。月上珠簾，簾底鸚哥喚。掛銀鉤。倚妝樓。夜夜海天心事、廣寒秋。

後庭宴

七夕

玉漏稀微，銀河靜悄。雙星此夕歡多少。畫屏深處燭花紅，吴儂拜罷低低禱。不求絶世聰明，不乞過人技巧。心香一粒，惟願歡歸早。秋月那長圓，春花難久好。

天仙子

夜思

雲散寒宵燈影護。銀箏撥盡深情緒。博山爐冷水沈香，人已去。心無主。鴛鴦瓦浸瓊花露。

如夢令

囑别

南浦鶯聲巧啛。此際分離愈痛。但願早歸來，重整鴛鴦舊夢。珍重。珍重。流水落花相送。

山花子

春暮

桃李香消緑滿城。懷人終日夢難成。恁奈悠悠春自去，不勝情。　雨浴薇花新恨惹，風扶柳絮舊愁縈。況復小樓腸斷處，子規聲。

滿江紅

賞牡丹

日麗芳園，牡丹態、艷還如昨。最愛是、淡煙籠鎖，愈加綽約。好似楊妃新睡起，雲鬟半嚲腰支弱。倚闌干，無語怨東風，人誰覺。　一點點，脂痕著。一片片，翠枝託。興至傍瑶臺，蒲醪淺酌。何況碧紗深護處，天香暗向衣襟撲。到此時、縱有暮春愁，渾忘卻。

酒泉子

春愁

一剪湘綺。捲起許多情緒。合歡花，連理樹。觸香懷。　那回曾倚雕欄角。心怯春衫薄。最愁人，紅豆落。碧桃開。

虞美人

春思

蘭閨曉睡鶯驚起。坐掩鴛鴦被。問郎門外碧桃花。底事多情飛入妾西家。　金籠鸚鵡聲聲喚。心緒如絲亂。妝樓盡日醉春風。一半愁腸都在有無中。

沁園春

詠乳

粉滴纔圓，酥凝正軟，突高素胸。羨秋衫半褪，芽含荳蔻，春綿一握，蕊吐芙蓉。畫檻横憑，檀槽側抱，絶勝金訶子淺籠。風流甚，待天寒手捧，爇暖如烘。　時將錦襪旋鬆。肌滑膩搓來露欲融。更情郎戲掐，爪痕鏤鏤，用楊妃事。嬌兒悄哺，津暈溶溶。白覺香浮，紅疑脂染，剥到雞頭想像中。魂消處，恰玉山醉倒，雪盎雙峯。

點絳脣

暮春

庭院深深，一簾紅皺桃花雨。憑闌無語。目送春歸去。　細剪雲箋，難寫相思句。心情苦。美人何處。芳草天涯暮。

蝶戀花

採茶

穀雨天公春欲暮。幾個嬌娃，踏得茶歌去。翠袖翩翩輕採處。筠籃緑滿瓊花乳。　瞥見枝頭雙蝶舞。觸起閒愁，難向他人訴。漫説茶心苦如許。茶心那比儂心苦。

少年遊

病起

舊愁纔減，新愁又至，此病有誰知。衣領輕鬆，帶圍細褪，清瘦了香肌。　外邊無限傷心景，强起隔窗窺。曲徑花飛，小池草滿，春去幾多時。

長相思

春景

桃花紅。杏花紅。日暖芳堤春色融。橋横碧草中。　煙濛濛。霧濛濛。金勒馬嘶楊柳風。香迷羅綺叢。

一剪梅

春夜

春閨夜永嫩寒侵。坐又無心。睡又何心。銀釭頻剔照棠陰。欲去聽琴。懶去彈琴。　蒲萄酒緑帶愁斟。醉到更深。夢到雲深。醒時半掩繡鴛衾。月正西沈。漏正銷沈。

調笑令並詩

有紀

鄭家有女名珊如，十六盈盈十五餘。鬢影衣香牽粉蝶，柳絲堤畔拂鈿車。

王郎邂逅驚奇遇，寸心無奈被留住。春花秋月忽分離，青子緑陰空想慕。

想慕。鄭家女。昔日曾爲花月侶。紗窗宛轉歌《金縷》。脈脈情緣無主。而今子滿相思樹。惆悵彩雲何處。

邁陂塘

雨裁桃錦，煙織柳綿，春恨依然，春光暮矣，爰賦此解以攄予懷

記年時、秦樓明月，玲瓏斜照窗戶。屏風曲彔裝金尾，圍個鶯燕侶。留小住。漫箏雁、雙雙彈出心情苦。投懷軟語。早燈穗飄零，袖華冷落，難整《柘枝》舞。　仙蹤去。暗想香雲粉雨。而今殢我淒楚。鬢絲憔悴誰憐也，驚歎韶光易度。春又暮。怎窣地、簾垂斷卻愁歸路。玉臺何處。便鏡背題琴，釵腰詠扇，依舊夢無據。

剪湘雲

詠芭蕉

翠葉穿雲，清香浥露。愛小立雕牆，錦纈低護。恁奈芳心重疊裹，裹著許多情緒。倚簾看、蝙蝠一雙紅，向粉陰飛舞。　誰想瑟瑟吟風，瀟瀟怨雨。使魂夢闌珊，欲覓無處。又是蠻箋裁就也，寫盡斷腸詩句。待秋深、雁影到衡陽，好寄玉關去。

清平樂

夏閨

日長罷繡。甚事消清晝。裊裊煙噓斑管瘦。脣破櫻桃香透。　那堪深惬情懷。水亭涼處偏佳。呼婢去邀諸妹，一起來打牙牌。

柳梢青

夏夜

雨歇涼添。晚粧初了，換得羅衫。背卻娘行，暗携團扇，輕捲疏簾。　一鉤新月廉纖。因甚事、碧雲半緘。悄悄拜來，喁喁訴罷，露冷鞵尖。

風入松

秋怨　　第一體。内嵌藥名

薄荷衣褪小銀塘。秋桂枝芳。七層樓上憑欄望，望天南，星漢茫茫。盃裏漫傾琥珀，心中先苦參商。　無聊斜倚合歡牀。續斷愁腸。一雙珠淚拋紅豆，歎薰籠、又冷沈香。久客也當歸矣，粉箱閒鬱金裳。

減字木蘭花

雨中菊

霜高山館。三徑黄花開緩緩。底事幽姿。恰似西施半醉時。　衹因秋雨。浣得花魂力無主。籬畔亭亭。濁酒誰人賞遠馨。

臨江仙

重陽

秋雨秋風寒醞釀，況兼節近重陽。菊花開到滿籬黄。安排新木屐，檢點舊詩囊。　挈榼提壺邀伴侣，登高四望蒼茫。楓林柏樹飽紅霜。酒闌人半醉，歸路又斜陽。

金人捧露盤

上元感舊

記當初，繁華地，鬧遊燈。正六街、春色霞蒸。板橋幾曲，紅妝逐隊暗香凝。醉中最是，魂消處、眼角眉稜。　到如今，景依舊，嗟前事，夢無憑。對闌干、十二空憑。細思細想，一泓秋水爲誰澄。那堪遥聽，鳳簫起、愁緒加增。

桂花新

詠摺扇

湘筠製就水輕磨。瘦骨珊珊握尚多。舒卷白香羅。動不動仁風奉我。

昭君怨

白杏花

昨日紅融翠活。忽又淡妝素抹。豈染滿頭霜。減容光。　曉起偶從窗格。窺見疏枝盡白。驚問是梅花。是梨花。

最高樓

春夜對月有憶

人何在，人在廣寒居。縹緲有耶無。此日音容徒想像，當年景物尚躊躇。綠羅衾，紅繡枕，碧紗幮。賸一樹、梅花寒浸月。又一片、梨花開帶雪。宵漏永、夜窗虛。心情總爲眉峯斷，夢魂難與眼波俱。費思量，勞悵望，轉模糊。

桃源憶故人

海棠

春陰漠漠濃如翠。檻外海棠吐媚。一瓣落花輕墜。驚醒風前睡。有時細雨疏煙漬。更覺仙姿華緻。好似玉環半醉。頰暈燕支淚。

菩薩蠻

春思

春風飄蕩楊花起。有時飛入空庭裏。欲待捲簾看。紅顔怯嫩寒。含情誰與語。門掩黄昏雨。莫去蹙雙蛾。新愁恐更多。

秦樓月

閨怨

傷春思。懨懨獨坐心如醉。心如醉。那有閒情，與花同睡。　不知癡願何時遂。憑欄暗滴相思淚。相思淚。彈牛杜鵑，血痕憔悴。

雪花飛

春閨

蝶影描將帳額，鸎聲喚在窗眉。細品檀雲一縷，香雜金泥。　雨織如愁掛，花零似夢飛。生怕雙雙粉淚，彈上棠絲。

柳枝第二體

戲倣續貂體詠宮怨

紗窗落日漸黄昏。望君恩。金屋無人見淚痕。向誰言。　寂寞空庭春欲晚，愁侵損。梨花滿地不開門。閉香魂。

搗練子

春愁

春悄悄，病懨懨。幾點楊花拂鏡匳。無奈情絲牽不住，愁絲又撮上眉尖。

藕絲吟館詩餘卷之二

荷葉盃

有憶

門掩落紅飛翠。如醉。誰在緑窗西。玉簫吹斷夢絲絲。憔悴六銖衣。　猶憶繡簾深處。同住。夜靜碧虛寒。金釵閒劃小闌干。細記月痕殘。

喝火令

夜怨

漏澀穿疏箔，燈昏隱小屏。玉釵敲碎落花聲。半掩紅窗，彈指倩誰聽。　翡翠衾偏冷，鴛鴦枕自横。朦朧睡去不分明。一片青山，遮住夢難行。一片曉風殘月，留住夢難醒。

紅窗聽

初夏

寂靜鶯聲春已盡。無端又、清幽夏景。滿園煙籜解新篁，正朝凝緑粉。　漸漸日長如歲永。剛午睡、風涼吹醒。櫻桃恰熟，晶盤薦處，覺香回齒冷。

杏園芳

松下納涼

竹陰太覺斜横。蕉陰太覺凄清。看來松下最怡情。聽濤聲。　疏枝折得權爲拂，好教輕拭棋枰。涼風微送韻丁丁。和瓶笙。

惜分釵

新婚

笙歌起。催妝矣。捲開紅帕先偷視。態偏妍。髮初鬈。兩道秋波，更覺廉纖。仙仙。

成親始。心如醉。少年難淡温柔味。掩疏簾。倚香奩。終日房中，並著雙肩。鶼鶼。

紅林禽近

詠燭

龍蠟寒逾白，鳳油凝更紅。鑄出燭清峭，剪成彩精工。最愛金荷花落，不事鐵鋏煙籠。九華光燦熊熊，琉璃障春風。

夜永還若晝，照徹繡簾櫳。玉山頹處，神情掩映無窮。想銅屏摩繪，漢宫景色，迷離影在明月中。

何滿子

憶昔

憶昔月明春夜，與人同立花前。誰識別來方一瞬，依稀又是秋天。夢裏常如綫繫，心中好似針穿。

金明池

詠桃花

艷質風流，高情霧隱，獨有夭桃兼此。想劉阮、天臺採藥，正萬樹、雲霞鬱起。錦團團、捧出神仙，勞悵望飯熟，胡麻纔至。問了卻因緣，憑誰作合，原是落花流水。更那知幾無與比。偶身值强秦，頓居源裏。歷漢魏、漁郎一到，况當日、孰能知子。笑泰山、五大夫松，受無道封茅，多應羞死。且漫説容顏，姑論節操也，不愧稱高士。

西江月

白杏花

憶昔午橋莊外，移來丙舍墻邊。幾時洗退靚妝妍。偷學何郎粉面。　醉後浴宜細雨，睡餘護借輕煙。祇疑春雪未消全。夢斷玉樓歸燕。

偷聲木蘭花

來生願

來生願作菱花鏡。日日紅顏相掩映。曉起梳妝。領盡脂香與粉香。　萬千莫作齊紈扇。自昔班姬曾抱怨。夏至纔逢。忽遇涼秋西復東。

迎春樂

山居

平生最愛居山曲。初睡起、黄茅屋。時方食罷桃花粥。松下坐、看飛瀑。　新栽得、幾竿修竹。新種得、幾叢芳菊。閒把奇書展，讀一縷、茶煙緑。

巫山一段雲

惜落花

玉碎如沈海，香飛竟滿堦。憐香惜玉那人來。不忍踏弓鞋。　爲感臨風落，遥思昔日開。紅顔春又點蒼苔。拂拭去深埋。

天仙子

灣沚夜泊

雲淡玉繩低耿耿。小泊江灣涼不盡。萬家燈火悄無聲，煙水靜。瓜皮艇。軟箬篷低螢亂打。夾岸蕭蕭蘆荻冷。月到波心摇緑影。夜闌更促又天明，風正緊。船難定。孤櫂一聲殘夢醒。

華清引

金陵夜泊

青谿迴抱板橋頭。夜泊扁舟。六朝金粉何處，天涯草已秋。吴娘猶自唱銀鉤。那堪風雨颼颼。紙衾花骨瘦，無力倚香篝。

臺城路

金陵懷古

春花秋月尋常在，幽人觸將愁緒。淮水三篙，蔣山一角，試問霸圖何處。英遊俊侶。約立馬晴峯，放懷環顧。禾黍高低，故宮依舊俯寒渚。乾坤總成逆旅。憶勝朝定鼎，遐邇臣附。燕子飛來，鶯聲銷盡，付與滿天風雨。居今弔古。歎蔓草荒煙，幾經歌舞。回首斜陽，又催金粉暮。

行香子

詠懷

鎮日簾垂。春去難支。美人何處負佳期。銀箏懶弄，玉笛羞吹。帶三分愁，二分病，一分癡。巫山已渺，醉鄉又杳，問風流有幾人知。惟將麗句，寫出相思。好一分色，二分酒，三分詩。

鷓鴣天

春恨

二月風光到處同。輕寒輕暖釀芳叢。小窗夢壓梨雲白，曲徑香飛杏雨紅。　終日裏，恨難窮。悄然無語立簾櫳。幾回望斷天涯路，衰草斜陽一碧中。

漁家傲

春遊

春深桃李紅開遍。掩映晴霞光彩絢。酒旗幾幅飄前面。儂心羨。緑楊陰裏鶯聲囀。　日長紫陌煙蔥蒨。無限香黏花片片。蜂狂蝶醉時迷戀。閒遊倦。坐看風掠銜泥燕。

玉樓春

春閨

蔚藍天洗雲初曉。暖透黃鸝啼未了。晴絲力軟聽風吹，吹出桃花春已老。螺痕雨點愁難掃。鎮日情懷空悄悄。而今莫説夢無憑，夢到夜郎西也好。

浣谿沙

夏夜

鏡檻彎環倚雁箏。六幺彈出斷腸聲。杏紅衫薄夢初醒。　凉月暗侵金屈戌，晚風輕拂玉冬丁。黛鉤香影壓流螢。

浪淘沙

採蓮

楊柳滿湖圍。十畝蓮肥。小娥倚櫂蕩依依。穿入花叢天也碧，香濕綃衣。　采采過苔磯。水浸斜暉。畫船女伴緩歌歸。回看鴛鴦驚逐處，故意雙飛。

玉蝴蝶

詠紫薇花

滿堂紅，正含苞。香風幾度飄。不數粉郎嬌。團團簇紫綃。　好似人間兒女，生怕癢難熬。故意把他搔。花枝笑欲摇。

酷相思

初别夜

始信人間離别緒。竟似那、絲千縷。向空房、心怯回頭顧。被也覺、寬無數。枕也覺、寬無數。輾轉望天天不曙。甚玉漏、長如許。若長在、昨宵更裏去。人也暫、留他住。夢也暫、留他住。

南柯子

彈琴

夜靜幽琴怨，春寒宿酒醒。紙窗彈破月瓏玲。願借松風送與素娥聽。　逸韻疑環珮，清音雜鐸鈴。隔谿流水碧泠泠。遥見危峯數點暮煙青。

木蘭花慢

紀遇

柳梢煙暝候，趁清興，覓鴛盟。正小轉幽廊，將臨畫閣，簾戛玉鉤聲。魂驚。雲鬟半挽，問誰人來動護花鈴。見是檀郎過訪，猜疑夢未分明。　卿卿。姿態極瓏玲。燒燭映圍屏。愛暖炙銀簧，緩敲牙板，曲盡歡情。忪惺。睥帷睨枕，到温存鬢亂又釵橫。笑煞嫦娥好事，也知斜入疏櫺。

望江南

春江送别

春江水，渺渺向東流。芳草淺鋪停繡幰，野花濃發送香舟。一片斷腸謳。　人去也，悵望竟難留。杜宇傳將催別意，柳絲繫不住離愁。風雨下西樓。

南鄉子

春曉

燈影澀銀釭。錦帳春寒睡未降。忽被畫樓鐘幾點，輕撞。曉夢驚殘碧瑣窗。　紅日上鸞幢。隔巷花聲換短腔。一幅珠簾風約住，琤瑽。愁聽梁間燕語雙。

踏莎美人

梳頭

蟬鬢微垂，鴉鬟薄剪。臺前手把烏絲綰。犀梳斜插一彎橫。疑是碧雲深深處月初生。　面澤輕匀，眉痕細展。檀郎背後頻流盼。鏡中雙影正含情。又被小窗鸚鵡見分明。

海棠春

曉起

湘簾十幅風初靜。潛睡起、玩將清景。曲徑怯行遲，露透鞵尖冷。　　曈曈日上闌干永。偷看去、鴛鴦未醒。试摘嫩櫻桃，向碧池輕打。

減字南鄉子

有贈

二八纔周。艷色如花尚带羞。漫説殢人場上好，風流。多少春深在畫樓。　　翠被羅幬。宛轉心情實寡俦。燈灺酒闌留小住，温柔。露滴櫻桃正耐柔。

四和香

腰瘦

衣帶長垂裙摺皺。正是歡歸候。因甚腰支偏覺瘦。畢竟是、天公佑。　果使麗兒成僝僽。那得情如舊。不見纖纖園外柳。也羞比、春風鬥。

洛陽春

七夕有感

惆悵鵲橋深處。雙星暗度。吴儂巧漫乞紛紛，徒乞得、愁如許。　不獨牛郎織女。暮來朝去。人間天上也相同，都祇爲、情緣誤。

錦帳春

秋景

山抹秋妝，水揩秋鏡。誰领略清秋逸興。過秋林，穿秋徑。覺秋雲潔淨。秋風剛勁。

秋去堪思，秋來堪詠。況一色、江天秋映。到秋深，秋欲暝。愛秋涼夢醒。秋聲夜聽。

河瀆神

夜怨

明月轉西廊。娟娟影送微涼。夢回爐裏麝煤涼。紅紅譜付銀簧。

象牀斜倚抛珠淚。望斷蕭郎歸未。最惱燈花故意。閟時偏報人喜。

眼兒媚

賞菊

秋深蟹足酒香清。移席對黄英。持螯大嚼，傾樽頻酌，消受吾生。　紛紛世事都如夢，何必苦愁縈。興來撥墨，詞成低唱，無限閒情。

釵頭鳳

冬夜怨

天寒矣。黄昏至。不知遊子歸曾未。空房宿。孤衾覆。如癡如醉，將身凍熟。縮。縮。縮。　相思味。重提起。祇因愁入鴛鴦被。風凝肅。冰攢簇。經年經月，教人幽獨。毒。毒。毒。

梅花引

梅花

過前村。到芳園。萬樹寒梅開正繁。酒盈樽。酒盈樽。浮動暗香，醉餘消夢魂。

疏枝輕壓牆邊雪。疏花低映庭中月。破黄昏。破黄昏。窗外影斜，緑紗春有痕。

雨中花

詠茶

小院風來茶欲熟。最瀟灑、香芽簇簇。恰宿酒初醒，眠琴半覺，浪碎分寒玉。　試映芭蕉陰幾幅。見一盞、鬟眉盡緑。待篆影消餘，歌聲嫋罷，月上闌干曲。

月照梨花

梨花

春愛清靜。梨花日永。色比寒梅，開同文杏。正是漠漠難分。喚爲雲。宵深院落疏無影。閉門雨打。白到香冷。猜疑少婦夢初殘。寂寞容顏。淚闌干。

青玉案

元宵紀事

春風敲遍鼕鼕鼓。一片燈光若曙。忽見個儂在前路。肩兒輕撿，眼兒斜覷。笑語來回顧。始知昨日蕭蕭雨。原是天公爲吾處。爭奈歸心如箭去。情兒不定，魂兒無主。又被他留住。

落花時

春閨

梨花零落掩重門。懶坐文茵。終朝欲睡愁難穩，悄無語，望行雲。　薰籠火歇香消盡，被倩誰温。勸伊歸向紅窗好，莫辜負，度芳春。

東坡引

別意

合歡情正密。別離愁又逼。醉雲醒雨雖憐惜。魂消何處覓。　牽衣欲訴，語多翻默。但教聽、横塘北。鷓鴣聲裏應潛識。道郎行不得。道郎行不得。

喜團圓

病起

懨懨病起扶湘簟。强對菱花小鑑。照見雙眉清減。細畫螺痕掩。　那堪重瘦芙蓉臉。忙把愁心收斂。指望養成嬌艷。博得郎思念。

女冠子

聞砧

月明前浦。旅館幾多愁緒。况寒砧。攪起三秋思，催歸萬里心。　聲聲悲戍遠，切切感人深。聽來如刺我，數千針。

秋夜雨

本意

芭蕉緑滿將窗抱。夜闌秋雨喧閙。遼西曾未至，又催斷、魂歸草草。　醒來依舊愁難去，虧得他把人驚覺。若還真夢到。更添卻、許多煩惱。

鳳凰臺上憶吹簫

題幽居

竹瘦欹風，花疏漏日，襟期頓覺清閒。愛身居斗室，獨把門關。偶向幽窗一望，緊相對、數笏青山。寄情是，往還樵牧，上下魚鳶。　仙仙。有時乘興，去谿流曲處，坐石垂竿。見峯斜樹直，水斷雲連。帶得葫蘆濁酒，且頻酌、盡意追歡。歸來晚，高歌醉踏，月掛林端。

陽臺夢

夜紀

天寒不卷香狨幕。繡衾重疊還嫌薄。兩相牢抱漸難持，又羞明説卻。　故自喬妝冷，此意檀郎已覺。忙推玉體入懷來，把儂身蓋著。

賀聖朝引

祖送

江南草緑送君行。短長亭。把酒殷勤唱《渭城》。不勝情。　回首滿天風雨下，暮山青。那堪煙外客魂驚。鷓鴣聲。

春光好

春遊

春光好，萬花開。愜遊懷。妙在紅妝逐隊，踏青來。　領略脂香粉艷，追隨水曲山隈。偷看柳陰深坐處，整弓鞵。

一叢花

暮春

晚春天氣早春情。閒立牡丹亭。望斷琴臺人已杳，又觸起、香粉零星。蝶板輕敲，鶯簧細弄，驚動護花鈴。　玉腮斜託意忪惺。懶自破朱櫻。無言蹙瘦團圓影，爲孤仰、鏡約釵盟。瑟瑟風涼，彎彎月小，綺夢墜銀屏。

風流子

春女怨

生小春情未動。悄坐紗窗誰共。紅荳蔻，緑芙蓉，繡罷一雙幺鳳。香衾，薄擁。昨夜蛾兒入夢。

小桃紅

閨怨

春去花開落。人去萍漂泊。坐向樓頭，捲將簾額，倚來欄角。望天涯烟樹、緑陰陰，懊惱長耽閣。　月影侵疏箔。燈影寒深幕。一樣情懷，兩般心事，幾回思索。又今宵夢軟、似遊絲，蕩颺愁無著。

朝中措

醉題

天開好景畫圖幽。任我輩勾留。幸遇盃中知己，放懷忘卻春秋。　紛紛世事回頭。是夢轉眼皆休。且醉且歌且臥，何思何慮何愁。

鬲谿梅令

夜憶

寶函香減怯衣單。夜漫漫。人去那堪重倚、玉闌干。落花紅淚彈。　而今數見月團欒。更心酸。回憶一雙羅襪、壓春寒。翠衾魂夢歡。

杏花天

春恨

茶煙繚繞絲輕颺。因甚事、昏昏細想。無情風雨將花葬。孤負卻、真珠帳。　屏山側、相思漫唱。早又是、春寒醞釀。紅牆百尺青天樣。人去也、空惆悵。

兩同心

遊山

愛煞秋山，幽閒小步。策低笻、葉響輕敲，倚曲徑、苔痕淺護。況峯頭，石斷雲連，林空煙補。　堪歎朝朝暮暮。今今古古。問當時、圖畫誰留，到此日、屐裙任住。晚風涼，一嘯長空，藤花如雨。

好時光

美人泣

因甚嬌啼脈脈，半晌低首無言。爲惜芳春已去，又是月黄昏。　傷心斜倚枕，更覺令我消魂。彷彿桃花著雨、糁紅痕。

添字昭君怨

問春

忽地朝來暮去。盡屬芳春作主。不關春雨與春風。問天公。　底事春時花月。教我年年離別。知誰作俑放春來。是寒梅。

憶王孫

憶秦淮

秦淮歌舞任勾留。十二闌干十四樓。齊上紅燈泛畫舟。夢悠悠。今夜月明何處秋。

藕絲吟館詩餘卷之三

瑞鷓鴣

有懷

嫩寒天氣悶無聊。因甚蘭香帶露飄。愁重忒侵潘令鬢，病多爭減沈郎腰。半窗花月緣難續，一榻琴書意未消。遥想個儂深院坐，那回曾共弄瓊簫。

踏莎行

春遊

燕燕低飛，鶯鶯淺哢。綠楊陰裏遊仙衆。衣香鬢影泥人憐，不禁思化釵頭鳳。繡幰前行，銀驄後控。匆匆將次桃源洞。紅牆百尺隔天涯，恨無行雨行雲送。

離亭燕

閨情

減盡紅情翠意。羸得容顔憔悴。試倚樓頭欄子望，望斷天涯無際。懶去撥篝爐，已冷香灰心字。

不是懨懨如醉。就是昏昏如睡。彷佛簾旌終日颺，颺到愁絲難繫。欲待没思量，又見花開並蒂。

謁金門

夜怨

花月夕。聽到更籌滴滴。展轉青綾並翠席。彩雲何處覓。

望斷胭脂山北。底事著儂空憶。枕畔夢魂飛不得。入春無氣力。

念奴嬌

春恨

春隨雲散，歎春人、也逐芳春遠去。曾記踏青春節近，結個春嬌伴侣。帳隱春風，樓明春月，生怕春窗曙。春情無限，兩相留得春住。　誰料春草萋迷，春花冷落，早是春光暮。望到春歸書未至，惱亂春懷無主。春暖春寒，春長春短，總爲青春誤。那堪春夢，隔簾鶯醒春雨。

淡黄柳

春怨

雨寒風颭，乍到清明節。數寸餳簫聲朗徹。吹遍楊花如雪，笑語低牆青粉隔。鞦韆歇。　湔裙那堪説。南浦外，曾分别。而今誰唱迎桃葉。門掩枇杷，堦翻芍藥，飛上一雙紅蝶。

定風波 限嵌二十牌名

春暮

庭院深深乳燕飛。暗香疏影落花時。虞美人尋芳草際。多麗。海棠春點絳脣脂。

楊柳枝新荷葉吐。南浦。長相思望阮郎歸。回憶舊遊如夢令。薄倖。滿江紅褪誤佳期。

醉落魄

醉態

春宵送暖。笙歌吹斷華筵散。醉來頓覺神情懶。扶上牙牀，頹倒玉山軟。

試將銀燭花輕剪。鴛衾揭起頻低看。滿身紅映桃花嫩。睡思如綿，夢裏雨雲慣。

惜分飛

閨怨

落盡紅潮無意緒。望到朝朝暮暮。嫩約瓜期誤。闌干拍碎愁難訴。　腸斷春光時已去。付與窗前風雨。今夜燈昏處。夢魂尋覓關山路。

喜遷鶯

刺繡

開藻檻，坐蘭房。閒來繡佩囊。紅絨嚼處口皆香。一笑唾紗窗。　雲錦捧。針輕弄。挑得春心動。如何又刺到鴛鴦。不語淚雙雙。

小重山

送别

春淺春深在畫樓。夜寒雲雨夢、正温柔。一簾花月照鸞儔。因甚事、郎又動鄉愁。

無計與遲留。許多離别苦、訴難休。滿江流水悠悠。多情柳、爲我繫行舟。

占春芳

春夜

屏山後，嬌軟語，生小意玲瓏。吹到鵝笙春淺，泥人一綫眉峯。

透骨酒香融。夜深深、雙頰霞紅。可憐銀燭花初蕊，蝶夢惺忪。

貧也樂

暮春怨

春草草。人悄悄。又是蜂殘兼蝶老。餅香添。篆煙纖。綠窗深際，懶自畫眉尖。　屏圍斷續無尋處。寫盡銀箋難寄去。怨芳華。訴琵琶。雨輕風細，苔響落簷花。

河傳

有贈

舞裙歌板。獨芳卿，占得西泠舊館。曾記春深，結個同心鴛伴。剔銀釭、飛玳盞。　紅牙拍碎嫌宵短。宛頸依依，唱出桃花軟。雨態雲容，越顯嬌羞無限。漫銷魂、腸已斷。

燭影摇紅

閨情

庭院幽閒，獸鐶斜掩人何處。别時春色尚平分，忽又芳菲度。漫説海棠凝雨。最無情、風吹落絮。背人輕薄，不墮清池，偏粘繡戶。　悵望雙魚，練江潮斷漁梁渡。黛眉如柳臉如花，瘦減難爲主。没個知心伴侣。賸芹巢、伶仃燕住。怕到秋風，領著香雛，飛飛歸去。

人月圓

憶舊

墻西月子彎環樣，曾照昔時情。紅羅亭畔，緑紗窗裏，嫩約惺惺。　玉顔何處，香餘鴛帕，粉減螺屏。依稀賸有，鏤金條脱，愁絶今生。

錦堂春

閨怨

落絮偏縈繡箔，飛花不掩重門。無心小立鞦韆下，容易是消魂。　鸞鏡全窺瘦影，鴛衾半漬啼痕。夢回腸斷丁香結，難説月黄昏。

阮郎歸

春閨

春風吹暖惜花時。簾前芳草齊。背人偷撚碧桃枝。倚闌香影低。　消粉面，減香肌。情郎知未知。無聊翻惱燕雙飛。閉門遲放歸。

風入松第二體

風情

雕欄曲彔畫廊圍。閒坐鏡臺西。櫻桃袖窄泥金裉，漫彈出、雁柱瓊絲。試望霞香閣上，一勾眉月潛窺。　犀簾捲起水晶輝。幽怨有誰知。海紅衫子涼初透，訴甚事、絮語低低。爲怕春嬌夢散，桐華鎖住鶯啼。

薄命女

夏閨

人去了。終夜鳳幃空悄悄。好夢頻顛倒。　曾記夭桃遍樹，又是新荷滿沼。兩道眉峯痕正小。容得愁多少。

醉太平

晚泛

山隈水隈。風催雨催。畫舲何處徘徊。向横塘去來。　花銜玉盃。香浮緑醅[一]。佳人笑指蓮開。是潘妃繡鞵。

【校】

[一]醅：原作「醋」，誤。

訴衷情

望月

冰輪初出海雲端。携得素齊紈。低徊晚涼如水，半臂覺添寒。　光蕩漾，影團圞。恣追歡。碧梧陰裏，紅藕香中，十二闌干。

鵲橋仙

詠七夕前一日

玉露横秋，金風渡水。此夕鵲橋填未。彩絲朱合且安排，留待乞、天孫巧思。　月鎖蛾眉，雨抛珠淚。時有微雨。衹爲心愁一事。愁他今夜漏偏長，盍長在、明宵更裏。

太常引[一]

秋怨

金風乍起嫩顔凋。燕又别香巢。雁又唳清霄。腸碎處、山遥水遥。　無邊心事，無聊情緒，都付與瓊簫。窗掩篆煙消。任簾額、銀鉤亂敲。

【校】

［一］調名原作「大常引」，古「大」、「太」二字通。

殢人嬌

夏夜

露冷庭柯，正是繁蟬響歇。纔並著、香肩低説。珧窗透入，又娟娟明月。甚心緒、解將櫻桃小結。　繡帶長垂，羅衣細貼。閒坐處、晚涼清絶。玉纖携扇，戲撲流螢捷。悄不覺、暗驚雙棲粉蝶。

西地錦

秋夜

卍字香消寶鼎。正宵長人静。芳堦一片，湘簾一幅，賸零星花影。　遥聽梧飄金井。有蕭疏風打。夢中先已不分明，况秋聲驚醒。

杏花天影

秋閨

蓮池細褪芙蓉粉。早添得、愁縈兩鬢。衡陽雁斷楚天遥，隱隱。倩西風、爲寄信。

況秋夜、紅疏翠暈。又依約、蘭膏已盡。夢魂專欲到金徽，不問。短和長，遠與近。

留春令

秋恨

簷前鐵馬丁璫亂。又提起、萬般離恨。青天碧海悄無聲，晚涼夜、腸絲斷。

同是昨宵明月滿。爲少個、昨宵人看。心中便覺倍淒涼，悔將那、嫦娥怨。

生查子

秋思

簾波貼地鋪，約得秋如許。半剪枕衣痕，紅浸胭脂雨。　璧月影微涼，媚煞梧桐樹。消息問燈花，花又愁無語。

江神子

秋情

荷衣蕭瑟褪芳塘。碧紗窗。晚風涼。玳枕縱橫、閒向合歡牀。好夢如煙容易散，爐又冷，鬱金香。　屏山曲彔掩瀟湘。隔花牆。響丁璫。數遍蓮籌、二十五聲長。欲理冰絲彈落雁，霜月白，影雙雙。

剔銀燈

夜靜秋寒，紙窗閒坐，燈昏欲睡，月瘦生愁，追思舊歡，悵然賦此

夜冷蕭疏敗葉。把那紙窗敲裂。一剪銀釭，花開欲澁。正是西風獵獵。懷人獨坐宜叶[一]，愁聽處、雁聲悲咽。　遥想芳春時節。同倚雕闌細説。南浦魂銷，悄然離別。從此音塵頓絶。玉簪空折。知何世、團欒明月。

【校】

[一] 此處「坐」字當爲韻腳位置，然失韻。作者在該字下注「宜叶」二字，可見已經意識到這個問題，但是並没有改正。

風中柳

秋憶

紅藕花疏，窗外冷凝秋露。夜沈沈、簾衣暗護。別離情思，被西風吹去。碧雲霄、蕩

摇無主。半捻腰肢，瘦後那堪束素。憶年時、屏前軟語。荀香何粉，恁銷魂如許。忽驚斷、苔堦緑雨。

翠樓吟

秋日江行

日淡天低，風長水闊，瓜皮舟出江口。布帆剛半曳，早引得不脛而走。鱸鄉景富。見岸迴蘆肥，峯遥樹瘦。沙灣後。打魚船去，破罾誰守。　誰想，千頃吴波，攢蘋花菰葉，飽儂消受。吟眺處、櫂聲微透，潮平時候。有鷺斷呼群，豚浮拍首。煙雲覆。模糊雉堞，插空環秀。

百媚娘

秋夜

深院木犀香透。正是素秋時候。坐到桃笙涼徹骨，百摺裙痕微皺。閒倚水晶簾背後。碧玉參差奏。　滴碎蓮壺疏漏。恨煞薄情遛逗。小約桐飄期已負，贏得胭脂也瘦。夢斷音塵人在否。粉淚拋紅豆。

誤佳期

秋暮

浪説佳期已誤。又見秋風暮。儂今反不望他歸，歸也盟先負。　耐意待明春，再到同居住。就中行雨與行雲，別有深情趣。

送我入門來

冬夜

燭短添愁，盃深浸淚，悶人時，正黄昏。趁此無聊，魚鑰鎖重門。緑窗梅影横斜印，有誰共釵挑數玉痕。　遥聽簾櫳外面，又是風吹瑟瑟，雪打紛紛。展轉寒衾，欲睡怕消魂。而今始信瞢騰夢，縱金鴨香温也不温。

更漏子

夜紀

雪初飛，風正凍。畫閣宵燃蠟鳳。低唱悄，淺斟寒。銷金帳底歡。　芙蓉被。鴛鴦睡。一枕温柔鄉裏。香似火，玉如綿。人間小謫仙。

相思引

有感集宋詞句

紙帳梅花醉夢間朱希真。歌停檀板舞停鸞黄山谷。宿酲未解劉叔安，金鴨晚香寒周美成。　從此丹脣並皓齒蘇東坡，別時容易見時難李後主。起來搔首汪彦章，生怕倚闌干潘庭堅。

水調歌頭

讀《長恨歌》有感

歌罷復長恨，長恨昔時情。華清宫裏恩寵，彷彿夢初醒。不是容顔命薄，衹爲君王緣盡，孤負卻鴛盟。今世尚如此，安望卜他生。　鈿合折，羅襪贈，羽衣零。香埋玉葬，芳草又向馬嵬青。回首春風秋月，轉眼朝雲暮雨，無處覓蓬瀛。但覺荒原外，鬼自唱《淋鈴》。

三字令

書所見

驀然地，遇神仙。可人憐。情正媚，態偏妍。默無言。深有意，蹙金蓮。　行一步，更翩翩。整花鈿。身未轉，眼先旋。待歸來，魂夢裏，藕絲牽。

一七令

送詩

詩。詩。問汝，爲誰。明月夜，落花時。來從何所，去自何之。低將千載首，撚斷數行髭。慣使僧吟入定，常令客祭生悲。不如餞以蘭香醑，送到山巔與水湄。

武陵春

詠春雨

溟濛飛出如膏雨，正是養花天。淺白深紅醉睡妍。燕剪灑翩翩。忙把珠簾暗放，生怕濕鞦韆。何處雲低泣杜鵑。聲裹裊春煙。

好事近

詠燕

庭院語呢喃，遥見額黄襟紫。飛到漱芳池畔，細剪湘紋水。　畫梁深處疊芹泥，猶半雜殘香蕊。因惜落紅無主，故銜歸巢裏。

畫堂春

詠草

江南江北暖風吹。碧蕪春日萋萋。杏花無數落香泥。燕子低飛。　屐齒兩行斜印，裙腰一道初齊。望中何處是天涯。煙雨迷離。

卜算子

詠柳

堤畔眼眉嬌，陌上腰肢舞。不管迎春又送春，也覺愁難語。　前既繫銀驄，後復歌《金縷》。因甚朝朝贈别離，爲汝相思苦。

采桑子

詠柳絮

暖風搓碎紛如雪，纔拂芳幃。又入香閨。誰識無情竟爾飛。　玉人應是嫌輕薄，囑燕銜歸。莫墮春池。怕化浮萍不著泥。

撲蝴蝶

詠蝶

嫩粉嬌黄，占盡花間蝶。朝來暮去，共向芳叢集。那堪無力低飛，飛上搔頭小歇。又是衣香鬢澤。　君偷竊。佳人悄立，低説怎奈相思絶。兩形雙影，撲殺紅羅箑。携歸依樣輕描，分繡石榴裙纈，也使時時離别。

翻香令

詠花椒小枕俗每於端午前後穿花椒爲方勝枕頭、花籃等物佩之

紅閨無事篆煙飄。戲穿纖枕疊花椒。翻新樣，藏蘭麝，試握時、真個夢魂消。粉郎偷弄在清宵。愛他朶朶瘦梅挑。酒醒處，香盈把，又觸將、睡思不勝嬌。

荷花媚

詠白荷花用東坡韻

夜靜銀塘碧。紅妝褪，換出素妝標格。淩波斜立處，深情默默，賽仙姿粉白。我疑是、月曉風清候，去朝天舞罷，羽衣無力。偶閒向、湘江步，闌珊玉佩，解贈憐香色。

好女兒

詠紅指甲

深院曲欄東。金鳳集芳叢。卻被佳人摘下，細搗染春葱。血樣玉纖紅。疑粉淚、彈出鮮濃。假饒情到，調絃月夜，花水溶溶。

鼓笛令

詠浴

燭花開處爐煙續。想殺人、晚涼新浴。雲鬟蓬鬆釵半蹙。芳蕤褪、一團紅玉。多少蘭湯皺緑。最輕盈、淩波細沃。著雨芙蓉香可掬。移鸞鏡、怕郎偷矚。

庭院深深

詠團扇

圓若一輪明月，薄如半片春雲。流螢漫自撲紛紛。暗摇消粉汗，輕拂淨香塵。　晉女贈將惆悵，班姬吟出清新。生平好比竹夫人。夏來同寵幸，秋至共離分。

惜紅衣

題《敗荷圖》

瑟瑟風淒，絲絲雨打，銀塘數頃。水際芙蓉，飄零怨秋盡。夕陽依舊悄然，墜鏡臺、香粉清冷。苦盡心頭，也憐卿夢醒。　不堪重省。回首湘江，宵涼浸蟾影。闌珊玉珮，準擬月明贈。悵望美人天遠，瘦得紅妝如病。賸空房蓋著，一對鴛鴦交頸。

醉春風

夜雪

萬里同雲結。碧落初飛雪。小樓棉被冷凝冰，越。越。越。越是更深，詩情酒思，攪人興發。起視山瑩潔。衹道瑶臺月。那堪寒夜水凄流，咽。咽。咽。最愛林間，修篁壓斷，一聲清絶。

戀繡衾

暮景

夕照微紅隔水遥。背琴歸、遲踏板橋。正看暮煙浮樹，又蕭疏、風竹亂敲。柴門半掩黄昏候，醉眠時、餘興未消。忽聽兒童報道，月如鈎、飛上柳梢。

哨遍

詞鈔將畢，偶讀《東坡詞》，慨然有感，遂倚其韻，以爲尾聲

八扇紗窗，圍住玲瓏，絶勝簾垂地。睡初醒，碧慮曲屏風，早梧桐添得秋氣。趁清閒，蟾蜍硯古，鴛鴦墨膩，點染薔薇水。任小疊金箋，微抽玉管，綢繆錦字鱗比。愛鵝笙炙暖唱《楊枝》。又象板敲殘夢菱絲。宛轉魂迷，鏡檻神情，琴臺趣味。有仙姝華麗。曾記携手瓊房裏。琵琶通語，蕙態蘭心最伶俐。偶羅帕潛偷，繡鞵暗換，泥人雲雨巫山起。恁鳳枕香乾，鴛衾粉謝，嬋娟如隔天際。賸螺痕一剪緑鬟飛。與蛾暈雙彎翠眉低。細思量、别愁歡意。釵梁劃遍，付將紅袖銷塵世。欄迴十二，樓明三五，腸繞江南而已。縱教唐韻寫團圞，但竹囊、酬和多耳。

竹洲，北宋吴文肅公别墅也。地當商山之西，谿水一灣，修篁萬個。暇日與友人登覽多困，填此索和。

附録二　藕絲詞抄

藕絲詞抄

題辭

邵作舟班卿

臨江仙

窣地簾紋吟翠濕，隔簾爲有詞仙。落花如雪絮如煙。研成和淚墨，題遍衍波箋。　一寸金荃蘭畹槁，才名到處爭傳。檀痕重掐酒樽邊。未應删綺語，還共證情禪。

汪聲鏘甡甫

銀燈挑盡琢新詞，合付勾欄玉笛吹。不用紅紅誇記曲，雙鬟下拜已多時。

虎僕柔毫染麝煙，蠶眠小字疊鸞箋。薄他柳膩蘇豪倣，婉約終輸白石仙。

黃興衍茉卿

鵲橋仙

紅絲硯潤，烏絲闌密，月底修成簫譜。偷聲減字意纏綿，抵多少樂章琴趣。玉田高格，碧山清思，更倣梅谿麗句。天寒微雪唱旗亭，也消得雙鬟歌賭取。

程春葆蔭章

別恨歡情細細描，底須綺語懺無聊。雨窗岑寂挑燈讀，口也香生意也消。

孫景輝金揚

憶仙姿

一別美人黃土。不斷情絲萬縷。潑墨寫新愁，和淚灑箋成雨。詩圃。詩圃。才子本來心苦。

浣谿沙

鏡檻彎環倚雁箏。六幺彈出斷腸聲。杏紅衫薄夢初醒。　涼月暗侵金屈戍，晚風輕戛玉冬丁。扇羅兜起入簾螢。

高陽臺

由沿橋買舟，至大通時已薄暮，晚煙四合，但聞漁歌嫋嫋水雲間也

艑軟摇雲，帆欹摺雨，晚涼人載扁舟。水國愔愔，西風吹作去清秋。滿湖空翠吟誰共，蕩煙波、説與閒鷗。渺含愁。紅藕開殘，紅蓼開稠。　一圭山黛昏如睡，有無邊暝色，隔斷江樓。黯澹情懷，那堪重聽漁謳。幾回欲寫天涯怨，怕秋蘆、也白花頭。漫勾留。蟹火星星，暈入蘋洲。

虞美人

璿閨薄睡鶯驚起。坐擁雙鴛被。問郎門外碧桃花。底事多情飛落妾西家。　雕龍鸚鵡聲聲喚。春日凝妝懶。玉梨消瘦嫁東風。一半愁腸攙入有無中。

烏夜啼

瘦影翔鸞鏡裏，香銷睡鴨爐中。桁簾波涼似水，纖月墜屏風。　斑竹啼痕未褪，吹蘭情話猶濃。雲鬟蓬鬆羅襪剗，小步鎮心忪。

望湘人

旅窗春盡，聽雨生愁，黯然賦此

怪啼鵑多事，未喚春來，一聲春早催去。短夢如煙，閒愁似水。獨自憑闌無語。吹絮簾櫳，捉花庭院，心情應苦。況小樓、斷送殘陽，半是窗紗涼雨。休話餞筵離緒。已濁醪澆盡，留伊不住。賸麥尾翻堦，也怨東風閒誤。呢喃燕子，天涯尋遍，爲問落紅銜否。奈門巷、緑樹陰陰，畫出今宵歸路。

河瀆神

蘭月戀西廂。娟娟影白如霜。夢回湘簟麝煤涼。紗幮茉莉毬香。藥爐經卷消閒計。底事偷彈珠淚。爲惱燈花故意。悶時偏報人喜。

西地錦

睡鴨熏殘宫餅。正苔堦人靜。雕欄幾摺，湘簾幾幅，賸零星花影。一葉梧卸徑。報霜風淒冷。賺他幽夢不分明，況秋聲驚醒。

念奴嬌

晚泊吴江

幾分秋色，向三高祠畔，引人遐矚。夕照糝金山罨畫，獨倚柁樓吹竹。笠澤船來，松陵驛過，杳靄拏音續。冷楓紅處，蒲帆催卸江曲。況是蟹㵐漁汀，吴歌嫋嫋，使我清愁觸。明月墮煙星墮水，涼雁一聲低逐。橋漾垂虹，灘連釣雪，小傍蘆花宿。草深沙岸，數痕螢尾摇緑。

浪淘沙

石城感舊

垂柳緑髿髿。月暗籠沙。板橋西去那人家。曾記畫筵開水榭，醉賭紅牙。一曲《後庭花》。重訴琵琶。淚痕休認酒痕斜。贏得零星春夢影，吹落天涯。

又

前題

桃葉渡西頭。畫舫勾留。惜香人醉媚香樓。樓上夕陽樓下水，黯黯生愁。落葉滿銅溝。夢逐潮流。一梳煙柳白門秋。賸有女牆眉樣月，猶掛簾鉤。

沁園春

髻

鬟髮如雲，婑鬌妝成，螺痕遠浮。憶蓬鬆綰就，雙丫垂彈，薇香沐罷，一綹輕柔。翠葉斜安，金釵短插，笑挽窩絲下小樓。郎來也，任水晶簾底，貪看梳頭。偏愁纂學揚州。悄無語韋娘舊樣偷。恰菱花淺照，盤鴉甚媚，茴香低掠，墮馬猶羞。枕畔頻欹，燈前乍擁，妮我還簪茉莉毬。頽鬟攏，見星冠不整，獨拜牽牛。王次回詩：「從今不學揚州纂。」

又

脣

一粒櫻桃，欲破仍含，嫣然泥人。愛點來絶艷，猩紅褪未，沾來就醉，螘緑斟頻。毫涷煩呵，墨濃待吮，帖倣簪花寫洛神。情深處，是如飴偷齧，甘送芳津。　無言淡抹輕勻。憑樊素歌成口吐芬。況瓊簫品去，濡殘碧唾，銀笙吹罷，濕透朱痕。頰暈微連，齒寒小斂，私語脂香枕畔聞。逢生客，把春葱半掩，淺露嬌嚬。

相見歡

房櫳曉釀春寒。冷沈檀。記否小屏深處、夢珊珊。　盃款醉。燈照淚。月團圞。曾與個儂同憑、退紅欄。

十拍子

玉剪香銷燕返，金衣粉謝鶯休。人已不歸情已斷，莫道三星帶月鉤。菱絲夢又秋。　短焰挑殘鸞蠟，餘熏冷遍湘篝。簾外合歡花落去，對寄冰綃淚點留。鴛鴦也白頭。

木蘭花慢

柳梢煙暝候，趁清興、覓鴛盟。正屐點迴廊，梯扶小閣，簾戛玉鈎聲[一]。魂驚。雲鬟半挽，問誰人來觸護花鈴。見是檀郎過訪，猜疑夢未分明。　卿卿。春睡態瓏璁。燒燭映圍屏。愛暖炙銀簧，緩敲牙板，曲盡歡情。忪惺。睥帷暱枕，到温存鬢亂又釵橫。笑煞姮娥好事，也知斜入疏櫺。

【校】

[一]此句原脱一字。《藕絲吟館詩餘》卷二作「簾戛玉鈎聲」。

醉太平

題邵遺棠鴻恩《豪飲圖》

梨花醞清。橙香釀成。讓君豪過劉伶。倒春風一瓶。　瑶觥屢傾。銀箏不停。幾時微服旗亭。聽雙鬟發聲。

買陂塘

舟過嚴陵，景物清曠，填此解，扣舷歌之

趁桐江、鯉魚風便，片帆催送煙際。晴漪一碧冰壺濯，染得鬢眉俱翠。瀧七里。有知了、聲聲響曳斜陽裏。倪黄畫意。是岸柳陰疏，水葒花老，低曬鷺鷥翅。　嚴灘近，指點寒潮暗至。釣臺百尺高峙。笠簷蓑袂平生夢，我亦一竿欲寄。裘未敝。向荻汊、蘆灣絶好浮家計。秋陰似水。愛艣劃波圓，蓬捎石瘦，消受幾吟醉。

鬲谿梅令

寒函香減怯衣單。夜漫漫。閒煞幾重青漆、畫闌干。落花紅淚彈。曲廊依舊月團圞。暗心酸。回憶砑羅鴛韈、壓春寒。翠衾兜夢歡。

訴衷情

卜卜窗櫺雲母隔，曙光生。春睡懶。頻唤。夢難醒。斜枕翠螺屏。聽聽。昨宵風雨聲。攪花鈴。

百字謡

同夏仲勤慎大、陳莘農燮疇遊湖歸約賦此

總宜船好，向晶匳啓處，牖枝徐蕩。領略淡妝濃抹意，罨畫秋山一桁。寺古藏雲，樓空壓水，隱約鐘魚響。黄妃塔頂，夕陽紅入林莽。愛此菱藕花香，湖心亭畔，小檥幽人榜。折取碧筩盃勸酒，冷沁詩襟都爽。梅鶴前緣，蒓鱸舊約，觸我煙霞想。彎彎月子，第三橋外誰唱。

浣谿紗

十四妝樓廿四航。偶聯驂褭訪群芳。花叢羅列幾鴛鴦。　桃葉渡頭波軟碧，枇杷巷口月昏黄。白門新柳任平章。時歙人許某刊有《白門新柳記》。

又

羊角燈紅映碧波。張筵水閣醉金荷。翠菱絃索翠林歌。　低唱淺斟留客久，輕籠慢撚送情多。棗花簾外轉秋河。

滿庭芳

舟次清弋江，振觸[一]舊歡，淒然有作，時己亥九月三日也

樹瘦偎青，山昏潑黛，作去成暝色如煙。片帆催卸，人泊菊花天。遮了一聲何處，斜陽外、嘶斷涼蟬。漁莊小，笭箵低掛，不礙鷺翹肩。　飄零詞賦客，閒吟殢醉，辜負華年。甚西風、蕭瑟吹散離筵。賸有半棱眉月，篷窗底、伴我娟娟。隨江岸，叢蘆老柳，摇夢入秋邊。

【校】

［一］振觸：即「棖觸」。

菩薩蠻

梅花吹遍濛濛雪。梨花攙入溶溶月。欲待捲簾看。教儂怯嫩寒。　退紅衫子薄。偷掩湘屏角。生怕捉迷藏。人叢暗辨香。

荷葉盃

惆悵落花天氣。如醉。誰立緑窗西。玉簫吹斷夢絲絲。憔悴六銖衣。　猶憶繡櫳深處。同住。夜静碧虚寒。金釵閒畫小闌干。細記月痕殘。

摸魚兒

春事將闌，懷人不見，爰拈此調，用寫幽憂

記年時、秦樓明月，玲瓏斜照窗戶。屏風曲録裝金尾，圍個玉臺仙侶。留小住。漫箏雁、雙雙彈出幽情苦。投懷軟語。早燈穗飄零，袖華冷落，難整柘枝舞。　芳蹤去。轉眼香雲粉雨。而今殢我淒楚。鬢絲憔悴誰憐也，門掩落花無數。春又暮。怎窣地、簾垂斷卻愁歸路。雕闌倚處。便挑遍琴心，題餘鏡背，依舊夢難據。

一叢花

晚春天氣早春情。閒立牡丹亭。盼斷琴臺人已杳，又觸起、香粉零星。蝶板輕敲，鶯簧細弄，驚動護話鈴。　玉腮斜託意忪惺。懶自破朱櫻。無言蹙瘦團圓影，爲孤卻、鏡約釵盟。琴瑟風涼，彎彎月小，綺夢墜銀屏。

風流子

生小春情未動。悄坐紗窗誰共。共[一]蘭並蒂，苣同心，偷繡一雙幺鳳。香衾，薄擁。昨夜蛾兒入夢。

【校】

[一] 共：当爲衍字。《藕絲詞》卷一作「蘭並蒂」。

沁園春

頰

朱粉輕施，妝學慵來，妍姿寡儔。恰扶頭眠倦，半侵晶枕，捧心顰淺，斜倚冰甌。醉暈生嬌，病容帶瘦，想像春纖託處愁。還增媚，是香瘢減盡，獺髓曾求。未慣含羞。便薄映紅潮那自由。憶偷垂玉筯，啼痕暗漬，閒偎金釧，圓影深留。白賽梨雲，絳欺桃雪，畫到添毫勝十洲。郎偏愛，愛笑渦微蹙，分外風流。《疑雨集》：「憶得雙文梨頰畔，雪甌斜倚獨含顰。」又程嘉燧詩：「閒偎釧[一]，影圓留頰。」

【校】

[一] 此句脱「金」字。《藕絲詞》卷二引程嘉燧詩：「閒偎金釧，影圓留頰。」

又

舌

四韻分餘，圓轉如簧，傾聽隔簾。似碧鸚調熟，喃喃畫閣，翠鸜剪慣，嚦嚦雕簷。掉罷嬌聲，饒來軟語，含笑丁香吐未嫌。真經誦，更蕊蓮生處，妙諦輕拈。郎潛。咂遍茸纖。愛偷送芳津分外甜。況茗甌醉啜，甘回膩本，荷箭涼卷，芬透柔尖。花粲憑伊，瀾翻泥我，三寸詞鋒孰比銛。春廚薦，把西施名配，風味還添。次回詩：「四韻細教分舌齒。」《雨航雜録》：「沙蛤一名西施舌，味極鮮美。」

東坡引

歡筵情正密。離觴恨偏積。醉雲醒雨心憐惜。夢痕無處覓。　牽衣欲訴，語多翻默。但教聽、橫塘北。鷓鴣聲替儂留客。哥哥行不得。哥哥行不得。

小桃紅

春去花開落。人去萍飄泊。坐向樓頭，捲將簾額，憑來欄角。望天涯煙樹、緑陰陰，懊惱長耽閣。　月影侵疏箔。燈影寒深幕。一樣情懷，兩般心事，幾回思索。又今宵夢軟、似遊絲，蕩颺愁無著。

生查子

簾波貼地鋪，約得秋如許。半剪枕衣痕，紅滲胭脂雨。　璧月影微涼，媚煞梧桐樹。消息問燈花，花又愁無語。

高陽臺

追悼

桁桁簾垂，幢幢燄暗，淒涼人掩重門。冷落鉛華，忍看遺掛猶存。情知小别成長恨，悔當時、輕把襟分。渺無痕。魂薄如煙，命薄如雲。　欲憑夢訴相思苦，奈鴛衾冰透，夢也難温。淚眼鰥鰥，能消幾個黄昏。前生緣分。今生斷，況他生、絮果蘭因。葬愁根。一樹梅花，斜傍孤墳。

翻香令

俗於午節穿椒爲小枕，中藏冰麝，佩之

紅閨無事篆煙飄。戲穿纖枕疊花椒。翻新樣，藏蘭麝，試握時真個夢魂消。粉郎偷弄在清宵。愛他朵朵瘦梅挑。酒醒處，香盈把，又觸將睡思不勝嬌。

水龍吟

繡毬

是誰抛落晶毬，春深幻出花千朵。碧闌干外，團團搓雪，欲開還鎖。鏤玉英繁，雕冰瓣碎，態含婀娜。況半晴半雨，瓏鬆幾樹，時飄忽、香風過。　掩映粉墻偏妥。似瑶臺、淨無塵涴。妝樓對處，一枝簪罷，翠鬟微嚲。蝶翅交攢，蜂鬚亂疊，瓊姿泥我。恍清明節近，個儂戲蹴，影垂垂墮。

雨中花

試茶

石銚竹爐烹欲熟。更何處、瓶笙韻續。恰宿酒微醒，聽琴半倦，浪碎分寒玉。　坐對芭蕉陰幾幅。映一盞、鬚眉盡緑。待篆影消餘，歌聲嫋罷，月立闌干曲[一]。

【校】

[一] 此句原脱「曲」字。《藕絲吟館詩餘》卷二作「月上欄干曲」。

洞仙歌

傷逝詞

瑶清人去，問華年有幾。十二迴闌數上聲重倚。歎情天易缺、恨海難填，空惹得，命比琉璃還脆。　消愁憑濁酒，酒入愁腸，化作相思滿襟淚。寒氣逼西窗、夢影惺松，賸一剪、釭花紅萎。便悄向、靈筵喚真真，奈爇盡名香，返魂無計。

又

同前

琴絲折後，況秋風羽鎩。一樣青衫淚痕在。恁霜欺簟冷、月映簾虛，振觸[一]處，衹爲佳人難再。　緦幃銀燭灺，是也非耶，想像姍姍響環佩。曇影霎時消、無計留仙，空賸得、縷金裙掛。還苦説、聰明誤今生，教婢誦《蓮經》，替伊懺悔。

【校】

[一] 振觸：即「棖觸」。

南鄉子

油穗澀銀釭。錦帳春寒睡未降。忽被麗譙鐘幾點，輕撞。曉夢驚殘碧瑣窗。　紅日影幢幢。隔巷花聲換短腔。一面珠簾風約住，琤瑽。愁聽雕梁燕語雙。

惜紅衣

題《敗荷圖》

鷺立疏風，鷗眠碎雨，銀塘數頃。一剪蓉裳，飄零怨秋盡。夕陽依舊，悄然墜、鏡臺香粉。清冷。味苦心頭，也憐卿夢醒。　不堪重省，悵望湘江，宵涼浸蟾影。闌珊玉珮，準擬月明贈。爭奈美人天遠，瘦得紅妝如病。賸空房泣露，蓋著雙鴛交頸。

喝火令

漏澀穿疏箔，燈昏隱小屏。玉釵敲斷落花聲。半掩紅窗，彈指倩誰聽。　寶鴨爐偏冷，文犀枕自横。朦朧睡去不分明。一抹青山，遮住夢難行。一抹曉風殘月，留住夢難醒。

金縷曲

早是簾櫳暮。乍分明、蘭窗映月，苔堦點露。鋪遍地衣香未散，啼倦雕籠鸚鵡。甚憑準、愁心幾許。暗裏橫梯聽屐響，上層樓、盼斷天涯路。憔悴損，碧眉嫵。　而今錦瑟華年誤。霎時間、花開花落，春來春去。背倚銀燈看玉盒，紅豆一雙低數。欲遥寄、薄情何處。況復桂膏銷臂印，向空房、粉淚痕如雨。衾已冷，夢無主。

浣谿沙

贈秦淮某校書

茉莉斜簪二寸長。四圍低襯夜來香。白紗團扇薄羅裳。　寶髻巧梳安翠葉，弓鞵輕點露紅幫。出群標格趁時妝。

又

前題

宛轉芳心託緑幺。木犀花底夜相邀。紅牙拍板白牙簫。　慧絶憐卿工酒糾，情深泥我困荼嬌。銀釭半灺倍魂消。

風入松

畫廊曲折畫欄圍。閒坐鏡臺西。櫻桃花落苔痕没，漫彈出、雁柱瓊絲。記得霞香閣上，一鉤眉月潛窺。　犀簾捲起水晶輝。幽怨有誰知。海紅衫薄春寒重，訴甚事、絮語低低。閒煞鞦韆彩索，勾留不住鶯啼。

稍遍

紙窗獨坐，渺然寡歡，讀東坡《春詞》，因和其韻

八扇窗紗，圍住玲瓏，絶勝簾垂地。睡初醒，碧櫖曲屏風，早梧桐添得秋氣。趁清閒，詞吟紅豆，帖臨青李，點染薔薇水。喜虎僕毫抽，龍賓墨研，綢繆錦字鱗比。倩鵝笙炙暖唱楊枝。又象板敲殘夢菱絲。宛轉魂迷，鏡檻神情，琴臺趣味。曾記有仙姝明麗。携手瓊房裏。琵琶通語，蕙態蘭心最伶俐。偶羅帕潛偷，繡鞵暗換，泥人雲雨巫山起。甚麝枕香乾，鴛衾粉謝，嬋娟如隔天際。賸螺痕一剪翠鬟飛。與蛾暈雙彎翠眉低。細思量、别愁歡意。金釵劃遍，付將錦繡銷塵世。欄憑十二，橋尋廿四，腸繞江南而已。縱教唐韻寫團圞，但珠囊、酬和多耳。

菩薩蠻

春衫裁剪蒲萄襭。越羅裙衩描金蝶。一段態嬌癡。蘭雲覆額時。紅薔花底

立。露重蓮鉤濕。抓落鳳凰簪。忙呼小婢尋。

虞美人

梨花瘦盡東風老。龜甲屏圍曉。枕根斜彈翠雲翹。一種獨眠滋味可憐宵。　嬌鬟十八梳猶懶。背地郎偷盼。鏡涵雙影影傳情。卻被小窗鸚鵡見分明。

臺城路

悲感

驀然刬地罡風起，靈霄彩雲吹散。寶鏡分飛，瑶簪碎折，一寸情絲難斷。斂愁催怨。是弔月啼蛄，叫霜哀雁。簾影如煙，更無人處押銀蒜。　幽懷偏又悽惋，説徵蘭有夢，夢也空幻。繡閣塵封，妝匳粉膩，贏得鸚哥猶喚。倚闌凝盼。怎草長紅心，玉堦都滿。齋奠營來，淚珠彈幾串。

慶春澤慢

前題

骨瘦緗桃，淚揩斑竹，傷心薄命人遥。一枕西風，數殘蓮漏迢迢。思量借酒澆愁去，奈愁深、酒也徒澆。最無聊，是奈何天，是可憐宵。　那堪燭灺紗窗後，更幾聲涼雨，滴碎芭蕉。惆悵空房，竟牀塵簟閒抛。勞勞魚目難成寐，歎蘅蕪、香冷鮫綃。黯魂銷，碧落黄泉，兩處誰招。

酷相思

燈暗幢幢人别處。送幾陣、淒涼雨。向繡闥、獨眠誰共語。覺被也、寬無數。覺枕也、寬無數。　盼遍蝦鬚簾不曙。甚玉漏、長如許。若長在、昨宵更裏去。連影也、留他住。連夢也、留他住。

三臺令

春睡。春睡。百寶流蘇窣地。柳綿褪盡鶯啼。催喚兒家夢歸。歸夢。歸夢。簾外落花寒重。

百媚娘

深院木犀香透。黄雪滿庭飛厚。八尺桃笙涼似水，裙褶羅羅痕皺。悄立夜明簾下久。碧玉參差奏。　聽遍蓮花疏漏。酌遍梨花清酒。恨煞薄情仍負約，怕對鏡菱消瘦。翠袖天寒離别後。淚點抛紅豆。

水調歌頭

讀《長恨歌》作

歌罷復長恨，長恨昔時情。華清宫裏恩寵，彷彿夢初醒。不怨阿環命薄，衹怨阿瞞緣盡，至竟負鴛盟。今世已如此，安望卜他生。鈿盒折，羅襪賸，羽衣零。薶香薶玉埋[一]，芳草又向馬嵬青。淒絶芙蓉夜月，愁絶梧桐夜雨，縹緲説蓬瀛。南内在何處，鬼自唱淋鈴。

【校】

[一] 此句中「埋」字當爲衍字。《藕絲吟館詩餘》卷三本句作「香埋玉葬」。

十六字令

妍。髻髆香雲鬢掠煙。釵半股，斜溜枕函邊。

沁園春

頸

玉立亭亭，低向燭前，秀若鮮卑。愛茜紅襪繫，銀繩斜帶，杏黄衫换，寶釦圓圍。燕尾遮餘，貂茸護處，鬖髿蘭雲一剪垂。驚心甚，是背呼小字，扭轉纔知。風詩詠出蛸蟰。便添個訶梨子亦宜。記破瓜年紀，痕留貝齒，泛蒲時節，鎖掛靈蕤。繡閣延頻，妝樓引慣，望斷蕭郎歸未歸。還偷看，看鴛鴦交繞，雙宿蓮池。《疑雨集》：「燭前低頸暗回眸。」《楚詞》：「小腰秀頸，若鮮卑只。」

又

腰

一撚無多，異樣娉婷，真疑小蠻。憶纖纖入抱，行雲帳底，低低半折，拜月樓端。帶眼潛移，群圍暗褪，病後傷春屢轉看。如人柳，也三眠三起，弱態闌珊。迴廊捉搦偏難。恁翩若驚鴻往復還。便深宫瘦損，劇憐卿細，寒衾轉側，解逐儂彎。繡倦頻伸，舞酣反貼，束素休疑粉作團。情羞説，甚珠胎結就，玉繫微寬。簡文賦：「轉看腰細。」王次回詩：「柔腰偏解逐人彎。」

人月圓

墻西月子彎環樣，曾照昔時情。紅羅亭小，碧紗櫳裏，嫩約惺惺。夢痕誰覓，香餘鸞枕，粉減螺屏。綃巾裹淚，錦箋緘恨，孤負今生。

江城子

荷衣蕭瑟褪芳塘。碧紗窗。晚雲涼。玳枕頭[一]横陳、閒向合歡牀。好夢如煙容易散，爐篆冷，爇金香。　屏山幾摺畫瀟湘。隔花牆。響丁當。數遍連籌、二十五聲長。欲理冰絲彈落雁，霜月白，影雙雙。

【校】

［一］句中「頭」字當爲衍字。《藕絲詞》卷三作「珀枕縱横」。

疏影

枇杷

宫黄褪處。似熟梅雨潠，圓綴無數。坐對東谿，留醉西園，堂陰小摘千樹。芸窗寂靜臨唐帖，恰炎果、筠籃餉取。一任他、忙逐金丸，侵曉尚含纖露。　長記消寒時節，正花繁冒雪，低映窗戶。萬里橋邊，門閉青青，悄伴那人深住。香風廿四番吹遍，早迎暑、蠟珠齊吐。好寄聲、吟倦髯仙，盧橘帶酸休誤。

離亭燕

生小破瓜年紀。解惜落花情味。一夜空堦風雨攪，也替餅桃憔悴。懶自攏頹鬟，銀葉香消卍字。不是懨懨如醉。就是昏昏如睡。飛絮入簾晴雪撲，悄把春愁吹起。欲待没思量，又見蘭開並蒂。

酹江月

練江曉泛

半宵春夢，被鐘聲喚醒，鳥聲催起。小約閒鷗三五輩，同泛練谿谿水。宿霧辭林，鮮雲戀石，畫意兼詩意。櫂船天上，滿襟都瀣涼翠。想見夾岸人家，鞦韆戲送，笑語牆頭遞。草色波光攙一碧，勾引踏青鞵至。紅杏村莊，緑楊城郭，煙雨空濛裏。酒簾斜颭，携樽還共吟醉。

殢人嬌

露冷庭柯，正是繁蟬響歇。才並著、香肩低説。瑶窗透入，又娟娟明月。甚心緒、解將櫻桃小結。繡帶長垂，羅衫細貼。閒坐處、晚涼清絶。牆陰螢閃，戲撲湘筠箑。悄不覺、暗驚雙棲粉蝶。

海棠春

紅閨睡起簾波靜。潛愛玩、曉天清景。曲徑怯行遲，路濕鞵尖冷。　荷香習習憑誰領。偷看去、鴛鴦未醒。試摘嫩櫻桃，悄向池心打。

瑶花

梔子花

瓣含六出，香透三分，正宵涼如水。瓏鬆玉樹，看斲就、合共唐昌連理。同心試贈，漫生受、徐娘詩思。最動人、濕露瓊姿，結帶暗懸猶媚。　憑誰薝蔔林中，任鼻觀參來，禪客微醉。銀絲綴否，消暑意、簪上晚妝丫髻。蘭膏欲涴，莫錯喚、東鄰之子。賸一庭、黄月濛濛，夢人鬱山叢裏。義山詩：「結帶懸梔子。」王次回《詠東鄰梔子詩》：「佳名更喜同之子。」

玉樓春

蔚藍天洗雲初曉。暖透黄鸝啼未了。晴絲力軟聽風吹，吹出桃花春已老。　螺痕兩點愁難掃。悶向退紅闌子靠。生憎鄰女太嬌憨，强自邀人同鬥草。

沁園春

唾

一點芳津，汩汩華池，瓊漿定輸。好細調螺黛，潤添眉翠，低吹鳳管，蘸遍唇朱。仙露餐來，流霞漱罷，飄落隨風成碧珠。鴛衾底，記檀奴偷送，似灌醍醐。紗幮。坐對燈孤。還笑問凡心嘰得無。任春閨戲嚼，紅絨暈薄，秋衫誤濺，紺袖痕腴。悄折私書，偷窺密約，舐破蘭窗紙欲濡。歌聲咽，漫提來如意，擊缺晶壺。《玉簪記》：「强將津唾嘰凡心。」

又

汗

舞久氍毹，粉雨淫淫，𥁕顔倍嬌。憶踏青春陌，羅巾屢拭，鬪紅夏舸，寶扇頻摇。臉暈脂霑，眉痕黛漬，揮去如珠汙碧綃。銖衣涴，便蘭湯澣罷，一味香飄。纖腰。瘦鞾無聊。算出點風流病即消。儘藕絲衫浹，鞦韆尚戲，杏華裙濕，蹴踘猶拋。鴛被歡濃，鳳幃喘細，潤透酥胸暖意饒。銀屏浴，喜冰肌玉骨，款度涼宵。東坡詞：「冰肌玉骨，自清涼無汗。」

阮郎歸

春風吹暖惜花時。簾前芳草齊。背人偷撚碧桃枝。倚闌香影低。　消粉面，減香肌。情郎知未知。無聊翻惱燕雙飛。閉窗遲放歸。

謁金門

風雨夕。聽遍簷聲滴滴。燭燼香殘寒又逼。淚痕衾半濕。　薄倖未傳消息。夜夜著儂空憶。枕畔夢魂飛不得。入春無氣力。

探春慢

題《踏雪尋梅圖》

雪壓谿橋，煙迷石塢，一分香意吹透。款段騎來，瓊瑤踏碎，著個尋詩人瘦。竹外横斜好，待覓向、孤山前後。任教春到江南，綺窗消息先漏。　惆悵故園回首。聽玉笛飛聲，黄昏時候。帽影微籠，鞵痕盡没，凍合梨雲千畝。漫把苔枝折，有老鶴、天寒相守。殘月鱗鱗，對花吟醉還又。

燭影摇紅

和孫金揚景輝閨情韻

庭院幽閒，獸環斜掩人何處。别時春色尚平分，忽又芳菲度。漫説海棠凝雨。最無情、風吹落絮。背人輕薄，不墮萍池，偏黏繡户。　悵望雙魚，練江潮斷漁梁渡。黛眉如柳臉如花，瘦減難爲主。没個知心伴侣。賸芹巢、伶仃燕住。怕到秋風，領著香雛，飛飛歸去。

鞦韆索

柳絲斜搭闌低亞。懶自把、繡簾鉤掛。半形夭桃點小紅，被黄鳥、聲聲駡。　春風透入疏窗罅。賸一曲、翠眉慵畫。分付新愁與舊愁，莫去管、花開謝。

天仙子

灣沚夜泊

雲淡玉繩低耿耿。小泊沙灣涼意勝。四圍疏柳畫秋陰，煙水靜。江天迥。舊約還尋鷗鷺證。　夾岸蕭蕭蘆荻冷。月到波心摇緑影。篷窗燈火夜闌時，風力逞。潮痕定。孤櫂一聲殘夢醒。

翠樓吟

秋日秀州道中作

短槳銜煙，孤篷臥雨，明漪十里吹皺。水天閒話處，漫相對數愁歌酒。鱸鄉依舊。甚夕照微紅，低懸疏柳。沙灣後。打魚船去，破罾空守。　莫負。千頃吴波，賸蘋花菰葉，飽儂消受。柁樓斜倚倦，正黄笛一枝吟瘦。潮平時候。任斷雁呼霜，江城寒透。鴛湖口。秋陰如畫，有人回首。

蝶戀花

代人送別

房裏玉簫纔並弄。甚事匆匆，忽作分飛鳳。今夜關山明月共。恨無行雨行雲送。　別自輕來情自重。一綫愁心，補就眉痕空。翠繞簾櫳無半縫。重重鎖住隨郎夢。

江城梅花引

秋夕

碧天如水夜雲流。怕涼秋。已涼秋。記得年時，簾底拜牽牛。私諷喁喁花欲泣，酒醒處，月痕纖、掛玉鉤。

玉鉤。玉鉤。暗鉤愁。擁錦裯。掩翠幬。盼也盼也，盼不到、好夢長留。怪道蘼蕪，香炷冷湘篝。剔盡殘燈窗未曙，寒雁過，一聲聲、墮畫樓。

攤破醜奴兒

書所見

茴香髻子梳成好，鬢薄如蟬。斜點花鈿。更戴珠蘭一串鮮。也囉，真個是、得人憐。

輕寒惻惻羅衫換，步出簾前。百蝶裙邊。低露微紅兩瓣蓮。也囉，真個是、得人憐。

點絳脣

庭院深深，一簾明月梨花浸。鳳笙誰品。半臂春寒沁。剪燭西窗，細讀迴文錦。多情甚。夢耽鴛寢。不負紅蕤枕。

一剪梅

記得江南停畫橈。十四紅樓，廿四紅橋。夜涼閒倚一枝簫。月唱彎彎，雨唱瀟瀟。惆悵行雲歸碧霄。鏡匣塵生，硯匣香消。蘭衾秋夢冷如潮。恨寄鸞箋，淚寄鮫綃。

三姝媚

夜泊楓橋

胥江停旅櫂。正林浮寒煙，山銜斜照。涼殺西風，把藕花吹瘦，蘋花吹老。蛩語莜莛，更助者、孤篷吟悄。一笛催愁，一燈摇夢，五湖歸好。　聽遍吴歌低嫋。便觸起天涯，悲秋懷抱。岸柳蕭疏，料詩人殘鬢，不輸多少。舊約重尋，奈渡口、白鷗都杳。惆悵楓橋月落，霜烏唤曉。

菩薩蠻[一]

宫鬟雲擁芙蓉枕。香肌雪䩞蒲萄錦。半掩碧煙幮。畫成春睡圖。　宿酲猶未解。無語拈裙帶。禁得落花寒。越羅雙褎單。

【校】

[一]原文無詞牌名。見《藕絲詞》卷一。此詞以下三首爲草書，與前文皆楷書不同，當爲後來補寫。

虞美人[二]

淚花偷揾銀紅袖。夢逐秋痕瘦。峭寒不怯怯風尖。忙掩一重窗子一層簾。　欲眠又起愁無那。獨背燈兒坐。蕭蕭落葉打空廊。廊外蟲聲如雨月如霜。

【校】

〔一〕原文無詞牌名。見《藕絲詞》卷四。

西江月〔一〕

青粉墻低腰彈，赤闌橋畔眉顰。倡條冶葉不禁春。添抹夕陽紅襯。　調弄雨絲風片，消魂燕曉鶯昏。渡江畫檝送桃根。難綰一天離恨。

【校】

〔一〕原文無詞牌名。見《藕絲詞》卷三，有異文。

附録三　繡橋詞存

繡橋詞存

休甯程　淑　繡橋

花非花

擬唐人閨怨

歸不歸，又秋暮。木落山，榆林戍。迢迢遠路夢中尋，燈殘月落知何處。

浪淘沙

題畫

林木晚蕭森。遮斷遥岑。隔谿流水一篙深。略彴横堤苔被徑，來聽鳴禽。草閣晝陰陰。暇日登臨。地偏絶少俗塵侵。望極風帆何處是，斜照西沈。

如夢令

滴滴簷花灑雨。續續爐香騰霧。吹不斷春愁，捲起一簾飛絮。誰語。誰語。雙燕喃喃如訴。

浣谿沙

消遣香醪一盞春。捲簾人立獨含顰。夕陽容易又黄昏。　窗雪映空疑是月，爐煙積久欲成雲。繡衾還倩玉篝温。

又

珠箔飄香柳未齊。晚風吹落紙鳶低。碧桃斜日畫樓西。　挑薺年光耽燕睡，落花時節恨鶯啼。一春芳草思萋萋。

好事近

遥望雨餘山，山色淺深如沐。時聽丁丁樵斧，向空林伐木。　白雲深處負薪歸，狂歌散麋鹿。如與爛柯仙遇，莫貪看棋局。

又

偶渡浣沙谿，谿水鱗鱗皴緑。宛轉小橋通處，有鴛鴦雙浴。　數叢紅蓼著花疏，沿堤採盈匊。最愛一聲風笛，唤漁翁歸宿。

醉太平

梅香一屏。蕓香一庭。繡窗夢不分明。聽流鶯一聲。　池波半清。簾波半停。

醉懷無奈瞢騰。倚春風半醒。

西江月

得外書

梗泛萍飄蹤蹟，香消酒醒懷思。三秋蕭艾採何遲。傳到鱗鴻一紙。　別後深情細訴，客中旅況能知。翻嫌書未訂歸期。空見燈花報喜。

憶秦娥

花間鶯。枝頭飛上啼聲聲。啼聲聲。半窗幽夢，都被催醒。　踏青鞵繡紅羅輕。招邀女伴來東城。來東城。垂楊拂拂，吹送風箏。

蝶戀花

寄遠

隔別天涯愁幾許。窗下花開，屈指從頭數。去是秋初今夏五。屋梁落月懷思苦。　遠路迢迢千里阻。夢挾潮聲，依舊流回去。悵望雙魚沈尺素。不禁悔被啼鵑誤。

南鄉子

西瓜燈

誰與鏤春冰。巧製團欒緑錟騰。掛向畫堂光四射，亭亭。似水圓球體結晶。　漫把鎮心稱。脱盡清涼内熱呈。蟋蟀聲中紅一點，高擎。剔透玲瓏分外明。

菩薩蠻

妝樓曉起慵梳掠。綠鬟斜亸香雲薄。薄病意懨懨。東風不捲簾。　餘寒侵繡戶。重把熏篝炷。雙燕語喃喃。春愁轉不堪。

秦樓月

秦樓月。照人炯炯光如雪。乘風欲返，廣寒宮闕。　關山萬里愁難越。落梅笛裏相思切。相思切。人間天上，悲歡圓缺。

虞美人

春雪

春風捲入瓊簷雪。艷影明還滅。園林一夕白皚皚。疑是梨花千樹向人開。　舉頭紅日東方起。頃刻消成水。愛他霽色映窗明。小酌一巵醽醁破寒輕。

風蝶令

暖鍋

野蔌甘分玉，山殽碎萃金。數莖獸炭爇中心。兒女團圓圍食、忘寒深。　一品名誰擅，俗名一品鍋。三冬暖不禁。携來微雪小園林。最便探梅客至、酒徐斟。

點絳脣

新燕

春社年年，燕歸猶把雕梁認。似通芳訊。軟語呢喃問。　歷遍天涯，莫訴飄流恨。芹泥潤。補巢功盡。祝爾雙棲穩。

清平樂

幾番春雨。灑遍池塘樹。淺白深紅花似組。不礙鶯梭來去。　天然一縷幽香。惹他蜂蝶探忙。夢到梨雲漠漠，闌干倚遍昏黃。

臨江仙

盤香

似月團團周一轉，不嫌綫路縈紆。星星微火帶煙嘘。都梁芬詎讓，安息氣應輸。　最好新涼人罷浴，伴他照壁燈孤。細參禪味木樨無。欲知時久暫，還驗繡工夫。

卜算子

曉起罷梳妝，催繡新花朶。繡到穿花蛺蝶雙，脈脈停針坐。　獨倚碧紗窗，戲嚼紅絨唾。無限春愁不自聊，潛把郎詩課。

菊花新

馬蘭菊，用張子野韻

開遍秋花秋未暮。粉蝶紛從陶圃住。葉簇馬頭蘭，紅紫蕊、吐成香霧。　幽姿怕被高人妒。笑簪來、鬢雲斜度。猶記摘春初，湯嫩灑、老饕餐去。

喝火令

送春，同詩圃

婀娜籠鬆[一]髻，連娟細掃眉。含情無語倚樓西。正是銷魂時節，雙燕説相思。　芳樹陰陰轉，林鶯恰恰啼。夜闌分作送春詩。生怕春知，生怕踏青遲。生怕黄昏疏雨，春被雨禁持。

婀[二]，徐俯《南柯子》。連，温庭筠《南歌子》。含，張泌《浣谿沙》。正，毛熙震《清平樂》。雙，史達祖

《風流子》。芳，陳克《虞美人》。林，趙攄《南歌子》。夜，陳德武《浣谿沙》。生，周密《倚風嬌近》。生，陳允平《少年遊》。生，美奴《如夢令》。春。方君遇[三]《風流子》。

【校】

[一]籠鬆：徐俯《南柯子》(細葉黄金嫩)作「璁瓏」，一作「鬅鬆」。

[二]婀：原誤作「娜」，據正文及徐俯原句改。

[三]方君遇：原作万君遇，誤。

三字令

珠簾側，繡屏前。小樓邊。天似水，夜如年。雨霏微，雲淡薄，月嬋娟。春去也，景依然。重流[一]連。花滴露，柳垂煙。斂愁眉，凝淚眼，悄無言。

珠，方千里《迎春樂》。繡，張先《慶金枝》。小，周紫芝《江城子》。天，何光大《謁金門》。夜，于立《水調歌頭》。雨，温庭筠《訴衷情》。雲，王庭筠《訴衷情》。月，蘇軾《江城子》。春，劉禹錫《望江南》。景，無名氏《搗練子》。重，元好問《江城子》。花，歐陽炯《春光好》。柳，張元幹《春曉曲》。斂，牛嶠《感恩多》。凝，延安夫人《更漏子》。悄，趙雍《江城子》。

【校】

［一］流：元好問《江城子》（河山亭上酒如川）作「留」。

蘇幕遮

吴蘋香《香雪廬詞》中有此堆絮體，因校《麝塵連寸集》偶有所得，集句傚之，索詩圃和

柳陰涼，蘭櫂舉。南北東西，南北東西路。恰是去年今日去。芳草連天，芳草連天暮。

燕初歸，鶯正語。似説相思，似説相思苦。夢斷彩雲無覓處。門掩黄昏，門掩黄昏雨。

柳，朱用之《意難忘》。蘭，盧祖皋《謁金門》。南，呂本中《采桑子》。南，林逋《點絳唇》。恰，江開《玉樓春》。芳，劉辰翁《蘭陵王》。芳，余桂英《小桃紅》。燕，趙彦端《芰荷香》。鶯，顧敻《酒泉子》。似，吴文英《江城梅花引》。似，沈端節《虞美人》。夢，秦觀《蝶戀花》。門，李甲《八寶妝》。門。賀鑄《點絳脣》。

附録四　《繡橋詩詞存》序跋

《繡橋詩詞存》叙

聞之鄭堂妹慧，唫草曾播芳馨；船山妻賢，詠梅不辭清瘦。然而霜飛青女，燠少寒多；月駐素娥，圓難缺易；聚散自根乎緣會，悲歡總託夫嬋娟。故雖長真閣中，玅製重佩蘭之席；亦復平津館裏，歸魂招采薇之王。哀樂千端，後先一概。如詩圃先生繼室繡橋程夫人者，殆其亞已。

夫人幼嫻姆訓，善讀父書，賦雪偕兄，微雲得婿。剌紋罷課，問字晝於鴛鴦；舉按餘閒，注雅言於鰜鰈。翻紅友之《詞律》，宮徵鏗鏘；倣倉山之詩篇，性靈活潑。倘比墨琴寫韻，應無軒輊之可分；豈知蓬室聯吟，別具倡隨之逸致。則有紗窗破曉，聲到碧梧；玉簟驚秋，香殘紅藕。藹吟秀句，鬥巧而衣納百家；喜遇賞音，慰情而酒斟雙斝。此其足紀者一也。更有體摹堆絮，思捷繅車，清照高才，相如贈號。愁添暮雨，譜圖填蘇幕之遮；和寡《陽春》，文債擬謻臺之避。此其足紀者二也。若夫宮蝎方磨，鬼窮莫送，爲㴱阮孚之錢，幾奪靈均之稿。劇憐心血，生平空貯錦囊；自笑鬚眉，慷慨轉輪巾幗。典貲財於釵珥，助刊鍥於藁砧。此其足紀者三也。奈何聚珍鐫版，插架標籤，麝底事而成塵，蓮胡爲而拗寸。温飛卿達摩支曲，語讖非祥；潘安仁哀永逝文，悲懷誰遣。怕説紫衣嫁與，尋舊夢於遊仙；那堪黄絹飄零，搜好辭於幼婦。

乃昌託交石契，幸識高柔；遥挹風清，藉知道韞。我負子戴，夙傳偕隱之歌；鞮芬狄香，定叶同音之調。所惜纏綿陳蹟，蠶死留絲；泥他惆悵深宵，魚鰥開目。枉憶閨中春暖，醉蝶迷花；衹今紙上商聲，哀蟬落葉。絃彈錦瑟，宜希曠達於莊生；序作玉臺，且溯淵源於孝穆。

己未三月，南陵徐乃昌序。

《繡橋詩詞存》題辭

江陰繆荃孫筱珊

仙耦劉樊合，詞家趙李並。金荃留一集，錦瑟證三生。性慧先摹古，才高不近名。

遥天笙鶴應，雙照有餘情。

程孺人傳

孺人姓程氏，名文淑，因家諱避「文」字。字秀喬，號繡橋，休邑庠生金鑑公次女也。幼聰慧，九齡通四聲，耽吟詠，父奇愛之，擇偶甚苛。會余受祁壽陽師知，連試皆冠軍，外舅見余文，遂許字焉。光緒丁丑來歸余，爲繼室。性嫻靜，能食貧作苦。余固以授徒爲生，館穀所入僅足餬一家數口，孺人安之若素，無幾微形諸辭色。初從學，爲詞出語即楚楚有致。時余方集句爲詞，孺人於井臼少暇佐余搜討，及集成，且典釵珥以助刊。余詩云：「詞句校讎資草削，釵鐶典質助梨災。從今誇向人前説，賴有閨中知己來。」蓋紀實也。生四子四女，以光緒己亥秋卒。得年四十有二。

論曰：以孺人之才之德，曠世寡儔，而余獨以虚聲得偶之，何福能消，宜余之坎壈以終也。雖然，楊太史不云乎：「伉儷能文，名山清福，塵榮泡景，甯值一笑！」則亦付諸苓通耳。嗚呼！余又何憾焉。

《繡橋詩詞存》跋

嗚呼！　此亡室繡橋之遺著也，而竟止此數耶！　亡室生時愛讀《西青散記》，有感於綃山女子事，而謂余曰：「以雙卿之才，尚粉書蘆葉，不欲留稿於世。今余所作，得數首附君集以傳，足矣，他何望乎？」以故於諸稿隨手斥棄，不少惜。是編皆君殁後從所讀書葉及針綫帖中搜尋而得，命兒輩録之，扃篋中廿年矣。戊午春，徐積餘觀察有續閨秀詞選之舉，徵亡室詞於余，余録副寄之。兒輩復以壽之梓請，此雖非亡室本意，然吾二人畢生幸福，僅此十數年之唱酬，不可不留以爲紀念也。爰徇其請，而感念前塵，老淚已不禁潸然矣。

汪淵跋於藕絲詞館。

附録五　詩圃摭談三則

詩圃摭談三則

余之集句爲詞也，既寫定，苦無刊資。某富兒聞之，欲出重金市吾稿，余以廢棄篋中可惜，欲許之矣，内子繡橋不欲，曰：「資絀可緩謀，稿去不復返，君忍以心血易金錢乎？」余悚然止。會德宗大婚，每學例恩成均一人。余饜滿當貢，俗有送卷之舉，余雅不欲以文匄自居，内子曰：「子毋然。以所得刻書，未必非風雅事。」余從之。奈交遊不廣，所收止八十餘番，除費用外盡以刻集詞。不足，内人且典質釵珥以成之。即今所傳之《麝塵蓮寸集》也。

余最愛李易安「紅藕香殘玉簟秋」之句，苦無佳句可對。一夕，被酒臥沙發，聽内子誦《蒲江詞》，至「碧梧聲到紗窗曉，昨夜幾秋風」，不覺躍起，曰：「得之矣！得之矣！」内子駭問，余告以故，相與大喜，洗盞重酌而罷。

內子從余校注久，所見詞集多，因有所得，倣《香雪廬》中堆絮體成《蘇幕遮》一闋，詞見集中。索余和，余卒未有應也。久之，始得「柳供愁」云云一首，因戲語曰：「甘拜下風久矣，女相如幸勿再相窘也。」

（載《繡橋詩詞存》）